有爱的青春陪伴者

一百分痴迷

Yibaifen Chimi

北流 著

Beiliu Works

花山文艺出版社

河北·石家庄

图书在版编目（CIP）数据

　一百分痴迷 / 北流著． —— 石家庄 ：花山文艺出版
社，2023.4
　ISBN 978-7-5511-6372-9

　Ⅰ．①一… Ⅱ．①北… Ⅲ．①长篇小说－中国－当代
Ⅳ．①I247.5

中国国家版本馆CIP数据核字(2023)第017855号

书　　　名：**一百分痴迷**
　　　　　　Yi Bai Fen Chi Mi

著　　　者：北　流

责任编辑：于怀新
特约编辑：张　磊
责任校对：卢水淹
装帧设计：颜小曼　孙欣瑞
封面绘制：王点点
美术编辑：王爱芹
出版发行：花山文艺出版社（邮政编码：050061）
　　　　　　（河北省石家庄市友谊北大街330号）
销售热线：0311-88643221
传　　　真：0311-88643225
印　　　刷：长沙鸿发印务实业有限公司
经　　　销：新华书店
开　　　本：880mm×1230mm　1/32
印　　　张：9
字　　　数：216千字
版　　　次：2023年4月第1版
　　　　　　2023年4月第1次印刷
书　　　号：ISBN 978-7-5511-6372-9
定　　　价：39.80元

目录

C O N T E N T S

第一章
暴雨时刻遇见你

天空中响起一声闷雷，积压了多日的乌云终于承受不住了似的，被撕开了一条口子，随着天光乍露，暴雨顷刻如注。

这是夏日的第一场雨，声势浩大地冲刷走连日来的燥热。

湖市国际机场。

接机大厅的公屏上，地方台主持人正播报着本地新闻："寓鸣集团董事长郁从众及夫人孙婉近日坠机身亡，葬礼已于昨日举行，湖市众多企业家出席了追悼会。受集团掌门人突然离世影响，寓鸣集团股价下跌严重……"

小赵收回目光，望着机场外的雨帘皱起了眉头："这鬼天气，刚落地就下雨。严总，我们就不能在沪市多待一天吗，何必这么急着赶回来？"

小赵身边的男人身形颀长，站姿笔挺，他侧着脸，露出的半边薄唇以及凌厉的下颌弧线，显得面相有几分刻薄。

严楼双手插进风衣口袋里，眼神透着漠然："下午要参加寓鸣集团的收购表决会，毕竟我们是寓鸣最大的合作伙伴，理应出席。"

小赵的脸垮了下来，说："您也知道我们才是寓鸣的金主爸爸，如果今天寓鸣的表决会最终结果是同意被收购，大不了我们再换一家媒体运营公司，湖市多的是这种中型企业想要跟我们合作。"

"郁从众的夫人在世时，曾帮过我。现在寓鸣的继任董事长郁兆是他们的长子，郁兆既然不想父母的心血被收购，我理应帮他一把。"

小赵也只是习惯性地唠叨了两句，他抬手看了一眼腕表，嘀嘀咕咕："接机的司机怎么还没来？我非得通知人事扣他奖金。"

严楼静默地立在原地，仿佛对什么都不在意。可是下一瞬，他的眼神中突然溢出异样的光彩，逐渐汇聚到一处——

前方不远的地方，站着一个身着黑色衣裙的年轻女人，她拉着行李箱，也像是在等人。

她面前，一个穿着飞行员制服的英俊男人正试图跟她搭讪："我看你乘坐的是国际长途航班，累不累？"

女人五官精致，皮肤白得发光，修身的衣裙勾勒出纤秾合度的身形，看起来像个涉世未深的千金小姐。

见她没有答话，男人继续搭讪："我在湖市经停，你要是没事的话，晚上我们一起喝一杯？"

因着喋喋不休的搭话，女人将目光落在面前之人的身上，将他从头到脚看了一遍。

"对不起，你不是我喜欢的类型。"

和外表截然不同，她的声音冷漠，还带着股说不出的散漫。

飞行员愣了一下。

"那你喜欢什么样的？"说着，男人还弯下了腰，英俊的脸凑近她，散发着招蜂引蝶的雄性荷尔蒙。

女人微微蹙眉，环顾了一下四周，视线掠过严楼和小赵时略微停顿片刻，食指随意地冲他们俩的方向一指，颇有些漫不经心的架势。

"喏——我喜欢他那样的。"

旁观了全程的小赵摇了摇头："可惜了，虽然她长得好看，但我是有家室的人了，我老板也向来不近女色，更是不可能……"

小赵的尾音止于他看清严楼表情的一刹那。

他心中不近女色、洁身自好的老板，望着那个女人发起了呆，并发出灵魂拷问："你说，她刚才手指的是你还是我？"

小赵一愣。

眼前的女人美则美矣，奈何实在撩不动，飞行员只好备受打击地离开了。

女人看了一眼手机，忽然拖着行李箱大步朝小赵他们的方向走过来。小赵敏锐地察觉到身旁严楼的身子瞬间绷直了。

她如风般经过，带来一阵若有似无的香水味，却又毫不停留地掠过去，并没有向这边看上一眼，完全不是方才说"我喜欢他那样"的表现。

小赵一头雾水，不可置信地扭头看去——那女人在将他的老板当成工具人之后，竟然就这么视若无睹地……走了？

虽然严楼神色不变，但是凭借自己多年特助的经验，小赵还是看出了这位高岭之花表象下的蒙圈。

他有些同情地看着严楼："老板……要不就当是一场梦？"

郁吟刚走出接机大厅，就看见举着伞的卢婉冲她扬手："这边。"

卢婉一边快步走过来，一边说："下雨了，路上有点堵车，我先带你去吃点东西。那边下午才开会，我们晚点到也不要紧，正好打他们一个措手不及。"

郁吟点了点头，坐进车里，擦干了身上的水珠。

卢婉还没来得及说话，郁吟的手机就响了起来。

郁吟犹豫了一下，才接起电话。

电话里，男人的声音带着几分压抑的火气："你回国怎么也不跟我说一声？"

郁吟叹了口气说："你之前就不赞同我掺和进来，要是知道我先斩后奏，还不得把我机票撕了？"

男人半开着玩笑："你说得没错，如果知道你要回国，说不定我会把你绑起来。"

郁吟没吱声。

男人顿了顿，开口问："需要我帮忙吗？"

"不用，卢婉比我提前一个多月回来，她都安排好了。"

手机那端的人沉默了好一会儿，才又问："那……等事情忙完，你还回来吗？"

郁吟看着窗外飞速掠过的街景，在日新月异的变迁中，这座城市已经完全失去了记忆中的景致。

她深深地叹了口气："我已经申请了调职……谢谢你，孟谦，当年是，如今也是。"

——某种程度上来说，这句话就代表着拒绝。

她不打算再出国了。

郁吟略微休整了片刻，下午和团队的几个人会合。卢婉叮嘱了半晌，众人才重新出发。

车一直开到了湖市的 CBD，卢婉向车窗外看去："郁吟，我们到了。"

车停在一栋写字楼下，这栋写字楼湮没在周围的建筑群中，毫不显眼，可是因着大门上"寓鸣集团"四个大字，在郁吟心中却意义非凡。

郁吟深吸了一口气，脸上仅剩的笑意缓缓褪去。

车门打开，细长的鞋跟踏在地上的声音，像是一把重锤，敲在她心尖上。

六年了，她终于回来了。

寓鸣集团里，每个员工似乎都在忙碌着，且行色匆匆之间透着一股怪异的紧张感。

直到郁吟和卢婉等人走过大厅，前台小姐才反应过来，急忙上前拦住他们："您好，没有预约不能进去。"

卢婉摸了摸衣兜，拽出来一个铭牌，在前台眼前晃了晃。

看清铭牌上写着的几个字后，前台脸色一变："您稍等，我去……"

"不用了。"卢婉扣住她的手腕，微笑着说，"不用麻烦，我们自己过去就可以了。"

电梯上到顶楼，他们一出电梯，就听到会议室里的争执声传了过来。

"艾德资本的项目负责人据说已经到了国内，如果能完成收购，对我们是稳赚不赔的事！你还在犹豫什么呢？！"

另一个年轻一点的声音气势稍弱，但也坚持着："可是如果被收购，寓鸣这个品牌就消失了，它是我父母的心血。"

他的话刚出口就被粗暴地打断。

"消失就消失了吧。郁兆，你不仅要对你自己负责，你更要对我们全体股东负责。如果不能抓住机会完成收购，过一段时间，我们全都要成穷光蛋了！"

郁吟就是在这时用力推开了会议室的门。

几人鱼贯而入。

这些不速之客的闯入使得中年男人未说完的话堵在了喉咙里。

似有一阵飓风撕裂了沉闷的会议室。

中年男人皱着眉头看过来，在看清郁吟面容的一刹那瞪大了眼睛，将要出口的质问都变了调："郁吟？你是郁吟？！"

随着郁勇振的惊呼声，一直沉默地坐在角落里的男人目光一亮，身子微微坐直。

他身旁，小赵也压低了声音："老板，是我们在机场见过的那个女人。"

"嗯。"

严楼伸手扒了扒小赵，示意他不要挡着视线。

自从郁吟等人闯进会议室后，气氛落针可闻。

会议室上首坐着一个二十多岁的年轻男人，他虽然穿着裁剪合体的昂贵西装，但面容稍显稚嫩，在这人满为患的会议室里显得格格不入。他像是还没缓过神来，怔怔地看着郁吟。

他身旁的郁勇振快步走了过去。

"郁吟，真的是你，这么多年，你终于回来了？"郁勇振激动地伸手抓住她的手臂，上下打量，表情中显出几分夸张的惊喜，言不由衷地说，"这可真是……太好了。"

"郁吟"两个字，就像是巨石落进湖心，让在座的每一个人心上都掀起了轩然大波。

郁从众、孙婉夫妇婚后多年无子，便从福利院收养了一个女孩。但没过几年，他们就接连生下四子。即便如此，他们还是将这个养女视为掌上明珠。这个女孩就是郁吟。

可能是她的存在妨碍到了四个孙子的继承权，六年前，郁吟名义上的爷爷将她赶出了国。

这六年里，她在国外一直杳无音信，却在如此敏感的时机出现。

最初的震惊过后，郁勇振又问："你回来干什么？"

郁吟平静地说："我回来祭拜父母。"

郁勇振叹了口气："唉，应该的。只是你早点回来就好了，葬礼都结束了。"

很快，又有人上前攀谈。寓鸣集团是家族企业，许多高层管理之间都沾亲带故。对于这些言语上表露出来的欢迎和关心，郁吟照单全收："多谢关心，不过目前我还有别的事情需要做，叙旧我们可以之后再继续。"

郁勇振的表情变得微妙起来："你能有什么事？"

郁吟看向会议室里神情各异的众人："有没有人跟我解释一下眼下的情况？"

几个中年男人的微笑还挂在嘴角，却不约而同地交换了下眼神。

眼下的情况不是显而易见吗？郁从众、孙婉夫妇意外离世，不能独当一面的长子郁兆缺乏企业管理能力，寓鸣集团短短月余就岌岌可危。

随着董事会换帅的呼声越来越大，底层跳槽的人也越来越多，就在郁兆即将被赶下台的时候，国际百强的金融公司艾德资本抛来了收购的橄榄枝。

比起新帅上任许以的利益，庞大的收购金额似乎能更直接地戳中这些商人的兴奋点。大厦将倾，谁不想在它完全倒塌之前分一杯羹？

因而，各种明里暗里的同盟一哄而散，反倒是叫郁兆守住了摇摇欲坠的总裁之位，持续月余的骚乱勉强平息下来。

郁勇振一摊手，略带无奈地说道："你看到了，我们正在表决是否同意艾德资本的收购。"

郁吟扫了一眼半垂着头的年轻人，不动声色地说："我看郁兆并不想洽谈这个收购案，他是最大股东，实际控股超过诸位总和，有权否决收购议题吧？"

"你刚回来，很多事你不知道。"郁勇振沉沉地叹了一口气，"兄嫂去世后，寓鸣集团中有人心怀不轨，看着郁兆年轻没经验，忽悠他签下了几个根本不可能按期交付的大单。虽然我已经把那些人开除了，但是合同已经生效，若是这些项目被迫推进，寓鸣的财务周转肯定会受到影响。到时候我们恐怕就要直接破产清算了。"

郁吟摇摇头："艾德开出了高价来收购寓鸣集团，想必对寓鸣的财务状况了解不多，您这么直言不讳，就不怕我外传？"

她的话里分明是在暗指什么。

郁勇振眯了眯眼，谨慎地说："有什么话，我们回去再说，这种场合不要胡闹。"

他又看了一眼她身后跟着的几个助理模样的人，低声问："我还没问你，你带着这么多人，不打招呼就闯了进来，是要做什么？"

郁吟身后的一个男青年扶了扶眼镜，礼貌地纠正道："这位先生，我们是受邀前来。"

见郁勇振一脸茫然，男青年提示道："月末的时候，你们不是向艾德资本发出了参观邀请吗？"

他话音一落，郁兆立刻扭头看向会议室里的人："你们邀请艾德资本过来考察为什么我不知道？"

郁勇振没有搭理郁兆，只是皱眉看着郁吟："是又怎么样？"

郁吟笑了起来："那我就没来错了。这次考察寓鸣集团的负责人，就是我。"

郁勇振想也不想地摇头否认："不可能，跟我联系的是一位姓'卢'的女人。"

郁吟了然地点点头，后退了一步，露出她身后一直安静站着的卢婉："介绍一下，艾德资本中华区高级经理，卢婉。"

　　她纤细的手指又指向了自己："再重新认识一下，郁吟，艾德资本中华区新任市场总监。"

　　门外闻讯而来，准备将扰乱会场的人赶走的职员们，不小心就吃到了一个大瓜。

　　神级反转莫过于此，上一秒疑似要来抢遗产的继承人，下一秒表明：我就是要收购你们的"金主爸爸"。

　　会议自然是无法继续进行了，郁勇振和众董事俱是面色不佳地离开了。

　　郁吟的视线在角落里坐着没动的男人身上一扫而过，然后走到他跟前，在后者复杂的注视中，放缓了声音："郁兆，走吧，我们回家。"

　　眼看女人就要扭头离开，严楼猛地起身，快速伸手理了理衣衫上根本不存在的褶皱，抬步就往郁吟的方向走去。

　　一直都以盛气凌人示人的助理苦下脸，低声碎碎念道："您没听见吗，这位是郁家的养女，现在寓鸣集团内部乱糟糟的，谁知道这个养女在风口浪尖上回来是为什么。老板，您行行好，咱们别凑那个热闹了。"

　　严楼充耳不闻。

　　他走到郁吟跟前，伸出友谊之手："我们上午在机场见过，好巧。"

　　郁吟一愣。

　　男人的脸实在是令人印象深刻，郁吟也认出来了，只是不知他的身份，她谨慎地没有搭话。

　　她犹豫的工夫，严楼还执着地伸着手："我是严楼。"

　　身后的小赵终于忍不住暗暗翻了个白眼。

　　老板什么都好，就是有点奇怪的癖好。别看他平时冷冷淡淡、高不可攀的，一旦遇上感兴趣的，眼中的小火苗就怎么也掩藏不住，倾其所有也要得到，固执得很。

老板曾经为了看中的玉瓶在拍卖会上一掷千金，创下拍卖场的天价纪录；也曾为了中意的画追着画家到国外，日日拜访，画家不堪其扰，终于忍痛割爱；而现在，这股熟悉的小火苗再次出现，却是对着一个女人。

"您好，幸会。"郁吟终于伸出手，指尖一触即分，客套地打了个招呼就转身离开了。

严楼浓密的睫毛眨了几下，将目光里的情绪掩盖住，对小赵说："我记得过两天就是姑妈的生日宴。"

"是，家里特意嘱咐了，要好好操办。"

"给郁吟送一份请柬。"

"好的……啊？"不是给郁家，而是给郁吟吗？

"还有，"严楼扭头，直勾勾地看着小赵，"你自己去送，这样比较有礼貌。"

稀奇了，老板竟然还知道什么叫礼貌哦，他这个高级特助是用来跑腿的吗？

小赵在内心吐槽着。见严楼大步离开，他又连忙追上去问："您去哪儿？"

"去找姑妈，让她再加一份请柬。"

小赵立刻释然了，既然老板都可以跑腿，他还能有什么怨言呢？

从寓鸣集团出来，看着异常沉默的姐弟二人，卢婉忍不住笑了一下："郁吟，我们就先走了，你有事给我电话。"

郁吟点点头，又想到什么："对了，严楼……把这个人的资料发给我。"

司机将车开了出来，郁兆拉开后座的门，迟疑着没有上车。一回头，他就看见了郁吟意味深长的目光。

郁吟走到他面前。看着因她的接近，越发低下头的年轻男人，她叹了一口气："你不认识我了？"

郁兆的眼神闪了闪。

那时候，少女纤细高挑，五官明艳，嘴角总是扬起，眼里凝着温柔的光。而现在，她眉眼依旧，可是温柔已经在时间的磨砺中日渐消失，乌黑柔顺的头发被波浪似的鬈发取代，风扬起发梢的弧度都带着锐意。

这是和记忆中完全不同的女人。

两人沉默地上了车。车内安静，郁兆用余光瞥了瞥神情寡淡的女人，还是没忍住问："你为什么这个时候回来？"

郁吟扭头，没答话，平静地看着他。

郁兆在她的注视下逐渐低下头："我是说，你如果早一天回来，还能在葬礼上献一束花。"

姐弟俩时隔六年的再见，没有欣喜若狂，也没有抱头痛哭，平静得就像是她出了一趟门，只是再归来他已经长成了大人。

卢婉动作很快，车行了一半，严楼的资料就发了过来。

寥寥几句，无不昭示着那个男人大有来头。郁吟翻了一遍，忍不住扬了扬眉。

湖市这个地方，每年的经济总量仅次于首都，老牌企业林立，而且每年都有无数的商业新贵从这片土地上脱颖而出，身家倍增。

可是跟湖市这些个后起之秀不一样，甚至早在湖市还被叫作"湖州城"的时候，严家就在这里扎根了，发展至今，称得上是真正的家世深厚。

而严楼，更是神龙见首不见尾的人物，和熙熙攘攘的"上流社会"天然就隔着一层屏障，他怎么会出现在寓鸣集团的董事会上？

郁吟扭头问："严楼和寓鸣集团有什么关系吗？"

郁兆摇摇头，也有些迷茫："我也不知道，只不过我当初能顺利接任总裁的位置，还是因为他帮了忙。"

闻言，郁吟将这个名字在心底圈了起来，画了一个问号。

郁家住在湖市的一处高档小区内，这里都是独栋的小洋楼。一进门，郁兆蹲下在鞋柜深处找了一双女士拖鞋，摆在郁吟面前："妈之前买的。"

见郁吟打量着客厅，他颇感手足无措："只有我和咏歌住在这里，还有一个阿姨。"

话音刚落，郁吟就看见一个五六岁的小男孩儿，面无表情地站在楼梯口。

他长得很可爱，葡萄似的大眼睛，浓密的睫毛，头上甚至还有洋娃娃般的小卷毛，可是脸上一副死气沉沉的模样，跟他的外表十分违和。

郁兆疾步走过去，问道："你怎么出来了？老师呢？"

"……"

"你是不是饿了？"

"……"

小男孩儿缓缓地点了点头，又板着脸回到楼上，其间没看郁吟一眼，不知是没注意到家里来了陌生人，还是根本就不在意。

郁兆望着小男孩儿迈着小短腿上楼的背影，手掌忍不住悄悄攥紧，声音听起来也如寻常一般。

"这是郁咏歌，你没见过他，他生下来的时候你已经走了。"

郁吟没吭声。

郁兆找来阿姨，说了几道中午想吃的菜，不知是不是巧合，都是郁吟曾经喜欢吃的。

郁吟坐在郁兆的对面，顿了顿，开口问："你是不是在怪我？"

郁兆低着头，表情晦涩，像是有许多话想要倾诉，可是不知道该怎么开口。

郁吟刚想说什么，忽然有人敲门。

这个时候谁会上门？

阿姨小跑着过去开了门，随即门后露出了一张年轻男人的脸："请问，郁吟小姐在家吗？"

郁吟站起身："我就是。"

仿佛一点也没察觉到屋内低沉的气氛，年轻男人站在玄关处，双手递出一封烫金的请柬，笑眯眯地说："您好，我是严楼先生的助理赵敬业，周日是我们严总姑妈的生日晚宴，严总请郁小姐赏脸赴约。"

又是严楼。

她刚回国，还陷在一潭浑水里，严楼怎么会关注上她？只不过，她的确想着找个机会重回大众视野……

脑袋里的念头千回百转，郁吟面上不显，礼貌地点头，接过了请柬。

"请转告严先生，感谢盛情邀请，一定准时出席。"

小赵的视线在郁吟精致的五官上掠过，不忍再看似的，匆匆转身离开。

隐约间，郁吟还听到了一声叹息。

嗯？

脑袋里有问号的显然不止郁吟一个。

郁兆走了过来，拿过请柬仔仔细细地翻看："这个宴会你要去吗？"

"当然了，我都答应了。"

"爸妈在世的时候，我们跟严楼也没什么交集，为什么现在送来了请柬？我觉得这里面有点古怪。"

郁兆皱着眉，满脸都写着不赞同。

郁吟拍了拍他的肩膀："不过是一个晚宴，不用这么紧张。"

湖市的风刮得比想象中还要快。

周日晚上，郁吟挽着郁兆的手出现在宴会厅门口时，她听到不下四五处人群中都隐隐有"养女""艾德资本""怎么会出现在这儿""挺漂亮"之类的私语。

一阵凉风扫过她光洁的肩头，郁吟停住脚步，向四周看了看。

郁兆疑惑地问："怎么了？"

郁兆开口的一瞬间，她被什么盯住的感觉又散去了，仿佛只是自己的错觉。

"没什么，我们进去吧。"

这场生日宴会的主人公严芳华是个四十多岁的中年女人，郁吟环视一圈，很快就在一众衣着光鲜的女孩的簇拥中，看到了一位夫人。

在或明或暗的打量中，她大大方方地走过去，示意郁兆将礼物递出。

"严女士，祝您生日快乐。"

严芳华的笑容礼貌且生疏："谢谢，不过你是……"

周围的几个女孩互相对视一眼，其中一个忍不住笑了出来，笑声绝对算不上亲切友好。

郁吟认出了这个女孩。

卢婉回国就着手调查了寓鸣的近况和在集团工作的这些所谓郁家的亲戚，这个女孩就是郁勇振的女儿郁小槐。

郁吟收回目光，说："我是郁吟，这位是我的弟弟。"

一番"反客为主"，那位夫人愣了片刻，看向身旁还没来得及收起看热闹目光的女孩，笑着问："小槐，刚才聊天的时候我听你说，你也是郁家的，这么说，你跟这位郁吟小姐很熟吧？"

郁小槐阴阳怪气地说："严阿姨，我们不熟，我从小就跟我爸妈在国内生活，已经很多年没见过她了。"

郁小槐的否认让周围并不友善的目光又多了几道。

"我们的确是不熟。"郁吟的眸光在大厅璀璨的灯光映衬下，分外夺目，"郁小槐是吧，我现在想起来了……我还没出国的时候见过你。

"当时你父亲带着你上门，说他虽然是远房亲戚，但也想进公司效力。那时候，我看你灰头土脸，还把我新买的连衣裙送给你了，不记得了？"

郁吟像是在叙旧，语调轻柔，可是郁小槐脸色却难看起来："郁吟，六年不见，你融入角色倒是快。"

"毕竟我从小就在这里长大，也不需要再融入什么角色。"郁吟赞叹地点头，"倒是你，这么多年不见，真是令我刮目相看。"

无论是郁小槐的敌意，还是周围人意味不明的目光，这种针尖对麦芒的场面都让郁兆有些不适应。他低声开口说："算了，我们去那边吧。"

郁小槐的敌视根本就没被郁吟看在眼里，郁吟瞥了一眼郁兆。算算年纪，如果不是父母突然离世，郁兆还会继续徜徉在知识的海洋里，去国际顶尖学府深造。但是父母不在了，他是长兄，再不能随心所欲。

可郁兆性子绵软，说好听点叫温和谦谨，说难听点就是过于傻白甜。郁吟不知道他未来能否担起重任，但首先，她不能让郁兆逃避这种场合。

郁吟脚下站得越稳，两方对峙的感觉就越浓重。渐渐地，郁小槐撑不住了。

严芳华轻咳一声，上前打圆场："谢谢你们姐弟的前来，不晓得你们吃不吃得惯今天的菜式，严楼请的是淮帮菜大厨掌勺，等会儿你们一定要好好尝尝。"

"姑妈，生日快乐。"

伴随着飘到鼻尖的一股沉木调的淡香，郁吟身边挤过来一个男人。

她和郁兆两个人之间只有半人宽的距离，明明两边都很空，这人却非要从中间横插进来，三人的站位一下子显得拥挤且奇怪。

男人很高，郁吟堪堪才到他的肩膀。感受到西装布料蹭过侧脸，郁吟不由得偏过头看，是严楼。

严芳华嘴边终于挂起真切的笑容："我还以为你今天不能来了。"

"您的生日宴，我自然应该到场道贺。"

这话说得十分顺畅，他的话音仿佛不夹杂什么情绪，更像是一种被框在框架里的礼仪，少了几分真情实感。

郁吟想到这儿时，严楼突然扭过头来说："郁小姐，可以借一步说话吗？"

小心、期待……这句问话里又饱含着丰沛的情感。

看着眼前犹如从画像里走出的世家贵公子，郁吟第一次觉得自己可能识人有误。

听出这个"郁小姐"指的是郁吟，郁小槐咬咬牙，眼眶微红地离开了。

郁吟也百思不得其解，加上现在，两人不过才见面三次而已，严楼这突如其来的热络算是怎么回事？

可是微诧过后，她毫不犹豫地点头答应。

他这是给自己递了一架梯子，还是一架青云梯。

目之所及，那些打量的目光，已经或多或少对她友好起来。郁吟在心里笑笑，这种场面才是所谓豪门聚会的亮点啊。

　　五月里，夜风还能醒神，裙摆无规律地扬起来，丝绸蹭在她的小腿上，还带着微微凉意。

　　严楼走到窗边，伸手将长廊上的玻璃门关上。

　　男人背影颀长，宽肩窄腰，黄金比例，令人觉得看一眼都是奢侈的欣赏。可郁吟关注的点却是——他身上的这套西服一定价值不菲吧。

　　严楼回到她面前，看了她一眼又迅速移开。

　　郁吟有点蒙。

　　宴会厅里猛地传出一阵交响乐声，是生日宴会开始了。

　　郁吟动了动，从原本的微笑倾听变成礼貌性的垂眸。

　　又僵持了一分钟，见严楼还是没有说话的意思，她忍不住先开口："严先生，感谢您邀请我参加生日宴。"

　　好了，我说完了，该你了。

　　男人也立刻有了反应。

　　他说："再说一遍。"

　　郁吟清清嗓子："我说，感谢您邀请我参加这场生日宴。"

　　严楼一瞬间眯起了眼，嗯了一声，就像被顺了毛儿的波斯猫，不自觉地呼噜了一下，才又恢复了骄矜。

　　严楼点了点头："宴会开始了，进去吧。"

　　就这？

　　所以这人把她叫出来，就是为了听她说一声……哦不，说两声感谢？

　　郁吟走后，小赵从藏身的拐角走出来，看着郁吟离开的背影，忍不住出言提醒："老板，您这样，郁小姐肯定会觉得您是个莫名其妙的人。"

大抵是小赵这副煞有介事的样子看起来很有说服力，沉稳从容的男人顿了一下，干脆地向自己的助理低头："那你说怎么办？"

小赵叹了口气。

他跟随严楼多年，老板哪里都好，在商场上杀伐决断，总裁文男主角的光环刺眼夺目。只是一旦对某件事执着起来，老板脑海里天生闪耀着的智慧光芒就会全部熄灭。

而且眼下的情况又太过不同寻常，到底是一见钟情，还是别有深意？小赵根本就不知道严楼对郁吟到底是个什么想法，怎么敢乱出主意。

但很明显的是，严楼现在所做的事，就是想要引起郁小姐的注意。在这一点上，已婚小赵也是勉强能给从没谈过恋爱的总裁大人一点建议的。

小赵露出一个高深莫测的微笑："您就想想，有什么事是别人没办法、没能力对她做的，您就去做，女人嘛，都喜欢与众不同的……"比如，送她奢侈品，送她钻戒，送她房子！依照严楼的相貌和财力，讨好一个女人应当不是什么难事。

只是小赵的话还没说完，严楼就点点头，若有所思地离开了。

看着严楼英挺的背影，小赵不确定地想着：我的意思老板应该听明白了吧？

生日宴的司仪是湖市电视台的当家主持人，就连常居国外的郁吟都看过他主持的综艺节目。

底下的各界宾客共聚一堂，令人不得不感慨，严家就是严家，这种场面实际上已经跟金钱多少无关，整个湖市也只有他们家能有这种阵仗。

满场鼓掌声中，明星林茜茜穿着红色V领长裙袅袅婷婷地走上台，准备自荐唱一支歌来助兴，不想有人长腿一迈，抢先上了台阶。

站在五彩纷呈的聚光灯下，严楼的神情却犹如站在董事大会的演讲台上。

"我有话要说。"

严楼是什么人，年纪轻轻就成为严家的实际掌权人，在场所有人在他面前，都还不够看的。

此刻见台上的男人面色严肃，所有人都忍不住跟着紧张起来，一时间，宴会上言笑晏晏的气氛僵住了。

男人将话筒放在嘴边，语出惊人："郁吟，你愿意嫁给我吗？"

一瞬间，喧哗声以郁吟为圆心，一层一层地荡漾开去。

认识她的、不认识她的人，都互相交头接耳着，又将或震惊、或艳羡的目光落在焦点中心的女人身上。

郁吟怀疑自己幻听了，表情还麻木地维持在之前的微笑上。她看似镇定的神态反而坐实了众人心中所想，渐渐地，整个宴会场上开始响起了恭喜的声音。

严芳华穿过人群走过来，一改之前冷漠的姿态，熟络地挽住郁吟的手臂，在她耳旁轻声问："你这孩子，刚才怎么没说你和严楼是这种关系？"

哪种关系？医患关系？严楼是不是脑子有病？

郁吟的脑袋飞速地思考着，她扫了一圈周围的宾客们，又看了严芳华一眼，拿定了主意。

她往前走了一步，声音清亮，大方而不扭捏："谢谢你的喜欢，但是我要考虑一下。"

虽然她没答应，可是也没拒绝，给对方留了足够的面子。

有人想要嗤她身在福中不知福，被严楼这等金龟婿求婚还拿乔，可是看到她站在那儿就像个移动光源似的耀眼夺目，又觉得这样的女人再矜持矜持也是有道理的。

不管众人心中是如何想的，台上的严楼却淡定地点了点头，表示自己知道了，随后就将话筒随意地递给呆滞在一旁的主持人，头也不回地走出了宴会厅。

生日宴还在继续，可是哪怕新晋小花在台上唱得多卖力，也没有多少人专心听了，就连生日宴的主人公也是。

避开众人，严芳华将郁吟姐弟叫了出来。她脸上客套的微笑瞬间收敛了起来，带着几分小心谨慎上下打量着郁吟。

郁吟任由严芳华打量，也不出声。在严芳华观察她的时候，她也在观察着严芳华。

严芳华很快就放弃了，直接问："你和严楼到底是什么关系？为什么他今天会向你求婚？"

郁吟语气诚恳："不瞒您说，我也很好奇。"

沉默了一会儿，严芳华的语气变得怪异起来："我还是第一次见到严楼对一个女孩子这么上心。不过既然他认定了你，那么你从今以后就是我严家的一分子了。"

这么草率吗？

郁吟摇头："我想您误会了，我和严先生算不上熟。"

淡定、矜持、看起来一切尽在股掌之中，但郁吟内心不停地在为自己画着问号。

严楼古怪得很，这位严家长辈怎么也看起来不太正常的样子？

实际上，郁吟还没有从突然被一个不熟的人当众求婚的剧本里缓过劲来，毕竟，寻常人遇不到这样的事，寻常人也干不出这样的事来。

端详着郁吟的神色，严芳华又斟酌地说："其实你直接答应严楼的求婚，对你也有利无害吧。你刚从国外回来还不知道，在这湖市的商场里，没点关系可不容易走通。"

郁吟不敢苟同，只说："多谢您替我操心。"

她含糊的回答让严芳华有些不安："你要拒绝他？"

"您很想让我答应严楼的求婚？看得出来，您很关心他，但是婚姻毕竟是两个人的事，我现在还没有结婚的打算。"

严芳华的声音突然低下去，脸色也不太好，变得神神道道起来："你不懂，在湖市，没有严楼……就没有严家了。"

这时，有个侍者小跑着过来，人还没到跟前就急急地说："严夫人，要切蛋糕了。"

严芳华陡然回神，冲郁吟略一点头，匆匆忙忙地走了。

郁兆想说点什么，但是他显然还没从接二连三的爆炸消息中缓和过来，憋了半晌才说："这位严夫人对你好像还不错。"

郁吟睨他一眼："不错？你以为刚见面时，严芳华是真的不知道我的身份，才问我是谁吗？"

"难道……不是吗？"

"当然不是，请帖是她亲手写的，作为主人，她怎么会不知道邀请了谁。"

"那她讨厌我们？"

郁吟眯起了眼："虽然不知道为什么，但是严芳华的确不喜欢我，只是在严楼说要娶我之后，她的态度才变得这么亲近。这个严家，也很有意思……"

郁吟突然好奇，严芳华最后那句"没有严楼，就没有严家"到底是什么意思？

郁兆皱起眉："可能她是想通过对你示好，来讨好严楼？"

郁吟摇摇头："我倒觉得不像。与其说是示好，还不如说严芳华有点怕严楼。"

郁兆更迷茫了："可是为什么？严芳华是严楼的姑妈啊。"

"因为她不是我的亲姑妈。"

一道清朗的男声从他们身后传过来。

背后议论别人的家事被抓包，郁兆有些不好意思地低下头，随即想到什么，他又霍地抬起头，上前一步，挡在郁吟身前。

郁吟倒是淡定得很，伸手拍了拍郁兆的肩膀，示意他让开："严先生怎么在这儿？"

严楼走近，直到离郁吟不足一米的距离时才停住了脚步。

他继续着之前的话题："严芳华不是我的亲姑妈。这也不是什么绝密，其实很多人——尤其是年纪大一些的人，都知道。只不过严家都不提，他们就更不会没有眼色地拿出来说了。"

郁吟忍不住内心腹诽：但这件事情也不像商场广告一样贴得尽人皆知啊，看我可怜的弟弟再一次呆滞的神情就知道了。

"这是严先生的家事，我不想探究，只是……"

见她脸上有些犹豫，严楼了然："如果你在为刚才台上的事感到困扰，我很抱歉。"

夜色更浓了，月亮和星子都很明亮，只是楼内的水晶灯更加璀璨辉煌，月辉透不进来。

四处隐隐传出的人声，让静谧的夜晚浮躁起来。

郁吟的心跳缓缓归于正常，她深吸了一口气，决定趁这个机会表明自己的态度："很感谢您的喜欢，但我暂时还不想考虑婚姻，所以以后请您不要说这种话了。"

她是真心地感谢严楼。

严家这场生日宴会的入场券，对刚回国空有一个艾德资本高管名头的她来说，的的确确是个好机会，让她可以以高姿态融入湖市的上流社会，她理应道谢。

但是同样可以预料到，背负了"严楼的心上人"这个角色之后，麻烦也少不了。

郁吟语气中的坚定让严楼沉默了。

男人挺拔的身姿和垂下的头颅莫名令人觉得落寞。郁吟忍不住反思，是不是自己说话有点重了。

"严先生，我……"

"是小赵说，如果我要引起你的注意，就要给你别人没有办法、也没有能力给你的东西，我想了想，那就是我。"

严楼抬头看着她，有条不紊地说："我喜欢你，也知道你还不喜欢我，但我们未来会有很多相处的时间，你可以慢慢了解我。只是在那之前，我还是希望你的身边没有别的虚假的诱惑，所以，今天这场突兀的求婚我很抱歉，但是并不后悔。"

郁吟几乎气笑了——严楼的意思是，他喜欢她，怕别人追求她，所以为了绝了别的男人对她的心思，干脆自己先求个婚？

她以为郁兆已经够呆了，怎么传言中集睿智、冷漠、矜贵等于一体的大总裁，竟然有过之而无不及？

"我想您多虑了，我只是个普通人，我身边没有那么多……嗯，虚假的诱惑。"

"我知道你不认可，但是珍宝永远不缺觊觎者。"

严楼一句话就堵住了郁吟，他的语气太过笃定，仿佛"她是被觊觎的珍宝"和"地球围绕太阳转"一样，都是毋庸置疑的真理。

哪怕没有那种旖旎的心思，郁吟还是忍不住自心底涌起一阵酥麻。

她不怕心怀叵测之人，却害怕严楼这种纯粹又炽热的爱慕，她差一点不知道该如何招架他的攻势。

半个小时后，姐弟二人成功坐上了回郁家的车。

当众被表白，本应该是一件令人心里小鹿乱撞，不断回味的事，可是郁吟已经迅速冷静下来，只想着经过今日的事，外界会是什么风向，寓鸣集团那些人又会有什么反应。她是收购方负责人的事本来拖不了那些野心家多久，但再加上一个严楼，的确会令那些老狐狸更加忌惮。

随后，郁吟又想起严楼说严芳华不是他亲姑妈的事，便扭头问郁兆知不知道严家的一些近况。

待对上后者茫然的双眼时，郁吟利落地放弃了这个念头——还不如指望卢婉。

大概只有谈到高等数学才能让郁兆兴奋起来，那时，他才能勉强像个郁家人。

星期一，郁吟起得很早，窗外阳光和暖，鸟鸣啾啾。

她下楼的时候，阿姨正低头摆早餐，不一会儿郁兆也下来了。

她看了一眼问道："咏歌呢？"

前两日，因着她刚回国便没有多管，可是这几天她从没见过郁咏歌，这就不太正常了。

郁兆摸了摸鼻尖，解释道："他不喜欢跟我们一起吃早餐，一般都是给他送到卧室里。"

郁吟皱眉："叫他下来，一起吃。"

住家阿姨是个中年女人，面相慈祥有余，却没什么主见。她犹豫了一下，在郁吟冷淡的目光凝视下，还是上了楼。不一会儿，她牵着郁咏歌下来了。

郁咏歌在椅子前站了几秒，或许是意识到不吃完早餐是无法回到自己的房间里了，他坐了下来，沉默地喝着面前的牛奶。

郁家有四个儿子，这张餐桌上本来应该还有两人，但是谁都没有提起这一茬，几人无言地吃完了早餐。

郁吟擦了擦嘴，才对阿姨说："以后吃饭的时候都要叫他出来，他要是把你赶走，就来找我。"

阿姨也觉得委屈："可是咏歌不喜欢我照顾，他只喜欢一个人待着，我靠近他，他要不高兴的。"

"喜静和不能正常同人交流是两码事。"

郁兆攥了攥手，颇有些面色难安的样子："咏歌原来就是这个样子，之前妈还能跟他说上几句话，爸妈去世后，他就更不愿意理人了……原本之前妈说过要带他去看心理医生，可是后来公司的事太多，一直也没腾出时间。"

郁吟摇头："我没有责怪你的意思，他的事情交给我就好了。"

郁咏歌全程一直都没说话，只是忽然抬头看了她一眼。

他手上握着勺子，歪着头的模样倒是有了几分寻常儿童该有的稚嫩可爱。

郁吟没忍住，伸手揉了揉他头上的小卷毛。

"以后我来照顾你，好不好？"

郁咏歌没吭声，又低下了头去。

第二章
行星撞击

卢婉第二天一大早就来了，见到郁吟的第一句话就是——

"听说严楼跟你表白了？行啊，一回国就掀起腥风血雨。"

"连你也开我的玩笑？"

"不是开玩笑，不过我要提醒你，那个严楼原来也不认识你，见了两次面就跟你求婚，九成九是见色起意，这种男人你要警惕。"

"别贫了，先办正事。"

在郁吟的授意下，卢婉先上楼去找了郁咏歌，过了大半个钟头才下来，她将几张纸递给郁吟。

"这是我托大学同学弄到的试题，专门用来测验天才儿童的，你的小弟弟分数颇高啊。"卢婉甚至还有些惊叹，"郁家的人给他测过智商吗？"

"我不知道。"想到郁咏歌的性格，郁吟又有些头疼。

卢婉见状，说道："你当初回国，我是劝阻过的，郁家这摊子事儿，费力不讨好，哪有我们在国外轻松自在。"

郁吟沉默了几秒钟，说："就像你为了帮我愿意放弃在总部发展的机会一样，我也有不得不回来的理由。"

卢婉神色略有动容，掩饰性地轻咳一声，东张西望地问："哎，你们家小郁董呢？"

郁吟也刚起床，一时之间还没反应过来，一副"你在说谁"的疑问表情。

下一秒钟，她就看见揉着眼睛、一副清爽大学生打扮的郁兆，正从二楼往下走。

郁吟立刻就清醒了，她深吸一口气，说："卢婉，我不想再看到他穿着一件青春洋溢的 T 恤在我眼前晃悠。"

卢婉矜持地一点头："了解。"

一个小时后，站在镜子前的郁兆忍不住摸了摸自己的鬓角，两侧贴近耳朵的地方已经被上门服务的托尼老师剪短，整个人少了几分青春感，看起来却更利落了。

他的视线又往下，落在自己身上价值不菲的正装上，面露疑惑："我有必要穿成这样吗？"

"嗯，今天你还得去寓鸣集团上班。"

"可是你已经回来了，你不打算……"在郁吟的沉默中，他的声音逐渐降低。

看见郁吟眼底的冷淡，郁兆的神色肉眼可见地紧绷起来："知道了，我会去的。"

郁吟走过去替他把领带系正，安抚性地说："别紧张，你去了他们不会为难你，如果向你打听我的事，你如实说就好。"

反正郁兆也说不出什么。

"好。"

看着眉宇间与郁从众夫妇依稀有几分相似的脸孔，郁吟的神色更是柔和了几分："去吧。"

郁兆被司机接走了，卢婉的眼底浮现出真情实感的担忧。

"这么一匹正直的小骏马，闯进老狐狸群里，能有什么好果子吃？小吟，你回来不就是怕你弟弟们被人欺负吗？怎么现在还放他自己去处理这一摊狼藉，你不打算跟他坦白你的计划？"

郁吟皱起眉："再等等吧，我有点担心……"

担心什么呢？

从她回来开始，郁兆还没有叫过她一句"姐姐"。

心结可以慢慢解开，可是寓鸣的权力纷争必须尽快解决，她不知道郁兆是否依旧对她全身心地信赖，她不能赌。

郁吟叹了口气："走吧，我们去艾德资本。"

艾德资本是世界500强的金融企业，湖市的分部规模也大得惊人。公司大楼离寓鸣集团并不远，但无论是从门面还是内部装修上来看，都高了不止一个档次。

郁吟这次的调职十分突然，分部一派手忙脚乱，不知道她回来的用意，也就不知道该用什么态度面对她。

分部总裁 Andrew（安德鲁）是个混血儿，五官深邃立体，却说着一口流利的汉语。此刻，他那双湛蓝的眼睛里，满是被冒犯的不满。

"郁，国内分部并不需要总监级别以上的人员调动，你的到来令我十分疑惑，而且我也并没有接到来自总部的任何有关收购寓鸣的消息，我需要你的解释。"

"你放心，除了寓鸣的收购案，我不会参与你名下的任何项目，也不会调配任何属于你的员工。"

安德鲁意有所指地问："听说，现任的寓鸣集团总裁是你的弟弟？"

郁吟扭过头，神色淡淡道："这件事我会负责到底，一定不会损害艾德资本的利益，请你少安毋躁。"

办完了入职手续，郁吟带着助理去了新的办公室，门一关，谁都不知道她们在做什么。

不过的确像郁吟所说的，她没有掺和分部管理的打算。

一个部下看着郁吟的背影问："Andrew，总部空降人员也不跟你打招呼，这个郁吟什么来头？"

安德鲁冷笑一声，说了一句风马牛不相及的话："孟谦你知道吧？"

"当然，听说艾德资本就是他的家族……"

安德鲁挥手示意部下不必说出来："当初郁吟之所以能进艾德资本，还在总部连连升职，就是因为孟谦力保的。"

部下震惊不已："她和孟谦是什么关系？"

"一个英俊而富有的年轻男人和一个美貌却客死他乡的年轻女人之间，能有什么关系？什么关系都有了。"

"Andrew 啊！"

"怎么了？"

"这里你应该用'流离失所'，你的成语水平还需要精进一下。"

安德鲁顿了一下，佯装无事发生，将手边的文件推开："不管怎么说，我们得把分部控制在自己的手里，哪怕是他的女人来了也不能让。"

"那你打算怎么做？"

安德鲁的视线落在旁边的收购计划书上，说："既然总部要收购寓鸣，那么项目还是由我们自己主导吧。"

办公室内，郁吟将收购策划案放到一边，问卢婉："孙董联系上了吗？"

孙董指的是孙家兴，他是寓鸣的第二大股东，如果能得到他的支持，她们的计划会开展得更顺利。

"孙董避而不见。"

郁吟脸上看不出失望："我再想想办法，如果还是见不到就算了，我们手上的筹码也够了。"

手机振动，卢婉掏出来看了一眼，眉头一挑："小吟，Andrew 刚刚在内部网发了消息。"

"说了什么？"

"'古语有云，有朋自远方来，不亦乐乎，近日，郁吟女士衣锦还乡……'这写的都是什么玩意儿，用词奇奇怪怪的。"

卢婉念了几句就念不下去了，粗略看了一遍，告诉郁吟："大致就是说了一堆欢迎你的话，以及……将寓鸣集团的收购案纳入日程上来，措辞特别'绿茶'，还错用了很多成语。"

郁吟笑了笑，没将这事放在心上。

卢婉琢磨着说："这是怕你夺权啊，所以干脆将你的项目也抢过去自己做，不过他们要是知道我们的真实目的，估计会气死。"

想到什么，卢婉突然笑出声："要不然你干脆嫁了严楼吧，他肯定能不费吹灰之力帮你解决一切问题。"

"你不是刚提醒我，要小心见色起意的男人吗？"

"那是我不够成熟，这两天看的报表越多，见的人越多，就越不想努力了。现在想想，严楼又高又帅，而且禁欲系的男人那方面应该也不错，你稳赚不亏啊。"

闻言，郁吟干脆不理卢婉了。

忙了一上午，郁吟和卢婉刚从艾德资本大楼出来，立刻就有一个人迎上来，笑眼使劲儿弯着："郁小姐，才开完会啊。"

"赵敬业？"郁吟没想到会在这里看到严楼的助理。

小赵笑眯眯地说："郁小姐还记得我啊。是这样，严先生想请您吃个午餐。"

顶着卢婉打趣的目光，郁吟婉拒道："我已经约了人，今天恐怕不太方便。"

"您是约了小郁董吧？我们严总已经跟小郁董通过话了，我们可以先去接他，再一起去用餐。"

郁吟的笑容有点僵硬："你可真是个贴心的助理。"

她又看了一眼只知道看热闹的卢婉："你也学学？"

卢婉一边点头，一边后退："改日吧，我现在还有事，你们请便。"

人都已经堵到门口了，郁吟还是要给这个面子的。

小赵开车到了寓鸣集团，郁吟就发了消息让郁兆出来。

不一会儿，她就看见郁勇振和郁兆有说有笑地走出来。

郁勇振是专门送郁兆出来的，还细心地伸手替他拂去肩膀上不存在的灰尘，一副好长辈的模样，仿佛那日会上的威逼不存在一样。这些老狐狸，没办法联系到她，就蜂拥而上接近郁兆，企图从他嘴里撬出点什么。

"郁小姐，用不用我去叫一下？"

"不用。"

小赵看着郁吟的侧脸，女人还在微笑着，眼底却如有暗光，他无端打了个哆嗦：这女人心思有点深。

接了郁兆上车，郁吟什么都没有问，反倒是郁兆惴惴不安地瞥了她好几眼。

听小赵说，午餐是严楼亲自动手准备的，所以严楼不能来接她。

郁吟还脑补了在花草掩映的高级西餐厅中，严楼身穿白衬衫，两只袖子卷到小臂，在煎牛排的场景。

到了约定地点，的确有花有草也有白衬衫，只是不是西餐厅，而是后面的小花园。

这里原本是满架蔷薇一院香的地方，却煞风景地架了一个烧烤架，旁边的小矮几上放满了备好的肉类、海鲜和蔬菜，还有一只铜火锅里已经咕噜咕噜冒起了泡。

严楼衬衫笔挺，皱着眉，正在研究着点火器的用法。

"严先生说，您刚回国，可能会想吃烧烤和火锅。"

小赵说完，便走过去接过严楼手里的点火器，从挎包里抽出一沓不知道写着什么的文件，娴熟地扇着风。

郁兆坐下来，看着眼前的果盘很是诱人，伸手欲拿，却突然被从旁边伸出的手挡住，把整个果盘端走了。

"这个摆盘很漂亮，不能吃。"

说着，严楼又将果盘递到郁吟跟前："草莓很甜，你尝尝。"

郁吟不知道该哭还是该笑："不是说不能吃吗？"

"不一样，这些都是给你准备的，我想让你先吃。"

郁吟无语，又来了又来了，纯真而又坦率的一记直球，让她无法招架。

郁吟只得假装听不出他话里的含义，干巴巴地回了一句："严总客气了。"

初夏的午后，有厚重的云层被风卷走，将日头遮出连绵不断变幻的光影。微风拂过，带着一丝凉爽，令人很是惬意。

看着不远处和小赵一起忙碌着烤肉、额头上还沁着汗珠的郁兆，郁吟执起杯。

"我想和严先生做一个交易。"

严楼嗯了一声，侧头看她："不用谈交易，我可以直接帮你的忙。"

郁吟又自动忽略了这句话，头脑运转清醒："我想见孙家兴孙董，如果您能安排我们见面，交换条件可以谈。"

"只用见到孙家兴就行了吗？"

"是。"

"你见他做什么？难道，你想要借助孙董的股权，帮郁兆坐稳总裁的位置？"

严楼没有拒绝，语气平静，好像只要郁吟说一声"是"，她的心愿就能立刻实现。

出乎意料地，郁吟摇了摇头："如果我说，我要见孙家兴不是为了郁兆，而是为了我自己呢？"

郁吟的声音冷静，就连严楼也忍不住愣了一下。

男人端起酒杯，伸到她面前："好，我答应帮你。"

郁吟手中的杯子轻轻地碰了一下他的："谢谢您，不过我还是希望能回报您点什么。所以我这两天思来想去，想到了一个好主意。"

两人目光相接，严楼认真地凝视着郁吟，没有丝毫闪躲之意。

这一瞬间，郁吟有些怀疑，接下来不管她说什么，他似乎都会以这种她不愿深究的目光、稀松平常的口吻，再说出"好"这个字。

和回报无关，只因为说话的人是她。

郁吟忍不住伸手摸了摸自己的脸蛋，自己长得真就这么好看？

由于安德鲁的干预，寓鸣集团将要被高价收购的消息仿佛铁板钉钉了一样，大股东吞并小股东，小股东暗戳戳地收着散股，都等着届时大发一笔横财。

而这时，经过严楼的牵线，郁吟终于见到了孙家兴，两人就约在了严楼名下的一处红酒庄里。

有严楼的作陪，两人见面热络得如同孙家兴之前的避而不见全都是郁吟的幻觉。

"孙伯父。"

"小吟啊，好久不见。"

"孙伯父，您还是这么年轻。"

"哎，老了老了，倒是你，当初出国留学的时候还是个小姑娘呢，现在都这么大了。"

严楼充分发挥了自己作为陪客的身份，只顾低着头品酒，偶尔看看郁吟的脸，就当作给自己的奖励，其余的时候一句多余的话都没说。

只是郁吟一开口说正事，孙家兴总有法子将话题拐到别的地方去。

几个回合后，郁吟面上也冷了下来。

"我不相信您和郁勇振是一丘之貉，您只不过是觉得郁兆不堪大用。而且您现在置身事外，无非是觉得哪怕被收购，拿了钱颐养天年去，也比卷进郁兆和郁勇振的争斗中去要好，没错吧？"

孙家兴和善地笑了笑，没将女人的逼问放在心上。

郁吟的手指尖点了点扶手，清亮的眼眯了几分："可是如果我说，收购案从来都不存在呢？"

孙家兴手一抖，差点打翻了手边的杯盏，他惊疑不定地问："你说什么？！"

他又看了一眼严楼，后者无动于衷，明显就是事前知情的。

郁吟好整以暇地问："您有没有想过，怎么就这么巧，在郁兆被设计签下几个赔钱的大单，寓鸣即将易主之际，艾德资本恰好抛来了橄榄枝？如果没有这次的收购案，郁兆只怕早就被赶下台了，不是吗？

"我回国之前，自然要做好万全准备。父母过世，我却晚回来这么久，甚至没能在他们坟前上一炷香，可不是一点事都没做的。"

可能是还嫌孙家兴脸上的表情不够精彩，郁吟又刺了一句：

"收购案是假的，您说，现在的股价上升了这么多，一旦成为泡影……您手上的股份就不是金矿，而是催命符了。"

郁吟看了一眼严楼，后者微微点头。

她又接着说："一周之后就是寓鸣集团的股东大会了，我有一个对我们双赢的提议。"

郁吟攻克孙董这个难关的时候，卢婉也没闲着，她找来了著名的心理医生给郁咏歌做了一个心理评估，思忖着郁家的情况，又提议先为郁咏歌找家庭教师，暂时别让他去普通的幼儿园了。对此，郁吟深以为然。

郁咏歌的家庭教师原本就是幼师，比起教授那些郁咏歌本来就会的知识，更多的是照顾他。

这位女老师细心有余，可过于柔和。有一次，她见郁咏歌吃得多了一些，便劝说吃完饭最好出去消消食。

郁咏歌充耳不闻，小脸板起来就要回房，却被郁吟一把抓住。

"你不能回房去。"郁吟弯下腰和郁咏歌对视，"你正在长身体，必须出去晒太阳。"

郁咏歌黑漆漆的双眼盯着郁吟，忽然说道："他们都说你不是我姐姐。"

"我就是你姐姐。"

闻言，小男孩儿露出了质疑的表情。

郁吟忍不住笑了一下，又立刻板起脸："我叫郁吟，你叫郁咏歌。你看，吟咏，我们两个的名字是连起来的，你还没出生的时候妈妈就说要给你取这个名字了，就是希望你以后能听我的话。"

郁咏歌似乎被说服了。

"真的吗？"他的表情带上了一丝不确定。

"嗯。"郁吟起身，俯视着面前不及她腰高的小孩儿，"我知道你很聪明，但是即便你再聪明，现在这个家里我说了算，如果我不高兴，你就没有牛奶喝。"

是这样的吗？郁咏歌有一瞬间的迷茫。

郁咏歌为数不多的爱好之一就是喝牛奶，可在此之前，他从没有考虑过会有人以此威胁他，毕竟，没有人敢这么做。

"短时间内，我都要听你的话？"

"对，直到你长大之前。"

"那我现在可以喝吗？"

"可以，我让人拿一杯牛奶到秋千架那里，你一边晒太阳一边喝。"

一大一小进行了一番友好的交流之后，郁咏歌扯着家庭教师的手走了。

卢婉缓步走过来，抱着双臂看向郁咏歌的背影，说道："要说郁家的这四个兄弟也是，老大傻白甜，老四小小年纪就开始自闭，剩下两个更是……咳咳，那两个你想怎么办？"

郁吟难得地有些纠结："先不管他们俩了，不愿意回来就不回来吧，寓鸣集团还有一摊烂事，先解决这些要紧。"

"你怕？"

郁吟叹了口气："倒也不是怕，就是……"

"也是，毕竟都是二十来岁的大男孩儿，又不像家里这两个，傻白甜、年纪小，好对付，你怂点儿也是应该的。"

郁吟不满地瞥她一眼："你好歹是个名校高才生，请你用词严谨一点儿好吗？"

卢婉冷笑一声："那么我一个名校高才生，你到底准备什么时候给我一份正经的工作，而不是像现在这样给你当生活助理兼奶妈？"

"很快。"

郁吟口中的这个"很快"，真的很快就来了。

寓鸣集团一年一次的股东大会，当天，郁吟和郁兆准备一同出席。

郁兆一直表现得很紧张，临出门前，他的脸色更是透着不正常的白，他几番回头，看向郁吟。

"如果今天我让你失望了，你……"

"不用担心，今天你只需要相信我就好了。"

郁吟的话似乎别有深意，郁兆还想说什么，但她已经别开了视线。

依旧是回国第一天闯入的那个会议室，人到得比上次更全了些，大股东小股东加在一起，宽敞的会议间里人满为患。

今天的股东大会将会表决出两个关乎集团未来命运的问题——接不接受艾德资本的收购，以及集团的下一任执行总裁花落谁家。

不出郁吟预料，许多人都统一口径同意收购，单看投票前的气氛，几乎是一边倒的局面。

郁吟和几个人对上了眼神之后，伸手叩了叩桌子。

周遭一下安静下来。

"在表决之前，我有个消息想告知大家。"她笑了笑，和月牙形亲切的笑眼不相符的，是眼底的成熟与冷意，"其实也不需要我说，你们可以看一下手机。"

她话音一落，会议室里的人交头接耳，纷纷掏出手机，不过转瞬间，一个两个都变了脸色。

就在刚刚，艾德资本发布消息称，由于内部变动，集团决定停止收购寓鸣集团的计划。

这个消息一经发布，便被各种财经媒体疯狂转发。

外界都已经知道了，他们现在还坐在这里，简直就是个笑话。

会议室嘈杂起来，有人拍桌而起："郁吟，这是怎么回事？"

郁吟也翻看着新闻，这些报道基本上都是经由卢婉的手流出去的，她其实已经看过一遍了。

她稀松平常地说："如您所见，因为寓鸣集团糟糕的财务状况，所以刚刚艾德资本总部决定，停止收购案。"

那人脸色不佳："那你今天还出现在这里干什么？"

郁勇振赶紧制止住了这个话题。

他仿佛预感到了什么，神色间有一股隐秘的不安，催促道："直接进入下一个议题吧，现在有两位总裁候选人，我们举手表决，选出新一任总裁。"

候选人是郁兆和郁勇振，从明面来看，郁勇振胜券在握。

就在此时，一直沉默的郁兆突然起身，椅子在地上拖出刺耳的刺啦声。

郁兆的声音温和却有力："我推荐郁吟担任总裁，现在——候选人是三位了。"

他在说什么？

郁吟面露惊讶地看向郁兆，后者抿了抿唇，带着几丝不安，对上了她的眼神。

郁吟终于明白郁兆早上脸色发白是因为什么了，他心底不想做这个执行总裁，却又担心她会觉得他在逃避责任。

一个炮弹还不够，另一个重磅炮弹又砸下来。

会议室大门敞开，一个颀长高挑的男人走了进来。

"我同意——郁吟出任总裁的提议。"

严楼的出现掀起了一阵不小的波澜，但还没等众人弄明白严楼是什么时候摇身一变成为寓鸣集团股东的，孙家兴也举手示意。

"我也同意。"

紧接着，郁勇振极为震惊地发现，往日一些不显山不露水的小股东竟然纷纷倒戈。

郁兆的脑子是不清醒吗？

严楼这尊大佛为什么要来他们这座小庙？

郁吟才回国，又是什么时候联系上孙家兴以及这些小股东的？！

疑问三连，一千各怀鬼胎的人皆被打了个措手不及。

之后的一番兵荒马乱且不细谈，等待开票的间隙，严楼递来了咖啡："其实以你的准备，再加上郁兆的支持，原本也不需要我帮忙。"

郁吟苦笑着摇了摇头："我也没有想到。"

她回湖市是做了充足的准备的，可是她不能确定，在得知她要取代郁兆之后，郁兆还会不会一如既往地支持她。她同样也担心郁兆会帮助郁勇振，所以今日的安排没有向郁兆透露一星半点。

"郁兆如果不蠢，他就该知道，这是最好的办法。比起一个众人眼中懦弱无能的继承人，你的强势显然更容易被接受。有些人会恨你，会想办法把你拉下来，郁兆反而还有时间成长。"

严楼的话奇异地抚平了她内心的烦躁和酸涩。

他压低了声音说："人都有趋光性，喜暖、喜热、喜美，郁兆也不例外。"

似乎是为了配合他的话，金色的余晖洒落在她如瀑卷曲的长发上，他在她眼里看出一丝波动。

严楼垂下的手蠢蠢欲动，终于抬起来，凑向她被风吹得乱七八糟的碎发。他修长的手指刚要触及她的发丝，郁吟忽然重重地冲他鞠了一躬，他的一张俊脸险些毁于她甩过来的发梢。

"谢谢你，严楼！约定好赠予你的股份我不会收回。其实，我那点股份比起你和严氏集团的影响力来说，反而是我占了便宜。你放心，我不会让你后悔的！"

严楼一愣，倒也不必这么郑重。

他的手指蜷缩起来，重新缩回自己的身后。

天边泛起彩霞之际，寓鸣集团的继任者之争终于尘埃落定。

郁勇振临走前，冲郁吟露出了伪装之下的恶意："郁吟，事情不会这么简单结束的。"

郁吟淡定地倾了倾身子，唇畔弧度不变："您走好。"

很多事明明可以稍晚几天做，可郁吟却立刻令人收拾出了总裁办公室，将郁勇振不知道什么时候挪进来的东西全都堆到了库房，又接连下达了几项人事任命。她雷厉风行的做派让所有的人都能感受到，这个年轻的继任者，早已经料到现在这个结果，并做好了充足的准备。

看着卢婉掏出提前就准备好的水晶铭牌，端正地摆在宽大的办公桌前，郁吟终于松了一口气。

严楼一直没走，坐在沙发上，看着她低垂的眉眼，说道："恭喜你。"

"谢谢。"

"对我不用这么客气……"

"我请你吃晚饭？"

严楼未说完的话又咽了下去："当然可以。"

"那我们先下去找郁兆……他今天大概吓得不轻。"

原来不是她和他两个人的晚餐……

严楼唇畔原本就不明显的弧度又抹平了几毫米。

走廊空旷，电梯叮的一声在这一层停了下来。

电梯门打开，一个相当年轻的男孩子快步走向总裁办公室。

"郁吟！"

办公室门打开的一瞬间，那个男孩儿挂着灿烂的笑大步向郁吟走过去，伸出手，当着严楼的面，大大方方地将郁吟狠狠搂在怀里。

"郁吟，我好想你。"

严楼……脸色青了。

郁吟显然也有些意外，她发出了几个无意义的音节后，才推开紧抱她的少年："你回来了。"

"这话应该我对你说。"

年轻男孩儿特别黏人地往她的肩上蹭了蹭："郁吟，你怎么才回来，我真的好想你。"

似乎和预想中重逢的景象不符，郁吟的反应慢了半拍，扯开他："你先放开我。"

郁吟扭头看向立在一旁的严楼，有些抱歉地说："答应你的饭只好下回请了。"

"嗯。"

"你可以在这里随意看看。毕竟你是股东了，也该了解我们公司的具体运营，我会让秘书室的人过来招待你的。"

"嗯。"

郁吟匆忙地交代了两句就被男孩儿扯着走了。

严楼看见办公桌上被她遗忘的委任书，神色微动。直到耳边郁吟和男孩儿的谈话声渐渐消失，他才缓步走过去，将委任书拿了起来，在手上攥紧。

她落下东西了，他就帮她收起来，下次再还吧。

回到郁家，看着安静温和的郁兆、沉默不语的郁咏歌，以及一进门就懒散地靠进沙发里四下打量的郁致一，郁吟的太阳穴忍不住又突突地开始疼。他们三个明明血脉相连，却仿佛来自三个世界。

郁咏歌突然抬起头，直勾勾地看着她。

郁吟了然，娴熟地去餐厅拿了盒牛奶，插了吸管，塞进他的嘴里，这才扭头看向瘫在沙发上的人。

"郁致一，爸妈的葬礼你为什么没回来？"

郁致一耸肩："懒得赶回来就没回来喽。"

郁吟皱了皱眉头："我听人议论，你是和人打架了。"

"算是吧。"

"为什么？"

"看不顺眼就动手咯。"

"这可是葬礼，你——"

男孩儿骤然起身，借由身高优势俯视着郁吟："郁吟，重逢不是很开心的事情……别管我了，嗯？"

他鼻音上挑，和昔日印象中活泼开朗，就连偶尔生起气来也是傲娇得想让人去哄的男孩儿完全不同。他此刻的笑容还是那么阳光，可若是仔细看，却还带了那么一丝不以为然——对她的不以为然。

这回感觉对了，郁致一从来都不是什么阳光小奶狗。

郁吟问："你这次回来还走吗？"

郁致一摆弄着手机，头也不抬地说："这句话不是应该我问你吗？出国六年才回来，你还走吗？"

"我不走了。"

郁致一不知道是否听到了这句话，只是之后很久他都没有出声。直到手机里传出游戏胜利的音效，他才收了手机，回自己的房间去了。

已近深夜，郁咏歌也早早入睡，郁吟在门外徘徊片刻，还是敲开了郁兆的卧室门。

　　郁兆正在书桌前看书，看见郁吟进来，显出几分尴尬。

　　郁吟问："这么晚还没睡啊？"

　　郁兆讷讷地回答："嗯，再看会儿书。"

　　"今天……"

　　"今天我……"

　　两个人不约而同地开口，又不约而同地哽住。

　　郁吟攥紧了手："不管你相不相信，我没有想要吞并寓鸣的念头，我只是想给你们更好的生活。但是也不管你会不会恼怒，我还是要说，以你现在的能力，还达不到作为寓鸣集团总裁的标准。"

　　郁兆抬起头，那张终日都挂着礼貌微笑的脸上，神情终于黯淡下来。

　　"你以为我在乎的是这个？你不相信我，所以你的计划从来没跟我说过。你怕我会轻信他人，会做你的敌人？"他用词尖锐，情绪也随之激动起来。

　　郁吟看着这样的郁兆，莫名心疼："我不是这个意思。"

　　"那你是什么意思？你自从回来就跟我保持着距离，你还把我当小孩子，把我当作一个需要你费心照顾的人，当作一个负担！"

　　"我没有把你当负担！"

　　两个人的声音都高了起来，一时间，连空气都紧绷着。

　　"那你当我是什么呢……姐姐。"

　　郁吟愣住，这是她回国以后，郁兆第一次叫她姐姐。

　　仿佛那些稚嫩却温暖的时光都随着这声轻唤，回来了，郁吟的眼眶忍不住微红。

　　忽然，门外传来一声——"吵，睡觉。"

　　两人不约而同地扭头看去。

郁咏歌站在门外，穿着兔子睡衣，小小的一只，揉着眼睛，满脸困倦。

郁咏歌的样子太乖了，郁吟心软得一塌糊涂，走过去弯下了腰，轻声问："你怎么出来了？"

"吵，醒了。"睡得双眼迷蒙的郁咏歌，声音也比白天软和。

"不吵了不吵了，我抱你回去继续睡觉。"

她俯身抱起郁咏歌，往外走了两步，复又回头，看向郁兆。

"你是我的弟弟，这一点在我心里从来没变过，这次的事……是我错了。"

她顿了顿，又说："去做你喜欢的事吧，读书、研究，你喜欢做科研，我知道爸妈也支持你，否则他们不会投资那么多资金在科技产业，都是为了有朝一日你能真正的天高任鸟飞。"

夜深了。

郁吟离开后，郁兆闭上眼睛趴在桌面上，墙上的钟表发出规律的嘀嗒声。

他有些困了，尤其是这几天经历了太多惊心动魄的事情。

哪怕没有人承认，可是郁兆还是想承担起当哥哥的职责。

只是他成长得太晚了，他以为未来还有足够的时间能弥补自己性格的不足，可是父母突然离世、集团事务接连出岔子都打得他措手不及，董事会上，面对着所有人的步步紧逼，他几乎撑不下去了。

要不就算了吧——还没等这个念头在脑海中变得清晰，甚至吞噬他的心之前，郁吟回来了。

她出现了。

郁吟，他的姐姐回来了。

他好像又有了依靠。

第三章
以我的视线寻找

秉着做事不留尾巴的原则，郁吟还是去艾德办理了自己的离职手续。

见到郁吟的员工们都忍不住打量她，这位月余之前从总部空降来的总监，椅子还没坐热乎呢，竟然就去寓鸣集团做了执行总裁。

郁吟大概也知道这些人背地里对她的风评，无非是说她年纪轻轻就心机深沉，刚回国就摆了总公司一道，利用虚假的收购项目作为跳板，意在掌寓鸣的权。

办完手续，安德鲁眨着他迷人的蓝眼睛，给了郁吟一个紧紧的拥抱，并说："哦，郁，真可惜我们不能相亲相爱地共事了，欢迎你经常回来看看。"

郁吟看着与之前判若两人的安德鲁，也不计较他前段时间在背后搞的小动作，微笑着说："希望日后有机会合作，以及，希望你的成语水平能再精进一些。"

"哦，我会的，汉语太难了，成语更是难上加难。"安德鲁又饶有兴致地追问，"你就这么离开艾德了，孟谦没有意见吗？"

"放心，总部的问题我已经处理好了。"她以为安德鲁问的是，她突然离职会不会影响到孟谦这个直属上司。

安德鲁沉默片刻："不，我是说，其实你回湖市的当天，孟谦就给我打过电话，希望我能照拂你。当然，我并不想这么做，空降总是令人厌恶的。可是不可否认，孟谦的确对你很用心。"

郁吟也不知道说什么好，她为了现在的局面布局了很久，也付出了很多，可是唯独面对孟谦，她总是心有愧意。

郁吟并没有太多的时间去追忆过去，拿到了寓鸣详细的财务报表后，她很快投入到了工作当中。

她这才发现，寓鸣的整体状况其实比她想象中要好。虽然账面上的财务状况已经千疮百孔，可是集团的底蕴还在，如果能好好运作，未必不能扭亏为盈。

新任总裁特助卢婉也翻着报表说道："寓鸣是百货商场起家，这几年却开始涉足科技领域，科技行业投资巨大，但是短时间内看不到回报，这才掏空了现金流。"

"First blood（第一滴血）。"

身旁传来的音效声让卢婉的视线忍不住飘忽了一下。

"这些我已经知道了，既然已经投入了，就不能停止，否则才是竹篮打水一场空。"

"Double kill（双杀）。"

郁吟顿了一下，别过头说："致一，你能不能换个地方打游戏？"

郁致一抬头看她："我没事做，来你这里待会儿不行吗？"

还不等郁吟回话，他又挑了挑眉："你要是嫌我碍眼，我现在就走，绝对不在郁总裁面前碍眼。"

一个"走"字已经到了嘴边，可是一看郁致一那双最像孙婉的眼睛，郁吟又把话憋了回去："你……算了，你爱干什么干什么吧。"

郁致一又低下头去玩游戏，表情上也看不出喜怒。半晌，他关上手机，站起来往门外走，没有给郁吟一个眼神。

"没劲，走了。"

看着郁致一大摇大摆离开的背影，卢婉真诚地建议道："孩子不听话，多半是傲娇，打一顿就好了。"

回应她的只有郁吟的苦笑："你来？"

看着郁致一一米八九的背影，卢婉连忙摇头："算了算了，你弟就是我弟，爱护咱们弟弟，人人有责。"

"说正事吧，我让你查寓鸣的盈利，你查得怎么样了？"

卢婉说："寓鸣百货的绝大部分盈利来自自有商超，可是在品牌管理的收支上一直是亏损的，商场里的入驻品牌参差不齐，极度影响寓鸣百货的声誉。实际上，这一部分如果好好运作，盈利会很可观，但是之前是郁勇振负责的，在他手里耽误了。不过，现在让他乖乖地吐出来给我们可不容易，少不了要软磨硬泡。"

郁吟冷笑："没什么容不容易的，我兜了一圈才坐上执行总裁的位置，可不是为了事事都跟他软磨硬泡的。"

两个人又商量了许久。

卢婉走前，想起什么，又回身问道："对了，大众的关注点还停留在你养父母去世的消息上，寓鸣换帅了解的人不多，是不是应该给你安排几个采访？"

郁吟没有拒绝，一个集团掌权者的形象，有时会直接关系到集团未来的发展。

可是还没等她想明白应该怎么做采访，回家的路上，就接到了郁兆的电话："姐，致一出事了！"

他的声音慌乱，郁吟听得心中一跳，立刻让司机掉头。

"走，去中心医院。"

郁致一进了医院。

他在主干路上超速行驶，撞上了迎面而来的私家车。相撞的时候，两辆车都发生了漂移，周围的车闪躲不及，造成了连环相撞。

还好，只有两三个人受了轻伤。

本来只是一起普通的交通事故，郁吟已经做好了负全部责任、道歉、赔偿的准备，可是没想到，郁致一的身份被人大做文章。车祸不过半个小时，网上就有了标题不友好的新闻，诸如"寓鸣集团太子飙车，致多人受伤，现场大发雷霆"之类的。

寥寥几句，将一个招人恨的富二代形象刻画得淋漓尽致。

郁吟赶到医院的时候，郁致一的病房外已经围了一圈记者，病房外还有两个护士在拦着。

一个年轻的护士叉着腰，凶巴巴地拦在这群跃跃欲试想要冲进去采访的记者前面："这里是医院，我管你们是想做什么采访呢，里面是病人，谁都不能打扰！"

小护士声音清脆，脸蛋由于愤怒涨得通红，就像对着一群黄鼠狼勉力扑腾翅膀、奋力驱赶它们的小鸡，郁吟不免多看了她一眼。

可是她毕竟势单力孤，一个不耐烦的男记者伸手就将人挥到一边："别挡路啊。"

眼看小护士站不稳身子一歪，郁吟疾走两步，扶住了她。

小护士一抬头，就看见一个着装优雅、留着卷曲长发、妆容精致的女人，动作是温柔的，神情却很冷淡。

郁吟伸手堵住了镜头，将它压下，冷着脸道："拍够了吗？"

"你谁啊？"男记者不耐烦地看向郁吟，视线在她的脸上划过，总觉得这漂亮女人面熟得很。

同事低声说："她是寓鸣集团新任的执行总裁。"

这么年轻？

男记者立刻将照相机对准了她，快门声频频。

郁吟不躲不避，顺势将众记者的注意力都牵引到自己身上。

"由于我的家人行车不规范导致了这场事故，我在此对受伤者及其家属致歉，我们保证，一定会负责到底。只是除此之外，我注意到现在网络上已经有很多不实消息，还望各位有职业操守，明白什么可以写，什么不应该写。如果再看到不实报道，我们公司的法务部会追究责任。"

郁吟话音一顿，表情缓和了些，继续说道："如需采访，我们会有专人配合，但这里毕竟是医院，不太方便。大家辛苦一些，转移到别的地方，助理已经给诸位订了咖啡，可以边喝边谈。"

巴掌配甜枣，让这些人没了脾气。

等赶来的卢婉安抚好了记者，郁吟这才走进病房。

郁致一半躺在床上，双手操作着手机，里面传出游戏的音效，听见有人进来，他也只是瞥了一眼。

郁吟回头看了看郁兆。

郁兆也为方才的慌张感到不好意思："致一只是擦伤，但是我担心他撞到脑袋了，还是让医生做了检查。"

"你处理得很好。他躺在病床上，总比让记者们看到他活蹦乱跳还满不在乎的样子要好一点。"

"谢谢。"

郁致一手下一顿，抬起头来："这不是我们女总裁嘛，大忙人怎么有空过来了？"

郁吟走过去，看了一下他包扎的伤口。说实话，那点擦伤如果不尽快处理，几乎都要愈合了。

郁吟的脸色沉了下来，说："为什么在路上超速，你不知道这很危险吗？"

"太无聊了，玩玩而已。"

跟郁兆不同，郁致一这几年过去，性格似乎已经有了翻天覆地的变化。他低着头看着手机，一副拒绝交流的模样，让郁吟满肚子的话不知道该从何开口。

郁吟揉了揉额头："事情没平息之前，先让他在医院待着吧。"

郁吟又去看了几个伤者，郁兆全程陪同。等到结束已近深夜了，郁兆揉了揉太阳穴，一副很疲倦的样子。

月光下，郁兆的侧脸已经有了成熟男人的轮廓。

郁吟扭头问他："如果爸妈没死，你现在会在做什么？"

"他们去世前……我刚接到了卢登堡科学院的邀请，去读博士，如果不是寓鸣集团陷入危机，我可能已经出国了吧。"

提起自己的学业，郁兆眼底闪过不容忽视的亮光。

郁吟想伸手摸摸他的脑袋，可是郁兆已经是个男人了，很多只有小时候可以做的动作现在显然不合适了。

她的话在唇齿间辗转了几番，最终说道："出国去吧，去完成你的梦想，然后再回来。"

尽管已经和记者再三沟通，可是第二天，网上还是出现了很多负面报道，大多围绕着郁致一的花边新闻，"寓鸣集团"四个字被频频提起，每看一次，郁吟的眼皮都要跳一下。

上午处理完积压的工作，郁吟下午又去了医院。

挂号大厅里，一个护士正蹲在一个哭号的小孩儿面前，温声细语地安抚。

郁吟本已经走过去了，又退了回来。

"你好。"

护士抬头，惊讶地站起来："是你啊……郁总？"

"你认识我？"

"我听他们都这么叫你。"

郁吟友好地冲她伸出手："叫我郁吟就好。"

小护士莫名有些羞赧，握了握郁吟的指尖就连忙缩回来了："我叫李思然。"

郁吟打量了她半晌，几乎将人的脸颊都烧红了，才满意地点点头："你现在的工作，高尚、稳定、有前途，所以为了挖你去我那里上班，我给你开出三倍薪酬，五险一金挂在寓鸣集团，工作轻松，气氛愉悦，有兴趣了解一下吗？"

李思然张大了嘴：什么情况，我被女霸总看上了？

见她呆呆愣愣的，郁吟皱了皱眉头："五倍？"

"我愿意！"这三个字生生被李思然说出了结婚誓言的气势来。

郁吟刚要开口，身后就传出一个男人冷冰冰的声音。

"愿意什么？"

严楼沉着脸站在郁吟身后，面色不善地打量着李思然。

郁吟觉得这场景有一种说不出的怪异，给李思然留下自己的电话，嘱咐她联系自己之后，便陪着严楼往前走。

"严总，你怎么来医院了？是有什么人生病了吗？"

严楼目光流连，神情带上几分温和："我是来看郁致一的。你弟弟住院了，我理应过来探望。"

郁吟讪笑，心想：倒也不必这么周到。

严楼不经意地问："你身边为什么需要一个护士，她也帮不上你什么忙吧？”

郁吟没想到他还在纠结这件事，不免觉得好笑，神情自然而然地带上了三分笑意：“不是我需要。那个女孩儿性格开朗，勇敢乐观，我想让她来照顾咏歌。”

“你对你的弟弟们都很好。”

郁吟淡淡地说：“一家人，没有什么好不好的。”

“只要是家人，都会这样吗？彼此照拂，不计付出。”

严楼的声音很轻，没什么特别的情绪。

郁吟还以为他在开玩笑，可是一抬头，就看见严楼的眼神。

真挚又有点好奇。

活像只萨摩耶，只是这一只，血统要更名贵点。

他是认真的，这才让郁吟更加不解：“严家枝繁叶茂，而且亲戚们依照严老先生的意思，都生活在湖市，你应该也有很多家人吧？为什么要问这么浅显的问题？”

严楼深深地看了她一眼。

有那么一刻，郁吟几乎以为他要向她倾诉一个大秘密，可是下一瞬，他已经移开视线，当先往前走去。

“有机会再告诉你吧。”

两个人一起去看了郁致一。

郁致一对她这个姐姐不假辞色，但是对严楼却显得乖觉很多。就连严楼削的一个苹果，他都安安静静吃进去了，那老实的样子，令郁吟都忍不住怜爱他了。

严楼稍微坐了会儿就走了。

严楼一离开，郁吟忍不住问郁致一：“你怎么好像很怕严楼？”

郁致一扯起嘴角，冷笑了一声：“你懂什么，严楼一看就深不可测，气场和你这种刚上任总裁的人不一样，能不惹就不惹，我这是合理规避未知风险。"

郁致一说了这么多，郁吟只将它归结为一句话——小动物面对食物链中比他高级的存在时的本能反应。

眼见郁致一又摸出了手机，郁吟起身，无视郁致一不满的目光，伸手按了一下他的头顶："你也收拾收拾出院回家吧，别占用医疗资源了。"

那边，严楼一坐上车就对小赵说："你去查一下跟这场车祸有关的人，尤其是受伤住院的那几个。"

"为什么啊？"

"第一家爆出车祸的事，并且给郁致一泼脏水的媒体之前给郁勇振做过专访，我怀疑这场车祸有问题。"

"这个巧合确实有古怪。"小赵突然咂摸出味来，"不对，就算里面有蹊跷，可是那又关咱们什么事？"

严楼抿唇："你最近越来越多话了。"

"我看您现在就是上了头的状态，您之前无论喜欢什么东西，虽然执拗，但是都还有节制，现在喜欢上郁吟后，不仅自己出马帮助她坐稳总裁之位，还连她的家人都要一并照顾。"

小赵话音刚落，严楼便说："你错了。"

严楼看向车窗外飞速闪过的霓虹，按向自己的心脏，感受到有力的、规律的跳动，轻声说："她是不同的，从前我想要的东西，我只会想长久地拥有，可是郁吟……我想看着她发光，也想和她做一家人。"

家人？

小赵想到了什么，脸色一变，低下头不说话了。

本以为车祸的事已经逐渐平息，可是没想到，最后还是出了岔子。

卢婉是在一个会议中敲门进来的，她俯身凑到郁吟耳旁说了几句。

郁吟蹙起眉头："视频给我看看。"

卢婉点了几下，将平板电脑递过来。

视频里是一个中年男子，他是最后一个还没出院的伤者，正面对镜头声泪泣下，看着十分可怜。

"原本我已经自认倒霉了，可是郁致一非但没有真心悔改，反而心怀怨气，他找到了我的病房，当着医生护士的面打了我。有钱了不起吗？太仗势欺人了，我绝对不会和寓鸣集团和解的！"

卢婉皱起眉："医药费和精神损失费我们都赔付了，几个伤者也很满意，这个男人是最后一个出院的，没想到来这么一出戏。"

郁吟沉思道："这个人有问题，我们中套了。"

"你好像不意外，也不生气？"

"树大招风，我既然留下来了，就做好了面对这些烦心事的准备，一件一件解决就是了，没什么可生气的。"

郁吟赶到医院的时候，郁兆正在应付闻讯而来的记者们，虽然他焦头烂额的，但是场面也没有失控。

郁吟刚想走过去，忽然，手臂被人拉住。一扭头，她就看见严楼的俊脸。

严楼像是匆匆赶来的，微微喘息着，衬衫都不大规整。

"跟我走。"

他拉着她避开记者们的视线，进了楼梯间里。

空间狭小，昏黄的感应灯亮起，郁吟微微有些不自在。

她清了清嗓："你是有什么话想对我说吗？"

严楼垂眸看她，虽然楼梯间灯光微弱，可是那抹昏黄却令她的轮廓更加柔和。

郁吟无奈。

又来了，奇奇怪怪的注视又来了！

她侧了侧身子，避开严楼的眼神，又叫了一声："严总？"

严楼回神，他表情淡淡的，镇定自若，好似刚才他并没有失过神。

严楼说："闹事的这个伤者是郁勇振一个同乡的侄子，叫吴勇。"

郁吟立刻反应过来："怪不得，我总觉得奇怪，这些媒体就好像事先都知道要出事一样，一有风吹草动比我到得还快，原来是郁勇振在背后捣鬼。"

"那你想怎么办？"

郁吟眯起眼，冷笑了一声说："自然是从根上解决问题。我去找吴勇谈谈，谈不拢就报警抓他。同乡的情谊而已，不值得这个人背上敲诈勒索的罪名。"

严楼伸手拉住她："我替你去，你先去前面稳住记者。"

"这……"明知道严楼对自己有好感，依旧不拒绝他的帮助，郁吟忍不住觉得自己有点厚脸皮。

看穿了她的犹豫，严楼淡淡地说："现在不是怕麻烦我的时候，先解决眼前的事要紧。"

严楼身为一个上市公司的总裁，对付吴勇这种满脑子小聪明的人自然不在话下，等郁吟安抚好记者回来，事情已经水落石出。

郁勇振给了吴勇一笔"零花钱"，暗示他去找郁致一的麻烦，因此他开车跟着郁致一，故意别车，郁致一下车同他理论的时候，他又极尽侮辱之词辱骂郁吟，挑起郁致一的怒火后扬长而去。

郁致一开车追逐，追赶中为了躲避一个闯红灯的行人，紧急刹车，车子横向漂移出去，这才导致了车祸。

可是郁致一什么也没跟郁吟说。

郁勇振行事还算小心，给吴勇的钱都是现金，除了吴勇的话，没有证据能证明他也搅和其中。郁吟只好退而求其次，让吴勇出来背这个锅。

吴勇当众承认，事先知道郁致一是寓鸣集团的公子，刻意接近，想敲一笔。事情至此反转。

送走记者们之后，郁吟总算有时间去看郁致一。

郁致一的脸青了一块，嘴角的血迹已经干涸，手上的血迹不知道是属于谁的，比起刚进医院的那阵要严重多了。

他瞥了一眼郁吟，扭过头，用后脑勺对着她。

郁吟叹了口气，站在门口没再往里走："你不想见到我，我可以出去，但是伤要赶紧治。"

听到离开的脚步声，郁致一猛地转头，冷漠地盯着她："你出去？你又要去哪儿？"

没有意识到这孩子的脾气已经有喷薄之势，郁吟理所当然地说道："公司的事还没处理完，我得赶回去。"

——从某种意义上来说，郁吟也算得上直女了。

果然，郁致一看见她真挚的眼神，立刻就爆了。

他咬牙切齿地怒视郁吟："你凭什么？想走就走，想回来就回来，不是亲生的就是不一样，来和走都这么潇洒！"

怨气积攒到现在，才一股脑地发出来。

郁吟喉咙一痒，讷讷道："我只是想关心你。"

"关心？你用什么关心？是帮助郁兆夺回寓鸣集团，还是在我闯祸时给我收拾残局？"

"要不然呢？你们遇到了困难，我该放任不管吗？"

"又不是亲姐姐，别装得这么深情！"由于太激动，郁致一眼眶都红了。

"你……好好休息吧。"

刺耳的话像是利剑一般刺进她的心里，再也待不下去，郁吟勉力维持着表面上的平静，夺门而出。

郁致一躺回床上，黑漆漆的双眼盯着天花板，整个人散发着一种尖锐又无望的气息。

忽然，门又开了，郁致一猛地扭头，眼底爆发出未明的光彩，在看到一个高大的身影后，他又嗤笑一声，躺了回去。

那人走到他的床边，身影高大，周围安静得跟惊悚片里的氛围似的。

郁致一闭着眼憋了一会儿，还是没忍住，皱眉看向来人，问："你有什么事吗？"

严楼的表情冷淡："你以为是她回来了？"

顶着骨子里的畏惧，郁致一梗着脖子说："跟你有什么关系？"

"本来是没什么关系的，可是我觉得你的话很过分。"严楼看着他，表情不复面对郁吟时的温和，而是严肃又冷淡，"你失去了父母，她也失去了父母，甚至在此之前，你们一家人生活在一起，她却一个人漂泊在国外。而现在，她为了你们又放弃了她在国外拼搏的一切，你这么对她，不公平。"

"没有人让她走！"郁致一从床上坐起来，满脸不甘，"是她自己选择走的，是她抛弃了我们所有人！"

"你们问过她，那是她真正的选择吗？我不知道你们家的事，但是我知道，如果不是被迫，谁愿意背井离乡？从娇小姐到现在手段果决的女总裁，你们有谁问过一句，她在国外经历了什么吗？"

就在郁致一以为严楼只是来说几句话为郁吟鸣不平的时候，严楼忽然又轻声说："不过也好……你就坚持自己的想法吧，等到她有一天累了，我会把她从你们身边带走。你应该知道，你不想要的，是我所奢求的。"

他的话说得很认真，认真到郁致一忍不住后背窜起凉意。

严楼嘴角一勾，冷笑道："小朋友，既然要叛逆就彻底点，有能耐就别后悔。"

郁致一气得抽出枕头朝他的后背扔过去，却只砸到了紧闭的门板上。

严楼，伪君子！

周一的晨会，郁吟布置完工作后，企宣部的部长跟她汇报最近的宣传方案，顺便也提了一下郁致一车祸的事。

在寓鸣集团的努力下，他们通过寻找路过车祸现场的车辆影像，找到了吴勇故意下车挑衅郁致一和别车的视频，并公开到网上。再加上吴勇因为怕被起诉，在记者面前承认他在说谎，舆论有了很大的反转。

意外的是，郁致一那张俊俏的脸以及狠戾的拳头，使得他暴躁小狼狗的形象深入人心，甚至在财经板块，郁吟的专访下面，评论都一溜烟刷起"姐，你还缺弟妹吗"之类的话。郁吟看到的时候紧紧皱起了眉头，完全不明白现在的小姑娘怎么那么容易就认亲戚了。

但是寓鸣集团随之名声恢复总归是一件好事。

会上，郁勇振笑眯眯地说："都解决了就好。"

说完，郁勇振又看向坐在后排的男人。

严楼虽然坐的位置偏角落，可是没有人敢忽视他。

"对了，听说这次风波多亏了严总才能查清楚。严总现在也是寓鸣集团的股东了，不知道严氏集团对我们寓鸣未来的发展有什么规划啊？"

严楼面无表情地说："我只是持股而已，不负责具体的经营，并且我的私人持股也和严氏集团无关。"

郁勇振就等着严楼这句话，闻言立刻掉转枪口冲着郁吟："还是严总识大体，懂得该是谁的项目就由谁负责，不像有些人，位置还没坐稳呢，就急急地想要收拢权力。"

郁吟对郁勇振的发作早有准备，她端正地坐在上首，余光都不给他一个。反正也没指名道姓，郁吟权当说的不是她。

这副事不关己的装傻态度，将郁勇振气了个半死。

他当着众人的面一拍桌子，愤愤道："我就直接说了。郁吟，你想要我手下品牌管理部的项目，不可能。"

郁吟看着郁勇振，就像看着一个耍脾气的孩子，无奈又头痛，尽管这个"孩子"已经四十多岁了。

"如果你有不满的话，可以私下里找我抱怨，但这里是公司，还请你遵循公司的决定。"

这话说得冠冕堂皇，让郁勇振忍不住想起两个月前，同样是在这个大会议室里，郁吟还只是一个闯入者，而现在……

郁勇振阴恻恻地说："如果你强硬地接手品牌管理部，恐怕现在入驻的几个服装品牌换了负责人，就不会继续跟我们合作了。"

"那就让他们走。"

郁勇振质问："品牌撤柜了，我们卖什么？"

管理层们也纷纷看向郁吟，揣测着这位新掌权人要做什么大动作。

郁吟也没令他们失望，她起身，让卢婉把一早准备好的企划书分发下去："我要调整寓鸣百货入驻品牌的标准，现在的入驻品牌鱼龙混杂，我让人查过，有些品牌甚至连资质都存疑，原本就不应该出现在商场里，同时，我还要做我们寓鸣自己的服装品牌。"

企划书做得很详细，寓鸣集团有自己的厂房、物流、仓储等，甚至还有一条老旧的服装生产线，这个想法还真的不是异想天开。

郁勇振越看脸色越僵，最后干脆将企划书往桌面上一摔："行，你是执行总裁，你说了算。但是我告诉你郁吟，等你把寓鸣集团搅和黄了，别哭着回来求我！"

哭？她早就不会哭了。

会议一散，郁勇振一派的人气急败坏地离开。

众人只知道这一次交锋是郁吟赢了，可是只有她心里明白，现在的品牌管理部是个烂摊子，她要做的事情还有很多。

见郁吟叹了口气，卢婉倒是笑了："你最近叹气的次数有点多。"

"叹气有助于长寿，我只是在养生。下班了，走吧，去吃饭。"

卢婉惊讶地问："你不回家吗？"

郁吟的表情变得有点一言难尽。

卢婉了然，带着点幸灾乐祸："郁致一那小孩儿还在给你脸色看？"

"求你别说。"

卢婉哈哈大笑，笑过之后又对好友的近况表示了同情："我还记得，你在国外的时候经常跟我提起你的弟弟们。你说郁兆自小就贴心，虽然比你小了三岁，却像个哥哥一样照顾你。郁致一虽然顽皮叛逆，但是也听你的话，现在怎么变成这样了？"

六年的时间太久了，久到许多记忆已经褪色，郁吟喃喃地说道："是啊，怎么会变成这样……"

寓鸣百货是家全国连锁的百货商场，商场本身就有着极为庞大的顾客基数，自主品牌的服装在自家商场销售，虽说便捷，可是和入驻的服装品牌相比，并不具备压倒性的竞争力。

郁吟也没打算一开始就走中高档路线，相反，她将新品牌定位在舒适、日常、性价比高上，直接在超市里规划出大块空地，每个来采购日用品和食品的顾客都能途经那里，销售额肯定不会低。

计划是完善的，当务之急是要找到一个成熟的设计师团队，赶在年前上架第一批服装。可是这毕竟不是郁吟擅长的领域，一时间，在团队选择上，她也犯了难。

郁勇振还在上蹿下跳，听说他最近频频约见那些服装品牌的负责人，大抵是蛊惑他们站队，一起跟寓鸣解约。

在第三次接到底下员工反映，有品牌借口明年欲撤出寓鸣百货，实则是想少支付品牌管理费之后，郁吟终于厌烦了，泄愤似的将手里的笔在桌面上敲了几下，说："我不能留着郁勇振了，他虽然没什么威胁，但是像只蚊子一样，成天哼哼唧唧的，烦人。"

卢婉失笑："你想怎么办？"

"查他的账。我听说他有个私人秘书，职位也没有挂在寓鸣集团下，应该是他的亲信，就从那个人身上查吧。"郁吟顿了一下，"这个人叫什么你好像没跟我说过？"

卢婉避开了她的目光，只是说："我回头查到什么，再一起跟你说吧。"

郁吟这才觉得有点不对劲，卢婉行事周全，但凡寓鸣集团里有点名号的人，资料都被她调查得清清楚楚，没道理会放过这么一号人物，还要自己从别人口中听说。

郁吟蹙起眉，郑重地叫了她的名字："卢婉，那个人是谁？"

卢婉抿了抿唇，神色有点暗。

就像是宁静山谷上的一方天空，远处乌云飘来，有一种压抑的气氛笼罩了她。

卢婉轻声说："孙俸……郁勇振的私人助理就是孙俸。"

郁吟握笔的手指一缩。

如果说，郁吟是在不得已的情况下，草草离开，出国读书，那么卢婉就是在无路可走的时候，狼狈流离到了国外。

罪魁祸首就是这个孙俸。

"抱歉，我……"郁吟立刻就改变了主意，准备让另外的人去做。

可是还没等郁吟开口，卢婉就对上了她的目光，霎时，神色镇定了下来："我可以的，我去查。"

她们都是将一道刻骨伤疤埋在心里的人，六年异国生活，她们彼此依靠，彼此给予对方勇气，也曾彼此承诺过，当她们满身铠甲归来时，必不会再次退回到阴影里去。

下班后，还没到停车场，郁吟就被一个陌生的西装男人拦住了。对方虽彬彬有礼，但挡在她的身前不让路，态度显得十分强硬。

"郁小姐，我们老先生想见您一面。"

她顺着男人伸出的手看去，一辆黑色的车停在路边。

"你们老先生？是谁？"

"他姓严。"

郁吟心中似有所感，没有拒绝。

车行到了一处会所，庭院是中式园林的布置，花草和假山流水一应俱全，置身其中就令人心旷神怡。

郁吟一上楼，就见到了一位六七十岁的老者，他穿着休闲装，可是腰背挺直，精神抖擞，自有一派风骨。

郁吟冲他点头，以示礼貌。

"严老先生。"

老人招呼她坐下，摆弄着桌上的茶具，给她添了杯茶，沸水入杯，蒸汽氤氲在两人之间，模糊了空气中的锐意。

"你就这么没有防备地来了？你知道我是谁？"

"您是严楼的爷爷，严楼对我、对寓鸣集团都有很大的帮助，您要见我，我不能不来。"

郁吟不卑不亢的态度仿佛令他很满意，老人点了点头，伸出手，说："我是严胜江。"

郁吟连忙起身："久仰大名。"

严家在湖市世代经商，本就底蕴深厚，严胜江更是一个商业奇才，他紧跟着时代发展，带领严氏从传统产业成功转型，如今不管是民生业、制造业、科技业等等都有严氏涉足，郁吟远在国外都听过他的大名，对他颇为敬佩。

两个人一边品茶，一边闲聊。

严胜江自然不可能单纯只为见见她，没聊几句话，他就开门见山，表明了来意。

严胜江悠悠地说："我知道你在为寓鸣百货品牌管理和新服装线的事发愁，你眼中的难题，其实我打一个电话就能替你解决。"

"我对严家的底蕴有所耳闻，只是您今天约我前来，不只是为了向我炫耀严家的能力吧？"

"当然不是。"严胜江哈哈大笑，语带玄机，"我是想邀请你，共享严家的能力。"

郁吟摇摇头："我不明白。"

"郁吟，我看好你做我的孙媳妇，你嫁给严楼，寓鸣的事就是严氏的事。"

严胜江话音一落，郁吟的思维有一秒钟的停摆，从语出惊人这个特征看，严胜江真不愧是严楼的爷爷。

她轻咳一声，竭力显得云淡风轻："谢谢您的好意，但是恐怕我不太合适。"

方才还一副城府深沉模样的严胜江，闻言猛地站起来，眼睛瞪大："怎么不合适了？难道你瞧不上严楼？"

"怎么会？"郁吟连忙摇头。

见严胜江一副她说不出个子丑寅卯就绝不罢休的样子，郁吟犹豫了一下，还是决定说得更明白一些。

她垂下眼，轻声说："您大概不知道六年前我为什么会远走他乡，和我在一起，对严楼，乃至对严家都没有好处。"

严胜江忽然笑了一声，意味深长地说："湖市，没有什么是我不知道的。"

不管严胜江是不是在诈她，郁吟都不希望当年的事再起波澜，是以没有探究他话里的深意。

她问："那您还希望我嫁给严楼？"

老人笑得坦然淡定："不管是严楼，还是我们严家，都有能力保护自己想保护的人，这一点请你放心。"

严胜江的保证很诱人，严楼本身更诱人，郁吟的心里微妙地涌起了一丝可惜。

可惜过后，她的立场依旧坚决。

"很抱歉，我不能接受这个提议。"

"为什么？你真的觉得严楼配不上你？"

"恰恰相反，严楼他很……"郁吟顿了一下，"他很有吸引力，说得严谨一点儿，不考虑他的财富，他就已经是一个令人心向往之的男人了。但恰恰是这样，我在没有感情的前提下得到他，是对他的不公平。而且，我也不能接受我的事业发展是建立在我的婚姻上。"

严胜江手中的茶杯重重地往桌面上一搁，水渍溅了出来，他的态度急转直下："冠冕堂皇，说来说去就是瞧不起我们严家，你要知道，严楼可以帮你，但是我也可以打压你！"

严胜江冷起脸的时候，气势凛然，令人忍不住从心底里生畏。可是郁吟并没有避其锋芒，而是以一种温和但坚定的方式，表达了她的态度。

郁吟起身替严胜江续上了茶，然后以沉默应对。

这种油盐不进的架势，令严胜江脸色更加铁青。

郁吟离开后，严胜江坐了会儿才起身，一把拉开茶室旁边的门，露出一直坐在里面的严楼的身影来。

严楼不知道在隔间里待了多久，他面前的茶杯还是满的，茶水却已经凉了。他神色有些放空，就连严胜江走进来，他也没什么反应。

"我觉得，她配得上你。"

严胜江语气欣慰，面对郁吟时的那股郁气消失得无影无踪，就像先前的怒火都是演出来的似的。

严楼的目光移到面前的老人身上，神色凝重地问："我该怎么做，才能……让她接受我？"

严胜江看着已经成长为合格的集团总裁的严楼？却不禁想起他小时候。

——"爷爷，那些小朋友为什么躲着我呀，我该怎么让他们跟我一起玩？"

——"爷爷，我该怎么做爸爸妈妈才会回来？"

——"我该怎么做才能得到严氏？"

严家是个混乱的家族，有一些不能大白于天下的秘密。严楼也曾经是个糯米团子一样的小孩儿，可是随着他渐渐懂事，严家变故接连。自从他成年那一天起，严胜江再也没有听他问过类似的话了。

严楼的性格逐渐变得偏执，他以掠夺挞伐一切的雷霆手段，带领着严氏集团大步前行，甚至比严胜江年轻的时候做得还要好。这一切都令严胜江时常忽略，严楼还只是个年轻人。

严楼总能得到一切他想要的，可是同时，他好像也忘了，该怎么去感受温情，该怎么去爱一个人。

而现在，严楼用略带茫然的眼神看着他，问他要怎么让一个女人接受自己。

严胜江只能沉默。

和严胜江不愉快的见面后，郁吟并没有将这件事放在心上。

寓鸣百货品牌管理部门提交了新的合作方备选，她每日都在大大小小的会议中度过，其余的时间就用来寻找合适的服装设计团队。

周一忙了一天，本该是下班的时间，郁吟还是自觉回到总裁办加班，一进来她就交代郁兆："你整理好的设计师团队名册再发给我看一下。"

"哦，好。"郁兆将资料递给郁吟，"对了，里面还有一个新加的团队，是刚从国外回来的，虽然没有经验，但是我看过他们的作品，觉得很不错。"

"好，我看看。"

郁吟接过来，扫了一眼，就知道哪个是新加的团队。

新团队叫"启明星"。看到这个名字，郁吟愣了一下，转而就摇摇头让自己不要多想。

这个团队虽然不曾服务过哪个知名品牌，但是团队中每个人的学历和获奖情况都异常华丽，这种团队放在国际一线服装品牌，都是会被积极招揽的。

这样的团队，怎么会主动接触寓鸣集团？

郁吟正埋头分析，过了一会儿，郁兆又进来了，将杯子轻轻搁到她桌子上："给你咖啡。"

郁兆低下头的时候，额前的碎发刚好挡住了眼神。

郁吟抬头看了他一眼，连续忙了几日，她眼中有挥散不去的疲惫："谢谢，今天没什么事你就下班吧，回家多陪陪咏歌，等你过段时间出国读书，你们又要很久见不到了。"

郁兆隔了很久都没说话。

久到郁吟以为他已经离开的时候，他才轻声说："我不走了。"

郁吟顺口答道："也行，那你等我一会儿，我忙完下班，我们一起回家。"

"我是说……我不出国了。"

郁吟笔尖一顿，抬起头来，还以为是自己听错了："你说什么？"

天边的彩霞如火，如同油画里浓艳的笔触，室内充斥着橘红色的光晕。

郁兆抿唇，声音浅淡："你还记不记得，小时候，我曾经说过，我要保护你。

"我不想做被你保护的那一个，现在我不能为你遮风挡雨，但是至少我可以站在你身边。"

郁吟微愣。

那段时光太久远了，那还是郁吟十岁，郁兆七岁的时候。

郁咏歌还没有来到这个世界上，郁致一还是个衣服永远无法干净地穿到第二天、无时无刻不在调皮捣蛋、讨人厌的四五岁小男孩儿，他还格外喜欢缠着郁吟，郁吟烦得要命。

某一天，郁致一手上的金属玩具模型脱手，正好砸到了郁吟的眼睛，剧痛令她睁不开眼，就连闭上眼感受到的黑暗都带着血色，郁致一当场就吓傻了。

周围没有大人，郁兆攥着她的手出门，他不顾穿行的车辆，独自跑到马路中间，小小的身体，第一时间替她拦下了过往的车，郁吟及时被送到了医院。

郁吟被推进手术室之前，这个比她还矮了半头的男孩儿，紧紧握着她的手，脸上满是坚决："你别怕，我会保护你的！"

一晃多年，不知不觉间，郁兆的轮廓已经有了成熟的棱角，可他的初心仍未改变。

郁吟的神情软了下来。

郁兆还在说："父亲嘴上说着，我只知道死读书，不能帮助他们管理集团，但实际上我知道，寓鸣集团之所以投入巨额资金在科技领域，完全是因为我……姐姐，让我去子公司吧，子公司是科技公司，我多少懂一些，不会拖你后腿的。"

"可是……"

郁吟还在犹豫，忽然，门被敲了两下，卢婉靠在门边，双手抱胸："郁总，看在他这么恳切的分儿上，你就答应他呗。"

郁兆低下头："卢婉姐……"

卢婉走进来，随手拍了拍他的肩膀："乖。"

卢婉本身五官艳丽，更有一身御姐气质，这一拍令年轻男人面颊微红。郁吟再没说一句话，扭头匆匆离开了。

卢婉走到郁吟身边，不住地回头望，啧啧感慨："这才是好弟弟啊，我在外面都听得热泪盈眶了。"

郁吟也感叹："我也没想到，他成长得这么快，但毕竟还是年轻，还有很大发展空间。"

"别明贬暗秀了。"卢婉受不了地瞥她一眼，又好奇地问，"那你会答应他吗？"

"当然，只要这是他想做的，我都支持他。"郁吟看向卢婉手中的文件夹，"你有什么事吗，怎么还没下班？"

"证据我拿到了。"

郁吟立刻反应过来卢婉指的是什么，两个人默契地对视一眼——郁勇振的账目果然有问题。

可是郁吟更关心的是另一件事。

"你见到孙俸了？"

卢婉听见那个男人的名字，眉宇间有淡淡的厌恶之色，说："算是吧。账目的事是我找人做的，没直接接触，但我远远地看了孙俸一眼，他衣冠禽兽的样子跟六年前如出一辙。"

虽然卢婉的语气已经尽量放平，可郁吟还是从中听到了些许战抖。

孙俸是卢婉的心魔。

郁吟将面前的文件一收，撂下笔，问道："喝一杯？"

"行，喝一杯。"

大三的时候，郁吟忙着毕业论文，这个关头，孙婉又怀孕了。

对于这个孩子的去留，一家人各执一词，家里已经有四个孩子了，郁从众心疼妻子，不想再要，可是孙婉最终还是没舍得。

孙婉偶尔会摸着郁吟的头顶，看着窗外和暖的阳光，脸上洋溢着笑容："要是能再生一个小吟这么乖巧懂事的女儿也不错。

"这个小孩儿出生，就叫她'咏歌'好不好？你是小吟，她是咏歌。"

郁吟笑眯眯地问："那要是个男孩子呢？"

想到家里的几个男孩儿，孙婉摆出了头疼的架势："那也叫他'郁咏歌'，说不定叫着叫着，就跟你一样乖巧了。"

郁吟是孙婉的掌上明珠，自从被郁从众和孙婉从福利院领回来后，孙婉对她倾注了全部的母爱，让她成了一个善良、大方、优秀的千金。

郁吟想，如果孙婉生下了一个小公主，那么自己就要拉着妹妹的手，带着她一起在春天的草地上嬉闹，嗅着原野上悠远的芳香，将她宠成童话里的公主。

那个继承了孙婉性子的孩子，一定可爱极了。

可是变故发生得那么突然。

冰冷的体温、无助的哭号，最后定格在郁爷爷的叹息中，他说："郁吟，你离开吧。"

她的未来还未开始，就已戛然而止。

哪怕漂洋过海，愧疚感也无时无刻不在啃噬着她的五脏六腑。可是越痛苦，就越要冷静，她的生命中还有诸多羁绊，虽然无法团圆，可是她知道，还有很多惦念着她的人，不允许她就此在深渊中沉沦。

所以她还不能堕落。

在最坚持不住的那段日子，她遇到了卢婉。

异国午夜的大街上，卢婉喝得烂醉，被几个外国男人拦住，他们言语轻佻，还对她动手动脚。是路过的郁吟冲过去，不顾自身安危，高声喊叫，赶走了那些人，将几乎瘫倒在地、满身狼藉的卢婉费力带回了自己的出租房。

卢婉无处可去，郁吟也不提让她离开的事，两个人就这么默契地当起了室友，这一当就是六年。

郁吟也渐渐知道了卢婉的故事。

卢婉原本也是个富家小姐，年轻漂亮，家境优越，父母恩爱，还有一个对她千依百顺的男朋友，两个人感情稳定，虽然父母觉得有点快，但卢婉还是决定跟他结婚。

可就在婚礼前几天，卢婉父亲的公司被做空，短短几天内，公司破产，父亲因为欠款自杀，母亲因为家中骤变，在惊惶中病逝。卢婉一下子就从一个衣食无忧的大小姐，变成了无家可归的可怜虫，这一切都是因为她的未婚夫，孙俸。

孙俸蓄意接近卢婉，利用她取得了她父母的信任，然后，出卖了卢婉父亲公司的商业机密给竞争对手。

卢婉父亲的公司毁了，孙俸却从中大大捞了一笔。婚自然是不能结的，卢婉的家甚至都被孙俸变卖了，她被逼得只能出国。

再后来，卢婉和郁吟一起进了艾德资本，两人不是亲人，但是与亲人无异。这次回国，于郁吟是幸事，可是于卢婉，却是噩梦重临。

卢婉是为了她才回来的。

她们在酒吧点了一排鸡尾酒，喝得昏天黑地。两个年轻女人，一个比一个长得漂亮，旁边的男青年们都跃跃欲试地想上来搭讪，可是她们无论是从穿着还是气质上看，都不像是好招惹的。

卢婉偏头看了一眼已有醉意的郁吟，心想：都醉成这样了，还是回家吧。

翌日清晨，郁吟起晚了，手机里四五通未接来电都没能唤醒她。

她从床上坐起来，太阳穴突突地疼，思维有一瞬间的停滞：昨天晚上我是怎么回来的来着？

记不起来，郁吟索性不去想了，反正是和卢婉在一起。

卢婉这个朋友靠谱到什么程度——还在国外的时候，有一次，一些朋友去酒吧跨年，郁吟醉到断片，是卢婉一手包，一手郁吟，将她架回家，不光替她卸妆，还替她摘了隐形眼镜，堪称绝世好闺密。

但是很奇怪，这天郁兆也起晚了，两个黑眼圈挂在他白净的脸上，格外明显。

姐弟俩就像是上学快要迟到的学生，随手抓起早餐，在郁致不屑的冷笑中，争先恐后地出了家门。

一出门，一阵凉风吹来，郁吟抬起头，看到露珠挂在阳台的栏杆上，有几片叶子的边缘，已经隐隐泛着黄。

郁吟恍然，今日是立秋了。

俗话说，秋天是个收获的季节，郁吟深以为然。

上午的高层会议上，郁勇振借由掌管商场品牌入驻的便利，从中收取回扣的事，被孙董底下的人捅出来了。

看着品牌部主管义正词严地谴责郁勇振，将对方怼得哑口无言，郁吟忍不住在心底为他鼓掌——要知道，在两个小时之前，她和孙家兴才将"挑事"的这个重任委派给他。

现在看来，小伙子年纪轻轻，演技了得，是个可造之才。

郁勇振在寓鸣集团十多年，一直利用职位之便从公司牟利，多年下来，这个数字十分庞大，铁证如山，哪怕郁勇振抵死不认，他那灰败的脸色也说明了一切。

事情发展得差不多的时候，郁吟才板起脸开口说："即日起，郁勇振卸任寓鸣集团总经理一职，并且公司会向他追究赔偿。"

有人犹豫着问："这……合适吗？"

"没什么不合适的，公司规定就是公司规定，不管你是姓郁还是姓什么，不管你是谁的舅舅还是叔叔，一旦违反，都走人。"

顿了顿，她睨着下首的众人："我的话说得清楚吗？"

可能作为一个集团总裁来说，郁吟过于年轻了，可是她来到寓鸣后所做的种种，似乎都在不断地向他们证明，她是一个合格的掌权人，她可以带领着寓鸣，继续走上康庄大道。

这一刻，众人才清晰地意识到，寓鸣集团的天，真的变了。

散会后，卢婉和郁兆目光相接，郁兆不自觉走上去想说什么，可是卢婉已经飞快地移开目光，不知道在躲避什么。

等众人离开后，一个男人才从角落的座位上站起来，走到郁吟跟前。

那么大一个严氏集团严楼不去操心，作为寓鸣一个名义上的小股东，每一次例会他倒是从不缺席。

郁吟正心里腹诽着，就见严楼递过来一盒……解酒药？

严楼的手伸着，修长的手指上，有一道可疑的红痕。他神色如常地说："开会的时候我就看你不太舒服，你头还疼吗？"

"你怎么知道我头疼？"

头疼是宿醉后的连锁反应，郁吟还以为自己隐藏得很好，最起码那些被她镇住的公司高层都没有发现。

忽然，她瞪大了眼睛："你脸红什么？！"

严楼微垂下头，欲说还休，原本坚毅冷冽的侧脸因为这个表情，连带着整个人都柔和了起来。

郁吟脖子后面的汗毛都要竖起来了。她扭头看向卢婉，拼命用眼神画着问号，后者耸了耸肩，视线游移着，就是不肯看她。

严楼抬头定定地看着郁吟，眼神有点奇怪："昨天晚上的事，你不记得了？"

昨天晚上的事？什么事？

郁吟刚想问点什么，严楼已经将解酒药塞进她的手里，神色莫辨："不记得……就算了，把药吃了吧。"

郁吟看着手里的小药片，不自觉地抗拒："没事，我多喝热水就好了。"

"扑哧！"旁边的卢婉没忍住，嘲笑出声。

严楼皱了皱眉，显然没想明白解酒药为什么能和热水画上等号。他犹豫了一下，问："你今天晚上有什么事吗？"

"应该没有，怎么了？"

严楼抿了抿唇，忽然掉头就走，只留下一句话："晚上再告诉你。"

郁吟一脸茫然，有点……莫名其妙。

严楼走后，郁吟拉住要开溜的卢婉，皱眉问道："昨天不是你送我回家的吗？严楼怎么会知道我们昨晚喝酒了？"

"可能是你身上还有酒气吧，离得近了，就能闻见了。"卢婉调笑着，郁吟并没有怀疑。

"那就好，除了工作上的事，我们最好不要跟严楼和严氏有额外的交集。"

"为什么？"

郁吟有些纠结："严楼这个人……我无论提出什么要求他都答应，完全不考虑会不会给他带来麻烦或者给严氏集团带来损失，我不想占他便宜。"

知道自己这位挚友的脾气和耿直的性格，卢婉也不劝，只是感慨道"你真是身在福中不知福，要是严楼喜欢的是我，我肯定一秒都不迟疑，立刻奔向他的怀抱，还能以身为寓鸣集团做奉献。"

郁吟摇头失笑："这么想为寓鸣奉献，那也别考虑严楼了，直接在寓鸣集团找一个男朋友不就行了，把你这辈子都卖给我。"

"好啊，我找谁呢？"

"我四个弟弟，你随便选一个。"

卢婉顿了一下，笑道："我都行，都可以。"

郁吟和卢婉开玩笑都成了一种习惯，丝毫没留意到卢婉一闪而过的尴尬。

两个人很快又无缝衔接到工作中。六年的默契，卢婉这个总裁特助的存在，让郁吟的工作效率提高了不少。

直到夜幕降临，两人才相携下班。

走出电梯时，郁吟还在跟卢婉聊："那就按照我们说的，定启明星这支设计团队吧，如果不出差错，我们今年冬天能赶上新品发布。"

"嗯，到时候在我们商场里铺开，销售也会不错的。"

启明星……郁吟忍不住在嘴边念了几回："你觉不觉得，这个设计师团队的名称有点眼熟？"

"什么意思，是我们在国外的时候就接触过吗？"

郁吟摇摇头，正要说什么，目光落在寓鸣大厦正门口，忽然惊讶得睁大了眼睛。

第四章
双子星座

一直等在寓鸣集团楼下的严楼嘴角忍不住溢出微笑，小赵也在旁边挤眉弄眼地说："郁小姐怎么知道您今晚准备好了惊喜，要替她庆祝终于拿下郁勇振那颗毒瘤？难道这就是传说中的心有灵犀？"

严楼眼中爆发出光彩，显然是被小赵的话取悦了。他正要提步迎上去，只见郁吟疾步向这边走来，笑容如同朝阳初升，点亮了他面前的一方天地，他也不自觉跟着扯起嘴角。

然后，郁吟和他擦肩而过，声音惊喜——

"孟谦！我早应该猜到是你来了。"

严楼嘴角的笑瞬间垮掉。

他沉着脸回头，看到身后站着一个穿着风衣的男人，身形高挑纤瘦，眉目沉静，带着温和的笑意，冲着郁吟张开双臂。

"我回来了。"

严楼看着郁吟言笑晏晏地迎上去，看着他们拥抱，看着卢婉也围过去，看着郁吟忽然偏过了头，神情带了点诧异："严总？"

严楼满身的阴沉之气在这一刻尽数消退，仿佛只要她的目光还会落在自己身上，一切尘嚣都会戛然而止。

"嗯。"

他声音低沉而富有磁性，蕴藏着浓重的情感，眼神专注，能让任何一个见到他这番模样的女人都忍不住沉迷。

但是这里面显然并不包括郁吟，她甚至有点惊讶地问："你怎么还在这儿？"

严楼："……"

心脏突然有点疼。

郁吟还想继续说什么，孟谦突然开口插话道："我们先找个地方坐着说吧。"

郁吟回头，弯了弯眼睛："应该的，你想吃什么？我做东。"

话音一落，感受到某个男人令她犹如芒刺在背的目光，郁吟轻咳一声，扭头道："严总，要不然你……"就先回去吧。

严楼说："可以，那就一起吧。"

郁吟的后半截话于是吞了回去。

顶着两个男人的目光，她身上莫名有一股压力袭来："那就一起去吧……卢婉，你也一起来，人多热闹。"

看戏正看得津津有味的卢婉冷不防被点名，她讪讪地摆手道："我就不凑这个热闹了吧……"

郁吟牢牢拉住卢婉的手："走了走了，都是旧识，一起一起。"

两个男人隐晦地对视一眼，立刻提步，一前一后地跟上。

被留在原地的小赵一脸蒙。

卢婉简直就是"金牌助理"四个字的代名词，她开着车，路上不到半个小时的时间，已经预订上了湖市本地最火的一家餐厅。

郁吟坐在后座上回头望，后面的黑色商务车是严楼的——因为把小赵落下了，但又不想和孟谦坐一辆车，严总裁只好自己开车，形单影只地跟着。

孟谦顺着她的目光回头，他对那个男人的身份并不陌生："你和严氏集团的严总很熟？"

郁吟点头："还算熟吧，从我回国以来，严楼帮了我们很多。"

卢婉笑着插话："这怎么能叫还算熟？你是才到湖市还不清楚，'严楼喜欢郁吟'已经是尽人皆知的事了。就严楼那张脸，我看了都忍不住心动，也不知道郁吟是怎么忍下来的。"

孟谦也跟着笑起来，只是笑意并不达眼底，他侧眸看向郁吟，眼带思量。

到了餐厅里，严楼仗着腿长，先一步坐到了郁吟的身旁。

侍应生递上餐单，郁吟顺手就给了严楼。

严楼瞥了一眼孟谦才接过来，修长的手指翻着餐单，不动声色地问："你们几个很熟？"

孟谦温和一笑："小吟去国外的第一年我们就认识了，是我力邀她加入艾德资本，我可以说是陪伴她成长起来的。"

这话没错，忆及往事，郁吟面带感慨："我要多谢你当初给我机会，让我加入艾德资本。"

"是你自己优秀，这种人才放在自己的公司，总比看着她在竞争对手的公司要令人安心。"

在两人的互相恭维中，卢婉也笑道："这倒是，当时给郁吟发offer 的可不止艾德资本一家。"

旧友重逢，美食佳肴，怎么看都是一片欢乐祥和的氛围，唯独严楼像个闯入者。

严楼沉默地看着沉浸在回忆里的三个人，仿佛能从中窥见郁吟在国外的六年时光，没有他参与的六年。

在异国他乡，她也能闯出自己的一片天。

严楼将杯子里的液体一饮而尽，面色沉沉。

卢婉瞥见，忍不住张大了嘴："严总……"

这款仙粉黛酿造的红酒，以度数高而闻名，他就这么一杯干了？

可是见严楼一杯下去脸色不变，卢婉又释然了，大总裁就是大总裁，集团大，应酬肯定也不少，酒量应当早就练出来了。

严楼的这杯酒就像是打开了新天地，两位女士只是浅酌，孟谦倒是和严楼一见如故的样子，硬生生将西餐厅喝出了酒吧的量。

孟谦成功醉倒，严楼却还清醒着，偶尔还可以和郁吟说两句话，坐姿板正，腰背直挺挺的，惹眼的气质令别桌的女客人频频相顾。

还是卢婉看夜色深了，先去结了账。郁吟起身刚要跟上去，忽然手腕一凉。

她低下头，严楼仰头看她。

想着他今晚也喝了很多红酒，郁吟有点担心："怎么了？你喝酒了不能开车，我去叫车送你回家。"

严楼攥着郁吟手腕的手，一寸寸收紧，在郁吟忍不住挣脱时，又一点点松开。

"嗯，送你回家。"男人仿佛只听到了最后四个字，重重地点了两下头，紧接着却又摇了摇，认真地说，"我喝酒了，不能送你，会有危险。"

说完，他还皱起了眉，又低声重复了一遍。

有点可爱。

就在这一瞬间，奇异地，郁吟感受到了自己的心跳声。

卢婉这时候回来了，身后跟着个陌生的年轻男人，她指了指已经趴在桌子上睡着的孟谦，说："来接他的。"

"我记得孟谦以前酒量没这么浅。"

"我也记得，在国外那阵，他一个人能喝倒一桌子老外。"

她们正说着话，严楼忽然站了起来，吓了卢婉一跳。

他伸手进裤兜里掏了掏，空的，便皱起眉，冲卢婉一点头："抱歉，应该我请的，只是钱包没放在身上，明天我会让小赵来送上我的歉意。"

卢婉自然是忙不迭地拒绝。

可严楼依旧坚持，他表情严肃得就像是在谈一桩上亿的生意："这是说好的事，不能反悔。"

卢婉只得答应下来。

郁吟在旁有些摸不着头脑，什么时候说过严楼要请客的？为什么她一点印象都没有？

眼见严楼上了车，郁吟还是有些不放心："让他自己走没关系吧？"

卢婉："不放心啊？不放心你就去送送呗。"

"开什么玩笑。"

"我本来不想说的，但严总实在太乖太惹人怜爱了，啧，走之前甚至还记得我结账的事。"卢婉双手抱胸，"昨天你在酒吧喝醉了，就是人家严总送你回家的，你就当礼尚往来，送一送也不是什么大事。"

"昨天……是严楼送我回去的？"郁吟震惊，"他怎么会来？昨天晚上发生了什么，我完全不记得了。"

卢婉露出一个神秘莫测的笑容，看着有些暧昧："我只能帮你到这儿了，其他的就要靠你自己回忆了。"

回家的路上，为了躲避一辆并道车，司机突然刹车，郁吟连忙伸手扶住前座。

脑门还是撞到了车座，电光石火间，犹如天雷阵阵，一道闪电劈中了郁吟的天灵盖。

昨夜此时。

酒吧内，两个女人的脸颊都被酒精熏染得微红。

郁吟回忆起国外的生活，卢婉大手一挥，并不赞同："有什么可怀念的？那么辛苦。"

"最起码我遇见了你啊，卢婉……嗝儿……你为了我……嗝儿……放弃了你在艾德资本的发展，好姐妹，一辈子……嗝儿……"

郁吟抱着卢婉，像只猫咪一样在卢婉怀里一顿蹭，最后干脆趴在她怀里不动了。

"你醉了。"

卢婉也有点头晕，掏出郁吟的手机，眯着眼睛瞧了半晌，才找到郁兆的电话号码，拨过去，让他来接。

刚撂下电话，一个电话就打了进来。

卢婉眯着眼睛接起了电话。

对面的男人一听见她的声音，语气就急转而下："郁吟呢？"

"严楼？"

十分钟后，严楼衣冠楚楚地出现在酒吧里。

酒吧光线昏暗，灯光随着激烈的音乐节奏变幻着色彩，他的身影在其中格格不入。

他捞起郁吟，让她倒在他的臂弯里，低声说："郁吟，清醒一点。"

郁吟迷迷糊糊地睁开眼，目光没有焦点，声音也迷茫，全凭直觉："要走啦？"

严楼嗯了一声："我送你回去。"

卢婉没有制止，扶着桌子起身："那我就相信你了？照顾好她，我去买单。"

严楼一边扶着郁吟，一边奋力掏兜："我来付吧。"

"不用。"卢婉摆手，"酒我们还是自己买单吧。严总要是想请客，就挑个时间请郁……请我们一起吃饭吧。"

严楼顿时觉得面前的卢婉顺眼许多，他点头："下次一定。"

郁吟瘦，但是身材高挑，虽然被严楼扶着，可是脚下不稳，总是跟跟跄跄。严楼略一思索，打横抱起了她。

他迎着嘈杂的音乐穿过喧闹的人群，怀中的人被强烈的灯光晃了一下，不满地睁开眼。

在这一刻，她的双眼被灯映衬得明亮异常。

郁吟不满地咕哝了一句，眼睛一眯，又一头倒进他的怀里。

严楼垂下头凑近听，还能听见她浅浅的……呼噜声。

严楼第一次明白，什么叫心都化了。这种感觉，是过往任何一个人或者一件物品都无法带给他的，心动的感受。

他想，真可爱。

秋天的夜晚，风都沁着清爽的凉意，郁吟一坐进车里就睁开了眼。她眼睛虽然睁得大，却很迷茫。

身旁有一股冷冽的香味，郁吟不自觉地嗅了嗅。旁边的人影在她的眼中不住地晃悠，她伸手，双手一把捧住那人的脑袋，凑近了看。

她咦了一声，发出质疑："卢婉……你怎么长得那么像严楼啊？"

严楼愣怔过后，忽然红了脸，目光往旁边瞟去，但是脑袋却僵在郁吟的掌心，一动不动，甚是乖巧。

已是深夜，路上的车辆很少，司机将车速提了上来。街道两旁城市的霓虹五光十色，在窗外飞速掠过，成为一道道绚丽的残影。

车外繁华俱成虚影，和车窗一般冰冷，狭小的车厢内，气温却在不断升高。

郁吟对面前的人很感兴趣，被酒精侵蚀的大脑失去了往日的聪明劲儿，她手指在他脸上胡乱点着，一心研究着为什么卢婉会长着一张严楼的脸。

女人指尖的温度和她凑近的呼吸，令严楼的神色越来越古怪，他喉结微动，不自觉咽了一下。

忽然，前面的车辆一个急刹，司机也连忙一脚踩下刹车。

郁吟随惯性往前冲，严楼凭第一反应将人拉回来。郁吟栽倒在他的怀里，迷迷糊糊地抬头。恰好严楼低下头，问："你没事——"

温润又柔软的触感从他唇上一触而过，男人的瞳孔猛地一缩。郁吟咕哝着，因着刹车的眩晕感，重新睡去。

车辆重新平稳起步。

严楼看着郁吟的睡颜，小心地将她的脑袋从怀里移到椅背上，伸手摸了摸自己的嘴唇，半天没眨眼，而后忽然把手盖在了自己的脸上，耳垂殷红。

这是他的初吻。

无法得知严楼的心情，但是郁吟的确清晰地回忆起了那一吻。记忆回笼，她甚至回想起了男人怀里的冷香和他唇的触感，温热，又有弹性。

郁吟："……"

太丢人了，继续当作不记得可以吗？

湖市 CBD 周边，临江的一处高级住宅里，小赵急得团团转，苦口婆心地劝说着客厅里的年轻男人。

"老板，咱们回卧室睡吧？"

一个身影蜷缩在沙发边，猛地一看，还以为是什么大型宠物。

小赵忍无可忍，终于冲上去准备上手，可是他的老板抱着沙发不撒手，还字正腔圆地说："不要你，要郁吟。"

严楼喝醉了。

小赵伟大的、英明神武的、堪称滴酒不沾、在外应酬从不接受敬酒的老板，喝醉了！

"行行行，要要要。"小赵一边抠着严楼的手指，一边随口敷衍。

"你说谎。"严楼忽然松手，坐在地上屈起腿，双手抱膝，像个小孩子一样，声音清晰而落寞，"她不想要我，她和他们都一样，不想要我。"

小赵愣住了。

小赵知道这个"他们"指的是谁，但是老板已经许多年都没有提过了。

而与此同时，本该醉得不省人事的孟谦，眼神中却没有半分醉意。他站在公寓的客厅里，面对着巨大的落地窗，手持电话，面色沉沉。

电话对面是个中年男人。

"郁吟和我做的交易，我默许她利用艾德资本的名声，佯装收购寓鸣，给她的弟弟留下喘息的时间，她答应我离开。孟谦，是她放弃了你……或者说，在她心中，你从来都不是她的选择。"

孟谦喉结微动："我知道。"

对面的中年男人隐忍着怒意："你知道？那你还去？"

高层的公寓，天上繁星和都市灯火都太遥远，零星的光芒折射不进孟谦的眼里。

孟谦伸手理了理自己的领带，酒气熏染，让他的眼底微红。他一字一句，声音淡漠："我会得到一切我想要的。"

大抵是他话里的坚决之意太明显，对面中年男人的口吻反而有所松动。

那人叹了一口气，语重心长地说："孟谦，你是我所有儿子里面，最像我的一个，就连对待女人都像。

"回去就回去吧，正好中华区业务动荡，也需要人来整顿，你做好一切，带着你要的人，再回来。我知道你因为你妈一直对我有隔阂，不过我还是要告诫你，多余的事情就不要做了，这是我给你最后的机会，你不要让我失望。"

"您放心，我不会的，爸爸。"

孟谦嘴上恭顺地说着，眼底的冷意却逐渐凝成实质。

有生以来第一次，严楼伴着宿醉醒来，他按了按脑门，太阳穴突突地疼，令他的神色有些萎靡。

卧室门被敲响，继而开了条缝，露出小赵鬼鬼祟祟的身影。

严楼皱眉道："进来。"

"好咧。"

小赵端着一杯温水递给严楼，看着男人仰天咕噜咕噜地喝水，他犹豫了片刻，还是掏出手机，说："老板，孟谦的资料，我擅作主张查了一下，您要看看吗？"

严楼睫毛忽闪，握住水杯的手指不由得紧了一下："你查他干什么？

"给我看看。"

孟谦是艾德资本最大股东兼 CEO 孟德的儿子，不过是私生子，他的上位历程可以写成一部男频励志小说。

孟德早些年移民国外，与家中夫人育有一女，可他花名在外，私生子都有好几个不同国家血统的。这个孟谦虽然不是艾德资本正经的太子爷，却是艾德资本发展中不可缺少的一环，而且比起那些虚名，他掌握了艾德的实权，被认为是孟德的继任者。

他的履历同他的外表一般，优秀得无可置疑，就连严楼也不得不承认，这是一个很有威胁性的男人，无论是事业，还是爱情。

小赵倒是挺乐观："我觉得老板您不用太过担心。您想想，郁吟小姐在国外六年，孟谦都没能拿下她，这就说明两个人根本不可能。"

严楼不语，他脑袋上的呆毛令他整个人都显得平易近人不少。

在办公室以外的地方见到自己的老板，还是这副睡眼惺忪的模样，小赵的胆子顿时大了起来，他提议道："我倒是有一个办法，您要不要试试？"

严楼抬起头，目露探寻之意："什么办法？"

"虽然之前晚宴上您说喜欢郁小姐，但是一直都没有亲昵的表现，这样怎么能产生爱情的荷尔蒙呢？"小赵搓了搓手，笑得一脸诡秘，"您看那些小说或者影视剧，现在的霸总都要学会对女主角穷追不舍的，安全社交距离和吊桥效应的融合，一定百发百中。"

严楼的神智逐渐回笼，将手机丢给小赵，冷笑道："这很恶心。"

"啊？"

"未经过女性的允许就触碰她们，这不是在展现魅力，而是性骚扰。"严楼紧紧皱起眉头，目光中全是不满，"赵敬业，你这样也能结婚？"

伤害倒是不大，但是侮辱性极强。

我就是结婚了，气不气？

小赵心底疯狂吐槽，但还是堆出笑脸："老板您说得对，是我考虑不周。"

严楼冷哼一声，起身准备收拾下去上班，走了一半突然想起什么，回头道："你去准备几份礼物，交给郁吟的特助，再把昨天那顿晚饭钱报销了。"

"啊？郁小姐总不至于缺顿饭钱吧？"

严楼淡淡地说："我答应过的事，就要做到。"

说完，严楼一挥手，关上了卫生间的门。里面的水声哗啦啦地响起，小赵不自觉地双手捧脸，目光炯炯，仿佛要洞穿门板。

比起那些虚构的霸总，他老板才是真男人！

艾德资本中华区换帅的消息不胫而走，中华区新任 CEO 孟谦的来历被湖市的商圈扒了个底朝天。孟谦的来意成谜，众人都在揣测，或许艾德资本要将发展重心转移到国内，湖市商业圈这块利润的大饼，恐怕要被重新划分了。

卢婉喝着咖啡，忍不住幸灾乐祸："安德鲁生怕我们分走他一杯羹，结果现在来了个顶头上司。我在艾德资本的朋友说他敢怒不敢言，每天都抱着他心爱的《成语词典》学习新词，想用来怼孟谦。"

"孟谦虽然在国外长大，但是熟读唐诗宋词，对传统文化很有了解，安德鲁这是自讨苦吃。"郁吟签好字放下笔，将手中的合同推给卢婉，"卢婉，你过来看看，启明星团队的合同已经签完了，我现在有个想法。"

"你说。"

话题无缝衔接。

孟谦是她们故友不假，可他更是艾德资本中华区的总裁，他们未来可能是合作伙伴，也可能是竞争对手。但不管怎样、无论是谁，如果无法做好自己的事业，在商场上早晚会被人牵着鼻子走。

在摒弃了过多的情感要素之后，女性的头脑往往也很冷静。

"寓鸣百货的品牌形象已经深入人心，用寓鸣作为新服装的品牌，有好有坏，一来，这的确可以在短时间内扩大服装品牌的影响力。但是同样的，我们的新品牌也会因此被人和饮食、日常用品联系起来，将来的定位很难有突破。"

"你是觉得，我们需要申请一个新品牌？"

郁吟目光清亮，音调略低，带着点诱惑："干脆赌大一点，一个全新的子公司怎么样？"

投资新的服装子公司，和只扩展一条服装生产线完全是两种概念，寓鸣集团财务状况还未好转，这会是一个冒险的决定。

可是在扩展事业版图这一块，卢婉百分百相信郁吟的判断力，一如过去六年。

她笑着回视："就听你的。"

投资新的子公司并不是一件容易的事，尤其是服装产品想赶在年前面世，最好的办法是迅速收购一个小品牌，重新包装——可这同样不简单。

郁吟原本已经做好加班一个月的准备，不过才打瞌睡，就有人送来了枕头。

隔日，秘书处的人正在汇报日常工作进度，卢婉敲门进来，眼角眉梢都带着喜意："郁总，艾德资本中华区的负责人想要见你。"

郁吟一时间没反应过来："你说谁？"

"是我。"

代替卢婉回答的是她身后的孟谦。

孟谦走进来，五官英俊，侧脸棱角分明，头发一丝不苟地梳着，穿着一身笔挺的深蓝色西装，胸前的宝石胸针闪着深邃的光，风度翩翩。比起回国后的初见，他今天打扮得更加商务。

郁吟摆手让秘书先出去，惊讶地站起身："你刚回国接手分公司，应该很忙，怎么有空来我这里？"

"来看看你。"见郁吟眼中添了一抹困惑，不见预想中的欣喜，孟谦话锋一转，"以及，有点事想要跟你这个总裁商量，仗着是旧识就没有预约见面，你不会怪我吧？"

"当然不会。"郁吟说着，还不等孟谦弯起嘴角，她又跟卢婉说，"打电话致歉 YK 品牌的经理，就说一会儿的会议延期，改天再约。"

孟谦微愣，继而转为歉意："抱歉，是我没顾及你现在也很忙。"

"都说了没关系了，你来找我什么事？"

郁吟一副公事公办的样子，让孟谦原本想好的话都无法再说出口，只好直接表明来意："我听说你想要投资一个专营服装的子公司。"

"你的消息也太灵通了，我做出这个决定才两三天，甚至还没有开会讨论。"

见她微微瞪圆的眼显出几分好奇，孟谦低声笑了笑，扶在沙发把手上的手指有规律地轻叩："你的每一个决定都有很多人关注，我知道也不足为奇。不过，依照寓鸣现在的财务状况，股东们是不会同意的。"

这其实也是郁吟所担心的。

如果是之前，两人同样效力于一家公司，要是遇见了难题，郁吟肯定会想听听孟谦的意见。可是现在，孟谦变成了一个"外人"，她不可能对一个很可能成为竞争对手的人，将自己面临的困境和盘托出。

于是，郁吟只好假装不在意地说："不用担心我，我会有办法的。"

孟谦沉吟片刻："艾德资本三年前投资了一个本地的服装品牌，我看过他们的运营报告，实力还是有的，只是管理层滥用投资，经营不善，现在已经在破产边缘了。我这次来，是想跟你谈一个合作，如果你有意对这家公司收购重组，我们可以联手……"

"孟谦。"郁吟突然出声，制止了他的话，"你已经帮了我很多，我一直没有机会感谢你，启明星这个设计师团队，是你的手笔吧？"

孟谦望进她的双眼里，那双眼睛看过了太多污浊，却始终明亮如洗，仿佛永远不会被尘嚣侵染。

"你还记得。"

他的声音动容，充斥着极为浓郁的情感。

郁吟目光闪动，不肯再与他对视。

在郁吟出国后的第三年，她刚在艾德资本站稳脚跟，就遭到集团内部派系倾轧排挤，她选择了站在孟谦身后，为他出谋划策。

可彼时，孟谦也不过是被放养在集团内的私生子中的一个。

因为业绩出色，前路璀璨的郁吟立刻就成了部分人忌惮和打压的对象，不仅是手中的项目被抢走，居心叵测的上司还交给她一个来头大但难缠的客户。那是个生性豪放的外国男人，借故将郁吟拖到了乡村酒店，图谋不轨，还是卢婉通风报信，孟谦才能及时赶到。

孟谦赔着笑脸，还被泼了一身的酒。将郁吟从酒店带出来的时候，他用力攥紧的拳头下，指甲已经将掌心划出了几道骇人的血痕。

郁吟留意到，手掌覆上他的拳，她的手远没有他大，却奇异地包裹住了他的一颗心。

她认真地说："谢谢你，孟谦。"

回城的时候，孟谦的车坏在了半路。这一夜经历了太多，两人相视苦笑，孟谦干脆打开了车顶，静下来，透透气。

国外的夜空亦有明月繁星，可是总觉得太过冷淡，有种陌生感。

孟谦伸手虚虚一指："那颗星星叫启明星，出现在早晨的东方和傍晚的西方，它虽然不是光源，却是这一时刻整片天空最亮的一点。"

他说，郁吟之于他，就像是启明星之于这一时刻的天空；他说，他的妈妈因为自己的身份郁郁而终，如果不是郁吟坚定地支持，他可能走不到今天。

郁吟觉得好笑："你是说我是你的启明星？指引你前进的路？"

还没待孟谦接话，郁吟又说："那也不错，在困境里能遇见自己的启明星，一定是件幸运的事，就像我遇见卢婉和你。"

郁吟是在感慨一路行来的不易，孟谦却若有所思："前段时间，有个在这里读大学的年轻人找到我，大概是生活窘迫，又毕业在即，希望我能给他提供创业资金。他很优秀，但想法并不成熟，所以我拒绝了，但是现在我有了一个新的想法。"

"什么？"

"我打算资助他一笔钱，让他继续深造，度过这段对他来说难挨的日子，如果日后有需要，再让他回馈我们。"

"那个人是学金融的？"

孟谦想了半天，不确定地说："好像是……学服装设计的？"

郁吟失笑："那能帮上我们什么啊？"

孟谦看着她的笑脸，也不自觉地笑了起来，有点傻："谁让我今天心情好，就做一回别人的启明星。"

记忆回笼，现实却和过往呈现出完全不同的两种氛围。

孟谦顿了顿，眼中闪过零星光点，又迅速熄灭，他清隽的面孔显出几分怅然。

"你为什么不相信，我今天来找你，不是为旧情想要帮助你，而是因为你是个值得合作的对象？"孟谦叹了口气，"就像当年一样，郁吟，我这次回国也顶着很大的压力，我需要你。"

一时间，郁吟突然意识到，自己的想法对于孟谦来说，的确是有点残忍。

"对不起。"

孟谦唇畔勾了勾，也调整好了情绪，声音清亮起来："如果真的觉得对不起我，就听听我今天带来的提议吧。"

艾德资本投资的服装品牌因经营不善面临破产，根据当初签订的对赌协议，公司将由艾德全盘接手。

可是，艾德有钱并不代表能经营，这正好跟寓鸣集团的困境相反——郁吟没有钱，但是她想要一个新的子公司。

依旧由艾德资本出资，寓鸣集团接手这家公司并进行整改。孟谦的提议的确是一个双赢的合作方案，就连郁吟也挑不出毛病。

孟谦临走前，又说："后续我就不跟进了，合作与否，最后会由安德鲁裁决。"

这也正合郁吟的心意。

孟谦走后，卢婉眼中带着几分思量，问道："你对孟谦，是不是太防备了？"

"虽然我这么做会有点伤感情。"郁吟双眼澄明，很认真地说，"但有些界限还是提前明确的好……孟谦突然回国，让我有点不安。"

现在的孟谦早已经今非昔比，他在艾德资本总部如鱼得水，几乎是铁板钉钉的下一任继承人。他的父亲，艾德资本的现任总裁孟德能如此轻易地同意她的请辞，甚至答应对她的弟弟施以援手，是因为孟德发现，郁吟和孟谦的组合，在集团内部已经无人可敌，所向披靡。

可是孟德希望自己的继任者是高高在上的独裁者，而不是感情用事，去讲究什么团队配合，所以郁吟的存在，成了阻碍。

孟德这两年对孟谦的期望越发高了，按理不会放孟谦离开总部，孟谦这一次的回国，总令她觉得奇怪。

不过——

"郁兆很快就要调去子公司了，这次的收购案让他也参与进来，露个脸。你去叮嘱他一下，别让他毫无准备。"

郁吟终究还是心系弟弟更多一些。

卢婉脚下不动，目光乱飘，就像是没听见一样。

"你怎么回事？"郁吟皱起眉，语带控诉，"别以为我没看出来，你和郁兆最近都怪怪的，两个人见面了都不说话。准确地说，是你单方面冷落我弟弟。"

卢婉一边低下头，好像忙于收拾郁吟的办公桌，一边不在意地回答："你好奇怪哦，我不知道你在说什么。"

就硬装。

时间迈入十一月，今年的初雪姗姗来迟。

寓鸣子公司剪彩当日，邀请了许多合作伙伴以及媒体到场。这个子公司是艾德资本和寓鸣集团强强联合的产物，因此，郁吟和孟谦也就站在一起接受记者采访。

严楼风尘仆仆地从机场出来，带着小赵直奔开业现场。两个多月马不停蹄地出差，他无比想见到她，可是入眼看到的就是这幅场景，他的心情顿时晴转多云。

记者不知问了什么，问题似乎有点不恰当，郁吟只微笑着，没有作答，旁边的孟谦伸手拦了一下，保护意味十足。

此时严楼的心情多云转雨。

"呵。"

这声冷笑是小赵发出来的。他用和他老板如出一辙的姿势，板着脸说："据我所知，启明星这个团队，在回国前曾经接受过一个一线品牌的高薪聘请，但是违约了，现在违约金还没有赔付到位。"

小赵冷着脸，以掌代刀，在脖子上比画了一下："老板，要不然我们——"

严楼一眼猛扫了过去，刚才还阴恻恻的小赵立刻就萎靡了。

严楼看着郁吟的脸，说："让严氏的律师去了解一下这件事，替她把这个尾巴扫除。"

"啊？"

"不要给有心人用这件事做文章的机会。"

看着光风霁月的严楼，小赵为自己心里的阴暗感到羞愧。

看看，这就是他的老板，深情、正直、伟大、默默付出……

小赵心中的夸赞还没有完结，采访结束了，严楼提步穿过人群，小赵连忙跟上，和严楼一起走到郁吟身前。

严楼祝贺道："恭喜你，两个月完成收购。"

郁吟矜持地抿嘴："谢谢。"

自从上次四人在餐厅一起吃的那顿饭之后，这还是郁吟第一次见到严楼。他像是突然找回了集团总裁应有的忙碌生活，听说这段时间跑了国内大部分一二线城市巡查产业去了。

没想到今天能在这里见到，也不知道是什么时候回来的——这个想法刚冒出来，郁吟的余光就看见了小赵手里拖着的行李箱。

他刚回湖市？

刚回来，就来见她了吗？郁吟的心情一时间有点复杂。

两个人含蓄地寒暄了几句，内容之生硬令小赵都跟着着急，谁料严楼突然话锋一转，问道："新公司的设计师团队启明星，是孟谦帮你找来的？"

当事人就在身边，郁吟略有些尴尬地点了点头："是的，启明星的主设计师是孟总资助完成学业的，这次也算是孟总牵线，我们才能合作成功。"

"但是他却给你留了一个后患。"严楼扭头，不动声色地看向小赵。

小赵意会，立刻上前一步，将刚才跟严楼说的话又绘声绘色地说了一遍。

严楼点点头："不过你不用担心，我已经替你找律师解决了。"

他终于看向孟谦："孟总，既然要帮她，行事需要更加小心。国外不比国内，我们的信息传播速度，远比你想象中的快，新公司折腾不起。"

严楼权当没看见孟谦泛黑的脸色。

只要自己不尴尬，那么尴尬的就是别人。

小赵看着气氛诡异的三人，奇异般有了种吾家有儿初长成的欣慰感，这一招釜底抽薪，姓孟的那小子懂吗？

在郁吟终于憋出了几句感激之词之后，严楼脸上的满意之色更甚，他忽然语出惊人道："今晚跟我走。"

——这是一句放到任何偶像剧里都成立的话。

"嗯？"

"我有一个一定要带你去的地方。"

"一定"两个字加重了读音，敲在郁吟心上，她第一时间没有拒绝，等再反应过来时，严楼已经施施然离开了。

郁吟想，她此刻的表情看起来应该像个白痴。

目睹一切的孟谦，笑容有些流于表面，他轻咳一声，唤回郁吟的注意力："我还想着一会儿结束了，一起去吃个饭呢。"

郁吟这一次倒是反应迅速，歉意地看着孟谦："抱歉，只能下次约了。"

郁吟很快就被部门经理叫走了，孟谦在原地久久都没有离开。

卢婉走过来，若有所思地问："孟谦，你为什么回来？"

孟谦沉默了下，清瘦的脸上有些怅然："可能只是想求一个结果。"

"不知道你有没有听过一句话，青梅竹马抵不过天降。"卢婉轻轻叹了口气，"孟谦，作为旧友，我想劝你一句，执念不要那么深，害人害己。"

久不见孟谦回应，卢婉忍不住侧头看，只见孟谦收敛了温和的表情，双眸漆黑深沉，某个瞬间，竟然看起来有些瘆人。

他说："卢婉，我以为，相互依靠六年，我们是朋友，你应当是站在我这边的。"

"只要你不做出会伤害郁吟的事，我会的。"

卢婉话里有话。

孟谦在郁吟面前一直都力求保持着君子如玉的形象，可是一个在虎狼窝里长大的青年，怎么可能真的只有温暖纯良。

郁吟没见过的孟谦的阴暗面，卢婉见过，所以才担心。

如果有可能，她希望三个人的关系永远不要变质。

"我们的确是朋友。"孟谦忽然短促地笑了一声，笑意不达眼底，隐约还透着厌恶，"前几天我见到孙俸了，我找人查了一下他，他这几年过得很挥霍，如今失去了郁勇振这座金山，大概很快就要坐不住了。他也知道你回来了，不找你只是因为他现在自身难保，对于这种人，你要小心点。"

"没什么可小心的，自古以来，哪有苦主害怕犯人的道理？要小心也是他小心，他坏事做绝，早晚有一天要被冤魂索命的。"

孟谦定定地看着卢婉，表情有些奇怪。

"怎么了？"

孟谦一言难尽："没想到你还挺迷信的……古老的东方魔力。"

卢婉假笑着伸手指了指远处："孟总慢走。"

几句插科打诨，方才对峙的气氛消弭于无形。

也许，不希望他们友谊变质的，不止卢婉一个。

繁星初上，郁吟坐上了严楼的车。

忙了一天，严楼的车太舒服，她坐进去就忍不住昏昏欲睡，仅有的理智支撑着她，挣扎在清醒和昏睡的边缘。

偏偏严楼好似无所察觉，伸手打开了音乐，舒缓的钢琴曲流泻，车内的中央空调鼓着暖风。趁着郁吟不注意，严楼偷偷按动了某个按钮，副驾的座椅倾斜下去一点……又倾斜下去一点……再次倾斜下去一点……

郁吟睡着了。

她是被闪烁的强光源晃醒的，一睁眼就是低矮的车顶棚，一侧头，就看见严楼英俊的侧脸。

车已经熄火，他坐在驾驶位上，按着手机，不知道在跟什么人发消息。手机灯光明明灭灭，他的侧脸轮廓也若隐若现。

感觉到了动静，男人放下手机转过头来。郁吟眼角一跳，急忙扭过头——车窗外，"国际酒店"四个大字，明晃晃得几乎要闪花她的眼。

郁吟这回是真的吓了一跳，连忙弹坐起来。

"不好意思，我睡着了。"

"嗯。"严楼的鼻音很轻，却有种奇异的愉悦感。

郁吟捋了捋头发，没话找话："是不是附近不大好停车啊？"

要不然怎么停到酒店门前来了，这么晚，孤男寡女，只要是个身心健全的人都会浮想联翩吧！

郁吟铺好了台阶求他下来。

然后，严楼瞬间就把台阶挖了。

"不是，这就是我今晚要带你来的地方。"

严楼偏头看她，见她紧蹙着眉头，动也不动，蓦地倾身过来，贴着她将安全带解开，扑面而来的冷冽气息令郁吟在一瞬间屏住了呼吸。

男人声音醇厚，似乎有温热的气息扑向她的耳朵。

"你在想什么？下车。"

严楼率先下车，郁吟犹豫片刻，秉持着对严楼人品的信任，还是跟了下去。

入夜之后，反而是酒店热闹的时候，一进大堂，一个喝得烂醉的中年男人一边嘟囔，一边摇摇晃晃地朝着郁吟的方向栽倒过来。

严楼停下脚步，伸手一拉，正好将郁吟揽了过来。中年男人扑了个空，摔倒在地。

中年男人眼神迷蒙，还是锁定了他真正要找的目标。他跟跟跄跄地往前赶了几步，抓住了快要走出大门的女人，醉醺醺地说："小槐，你干吗急着走啊，再喝两杯啊。"

那女孩儿原本低着头，急匆匆地想要离开，此时被抓住，惊声尖叫起来："走开，别碰我！"

郁吟神色一变，顺着男人的视线，就看到了郁小槐。

在争执中，郁小槐被中年男人扯掉了外套，露出里面穿着的吊带裙来，已经是冬天了，哪怕除去大衣，这也不是正常的穿着。

众人奇怪的目光令郁小槐紧紧咬着唇，她一手推搡着男人，一手护在自己胸前，脸色因为羞耻而涨红。

中年男人笑了一声："走走走，回去，继续喝。"

"我不要！"

郁吟皱眉，刚伸手碰到自己的大衣扣子，严楼就脱掉了自己的外套，递给郁吟，冲她微微点头，低声说："我在旁边等你。"

"谢谢。"

郁吟大步走过去，将外套罩在郁小槐身上，声音有点凉："你现在倒是比我初见你时还要狼狈。"

郁吟本就比郁小槐高挑，今天还穿了高跟鞋，整整高出郁小槐一个头。

郁小槐裹着衣服，怔怔地抬头看，这个犹如神兵天降的女人虽然表情淡漠，但是她身上的气息却令人极为心安。

中年男人手落空，打了个酒嗝，一愣："你……你有点眼熟，谁来着？"

"看来你应该认识我，我却不认识你，这说明你应该是个无关紧要的人。"

被不带脏字地讥讽了一通，中年男人羞恼不已，却也因此清醒了点，彻底认出了站在郁小槐身旁的女人。

他惊讶地张口道："郁总？"

真让郁吟说对了，中年男人不过是个建材供应商，之前郁勇振在郁氏的时候，他仰仗郁勇振鼻息，为了从郁氏挪点活儿出来，没少受气。他又是个小心眼的，因此郁勇振一被赶下台，家境败落，今天他和郁勇振的女儿同坐了一个酒席，喝了几杯，就忍不住在郁小槐身上算起了老账，硬是灌了她好几杯。

可不是都说郁家内部关系很差吗？不然也没有叔叔篡侄子的权，再被侄女赶下台这些事了，郁吟竟然还护着郁小槐？

男人和寓鸣集团还有合作，因此被郁吟讽刺了也不气，讪讪地退了一步，囫囵说了几句话就趁醉离开了。

周围的人见没有热闹可看，也都纷纷散去。

郁小槐几乎是一抬眼，就看到了不远处站着的严楼。

他和偶尔投过来打量目光的人不一样，他始终都是背对着她们站立的，酒店窗前，位置不显眼，却又不远，他修长笔直的身姿，几乎要和冷凝的夜色融为一体。

郁小槐低头看了看自己身上的男士外套，明明还残留着男人的温度，但这温度却又那么吝啬，吝啬得让人升不起任何遐想。

"严楼有钱有权有貌，还有绅士风度，在自己心爱的女人面前，又懂得和异性保持距离，郁吟，为什么你总是这么幸运？"

完全搞不懂为什么郁小槐一开口就是这句话，郁吟忍不住反问："我幸运？"

刚才面临那种难堪的境地郁小槐尚且能保持理智，可此时她却突然红了眼，紧紧地抓住外套，指尖泛白："难道不是吗？我是小地方出来的不假，我们一家人都是依靠寓鸣才能过上好日子不假，但是你呢？你原来不也就是一个孤儿？"

郁小槐的音量不自觉地高了起来，大堂的人忍不住纷纷向这边看。严楼骤然回头，走了一步，看着不远处郁吟沉静的侧脸，脚下一顿，抿了抿唇，还是留在了原地。

郁吟看着郁小槐年轻的脸，突然有点羡慕她。

她是家道中落，可是仍然衣食无忧；她的父亲虽然从集团中被驱逐，可是仍然父母双全，有人脉有经验，总归会寻到一条后路；她还年轻，除了那些小女孩儿攀比的心思，根本就没有令她世界观崩塌的事情发生过，心中没有污秽，更没有荒芜之地。

说一句不客气的，这种小姑娘郁吟一拳可以按死十个，但是郁吟其实并不讨厌郁小槐，她经历过更多的事，包容心也就更强，她愿意多说两句。

"我希望你知道，这世界上没有完全的幸运，你从别人手里得到的越多，你原本手里握着不想放的东西失去的就越多，这些都是等价的。可最终只有你经过无数次选择，你想要的，或许才能真正得到。"

郁小槐似懂非懂，但这并不影响她先前的角色设定。

缓过劲来，郁小槐狠狠地吸了吸鼻子："别以为我不知道，我们家变成现在这个样子，都是你的原因，今天的事，我是不会感谢你的。"

郁吟无所谓地点点头："无所谓，你的感激对我也没什么用。"

郁小槐哼了一声，刚要转身离开，被郁吟一把抓住了后脖颈。

郁吟随即脱下自己的外套递过去："穿这个走。"

郁小槐一边换外套，一边还嘴："怎么，我穿你男人的外套你不高兴？郁总，小气了吧？"

"倒不是小气，只是严楼的外套太贵了，我担心对现在的你来说，有负担。"郁吟面色淡淡，丝毫不觉得自己的话有什么不对。

郁小槐又羞又愤，将严楼的外套往郁吟怀里一扔，使劲儿踩着地面离开了，离开的背影倒比方才多了点年轻人特有的活泼。

郁吟看着郁小槐的背影，只觉得松了一口气。她走到严楼身边，伸手将外套还他，后者却皱起了眉，按着她的手又推了回去。

"披着，外面凉。"

"不用……"

"本来就是应该的，更何况是给你。穿着吧，不然我来帮你了。"

说着硬气的话，严楼眼底的欣然却十分显眼。

一件外套，莫名有些烫手，郁吟不自然地别开视线，问："我们现在要去哪儿？"

严楼做了个出去的手势："一起吃饭。"

不是有事要到这里来吗？怎么就……郁吟反应过来了，同时，脸色微不可察地沉了一下。

"今天带我来，就是因为这个？你是怎么知道郁小槐在这里的？"

"这是严氏集团旗下的酒店，大堂经理听见了订房间的人要灌郁小槐酒，他们还提到郁小槐是你的堂妹，也知道我对你……"严楼面色不变，坦然地说下去，"知道我喜欢你，就将这件事报上来了。"

有一个心理学术语，叫作社交距离，指的是人们在进行日常社交的时候，交际双方之间的距离，根据双方关系不同，会有明确的划分。

郁吟不会因两个人之间的距离感到慌张，但是会对不在她接纳名单里，却介入她生活的人产生不适感。

郁吟知道严楼是好心，所以只是抑制住这种不适感，还对严楼勾出了一抹笑意："今天谢谢你，晚饭我请。"

郁吟笑起来很漂亮，且具有迷惑性。

看着身上披着他外套，眉目沉静的女人，严楼忍不住一手按上胸口……仿佛是他在抱着她一样。

就像那一晚在车里……

意识到了自己在想什么，严楼忽然呼吸紊乱。

男人的心乱了，自然也发觉不了郁吟那一丝丝的异样。

第五章
祈祷你的降临

这天结束后的好几天，湖市都没有什么好天气。

在这个干冷的季节，北风呼啸，裹挟着尘土随处可至。按照郁吟的想法，能在温暖的室内，捧着一杯热咖啡办公，才是总裁应该有的待遇。

可事实是，她和孟谦到了荒郊野外，名曰实地考察新公司仓储状况。

考察这件事，艾德资本确实应该有人参与，但是这个人绝对不会是孟谦，不管从哪个方面来看，孟谦的亲自陪同都有些大材小用了，因此周围人看他们的目光，多少有些意味深长。

尤其是艾德资本一方。原本两人在总部的时候，时不时就有暧昧流言传出，如今回国又凑到了一起，虽然明面上没人敢说什么，可是暗地里的暧昧传言却络绎不绝。

只是处于话题中心的两个人却仿佛都不在意，孟谦怎么想郁吟不知道，但她一向是身正不怕影子斜，只要自己心中坦荡，她看任何异性都可以向对方发一张"好人卡"。是以，早上在孟谦提出想一起去看一下新公司的仓储厂区时，郁吟立刻就同意了。

车行至郊外，头顶阴云密布，仿佛很快就要有一场暴雪来临。

旧厂房空间很大，但是货物平面铺开，区域混乱，看得郁吟直皱眉。

孟谦不懂这些，郁吟快速下达着指令。

两个多小时后从厂房走出来，他随口问："我听说寓鸣百货的品牌管理部门正在进行下个季度的招商，进行得怎么样了？"

"进展不大顺利，但也在我的预期范围内。一线服装品牌比较喜欢入驻高档商城，像寓鸣百货这种拥有大型平价商超的商场，难得他们青睐。"

不过郁吟倒也不为之困扰："虽然很多品牌都称得上一线品牌，可是越叫得响的品牌，往往越不懂得革新、越容易被市场落下，大浪淘沙始见金，我们先受些冷落未必不好。"

"我倒是认识一些经营服装品牌的朋友，不如我帮你约见一下。"

走私人关系的约见的确能省不少事，这个不大不小的人情郁吟自认也能还得起，因此答应得很痛快："好，那就谢谢你了。"

孟谦转头看着她。在商场上万众瞩目的年轻女总裁，为了弱化年龄和外貌带来的瞩目，郁吟的穿衣风格也偏向利落朴素，处理起事情来更显得手段凌厉，令人觉得不容情。

可是他见过她少女时的模样，哪怕背负着巨大的压力，眼神中从来都是坚定，这种气质与衣着和行事风格都无关，而是她刻在了骨子里的东西。

也格外令孟谦沉迷。

因为说着话，两个人不自觉地走近，直到两个人的影子都快要重叠在一起的时候，猝不及防地，不远处突然传来一个男声——"这么巧！"

男人的声线原本偏低沉，可是音量提上来了，也很具有穿透力。

声音虽传过来了，可是人还在十米开外。

郁吟一抬头，就看见了严楼，他身后还跟着如影随形的小赵……还是喘着粗气的小赵。小赵小跑着，怨念地看了一眼严楼那双大长腿。

郁吟微微蹙眉，着实是想不通："严总？你怎么在这儿？"

"随便逛逛。"

严楼理所当然的语气令郁吟哭笑不得，她往四周看了看——这里早已经出了市区，厂区周边还没盖起来，就是块荒地，最近的住宅区和商业区离这里都至少十分钟以上车程。

随便逛逛，就逛到了这地方？

结合这位总裁从前的行事风格，郁吟很难不怀疑，随便逛逛只是个借口，他其实是来找她的。

这番赤诚，着实让郁吟感受到了负担。

她正警惕着严楼再次开口，严楼的目光却掠过了她，径直落到孟谦身上。

"孟总，借一步说话。"

郁吟不解："咦？"

"啊？"孟谦忍不住蒙了一瞬，又立刻恢复了风度翩翩的模样，颔首道，"当然可以。"

两个人走远了一些，中间离着很宽的距离。

一阵大风刮来，就连孟谦都忍不住将双手交握在身前无用地取暖，严楼却还像根电线杆似的，直挺挺地立着。

孟谦显然也意识到了这一点，也挺起胸膛。于是，身高相仿的两个人，就攀比着站成了两根电线杆。

其中一人哪怕远远瞧着，也让人觉得气质疏离，他嘴唇张张合合，说了什么。另一人突然反应很大，随着激烈的言语，身体都在摇晃。

不知道严楼说了什么，对孟谦似乎产生了很大的影响。

孟谦飞快离开了，甚至没和郁吟打个招呼。

孟谦虽然不像严楼这般，终日都以冷峻的表象示人，却也是泰山压顶而不变色的人物，这可不是他寻常的行事作风。

郁吟忍不住走到严楼身边问："你们都说了些什么？"

严楼看了她一眼："秘密。"

两个大男人有什么秘密？！

见郁吟有些不满，严楼又不忍心什么都不说，只好语气淡淡地道："你也不必太在意，我只是恰巧发现了一些事情，顺手帮他一个忙。"

"这么好心？"

严楼点点头，眼神中显出几分无辜。

严楼顿了一下，像是不经意地发问："你知道孟总在总部待得好好的，为什么会突然回国吗？"

郁吟虽然无心恋爱，但情商并不低，孟谦这么多年的关注，她多少也能看出端倪。孟谦突然回国，有可能……是为了她？

郁吟不敢确认，也不想确认，但这个可能性确确实实也是她想要和孟谦保持距离的重要原因。

所幸，严楼也不刨根问底，双手插兜向前走了几步，回头看她："走吧，我送你回寓鸣。"

严楼的话说得自然，就像是被养成了习惯似的。郁吟也跟得自然，她走了两步才啊了一声："我跟公司的车来的，还有员工在，你们走吧。"

严楼一顿，想起了什么，脸上带着难以言喻的微妙表情："那你能捎上我和小赵吗？"

"啊？"

"我们的车坏了。"

最后，在一众寓鸣员工惊奇的注视下，严楼委委屈屈地坐进了寓鸣集团的商务巴士里。暖风吹着，郁吟感到自己身体里的血液才重新缓缓流动起来。

身上暖和了，郁吟也有心情说话了，她问严楼："你今天到底为什么来这边啊？"

严楼沉吟了好一会儿，像是在组织语言。

后座的小赵忽然冒出了个脑袋："老板是在这附近办事，然后想起来有事要找孟总，才折过来的。

"没想到车坏在半路了，我们徒步了将近两公里才见到你们……社交步数快要登顶了吧。"

小赵一插科打诨，严楼就煞有介事地跟着点头。

"你……真的没有跟着我啊？"

郁吟的声音有点小，严楼没听清："你说什么？"

他往郁吟那边倾身，头垂着，似乎只要郁吟一抬头就能跟他撞个正着。

严楼身上带着一种天然的压迫感，郁吟不自然地伸出手指，顶着他的肩往后推了推。

"没什么。"

严楼眉头微挑，眼睛睁大，又露出了略带无辜的表情，有点像郁吟邻居家养的一只白色萨摩耶。

孟谦虽然匆匆离去，但也没有忘记自己答应过的事情。

他办事效率很高，或者说，那些商场上的老狐狸都很给他面子，隔了几天，在孟谦和卢婉的陪同下，郁吟就和几个服装品牌的负责人在一间古色古香的茶楼里见了面。

推杯换盏之间，郁吟将寓鸣全新的入驻体系跟他们做了介绍，有两位已经颇为意动。

直到其中一个人看了一眼手机，脸色忽然难看起来："有严楼的存在，我想寓鸣并不需要我们。"

郁吟不明白这人的脸色为什么说变就变："您这是什么意思？"

"你还问我什么意思？"那人站起来，就差指着郁吟的鼻子骂了，"湖市商圈早就传开了，郁总是严氏未来的女主人。收到合作邀请我们还觉得奇怪呢，为什么你放着严氏那棵大树不攀，却对我们几家小企业这么重视，原来是示威来了。"

郁吟很快就弄明白发生了什么。

严楼昨天接受了一个采访，通稿刚刚发出来，他在采访里被问到如何看待寓鸣集团最近的一系列动作，严楼表示很看好寓鸣百货未来的价值，如果对方有意愿，愿意联合打造复合化商业模式。

现阶段，所有的寓鸣百货几乎都沿用着底层商超、中层服饰、上层饮食的经营模式，严氏集团有能力改变这种格局，加入诸如珠宝、化妆品、工艺品等等经营模块。可是相应地，寓鸣如果真的做了这种革新，他们也就不再需要这么多服装品牌了。

采访在前，郁吟今天的邀请，很可能被看作是一种威胁——你们不签约，我们还有更好的选择。

同几个品牌方不欢而散后，郁吟坐了良久，久到卢婉担忧的目光几乎凝成实质。

孟谦说："我会再帮你想办法的。"

卢婉也劝她："不过就是两个品牌方，不影响大局，而且我准备明天上门赔罪，一定解释清楚，你别放在心上。"

郁吟木着脸站起身："我先出去透口气。"

严楼正在门外，他微微喘着粗气，双眸一动不动地盯着她，脸上的表情难以形容，带着小心，又像是在等待什么。

郁吟径直走过去，严楼甚至还未来得及缓和下表情，就听见她问：

"你喜欢我，没错吧？"

严楼的脸上出现了一瞬间的错愕，身体先语言而动，他点了点头。

城府深沉的男人，在冬日的暖阳下，毫不抗拒地肯定着他的爱意，这本该是一件动人的事。

可是郁吟的神色没有丝毫软化，她更进一步地问："你喜欢我什么？喜欢我长得漂亮吗？"

没有给严楼回答的机会，郁吟又说："我一直认为，所有的一见钟情都不过是见色起意，当然了，我无权对你的感情做出评判，但是我想让你知道，我……并不喜欢你的喜欢。

"我现在是生气的，但是我很难说清楚我是为什么生气。固然有商谈失败的原因，为了准备这次见面，为了说服他们，我熬了两个通宵准备提案。但这也不是主要原因，我经历过很多次失败，这根本不算什么。

"我更生气的是，我是因为一些别人强加给我的、荒谬的误会失败的，更甚至，造成这种荒谬误会的人是你。

"我原本以为，在商场上我们是有默契的，你知道我想做什么，知道我讨厌什么，现在看来，是我错了。"

严楼默默地站在原地听着她的话，浓密的长睫遮住了他的眼神，渐渐地，他的脸上也没有多余的表情。

直到平地一阵北风吹过来，有沙尘被裹挟着乱飞，郁吟只得偏过头，不大舒服地眯了眯眼。

他的声音随风而来："对不起。"

郁吟微怔。

严楼的声音干涩："可是我在学习了。

"我做哪些事，你会开心，我就继续；我做哪些事，你会不开心，那么以后我绝对不会做了。我已经在学习了，这样可以吗？你能……原谅我吗？"

预想中被拒绝后的默然或伤心甚至恼羞成怒，这些寻常的反应在严楼身上都没有出现。

他主动向后退了一步，更加远离她，甚至有些……卑微。

郁吟突然有些慌乱。

严楼还在继续说："有办法能弥补你吗？只要你说，我就可以去做。只要你不推开我，像今天一样告诉我你的感受。郁吟，我是个成功的商人，但是情之一字，我其实并不聪明。"

郁吟有预感，如果她再不说点什么，严楼的话迟早会令她无法招架。

"我、我原谅你了，但是严总，希望没有下次。"

她匆匆说完，逃避似的，转身就走。

严楼看着她的背影越走越远，沉沉地叹了口气。

小赵这才走过来，满脸愧色："对不起，老板，都是我瞎出主意。"

前几天，郁吟和孟谦一起出行，正好严楼得知了一些有关孟谦的秘闻，犹豫着要不要告诉孟谦。小赵这个狗头军师就提议他们可以一举两得，破坏孟谦和郁吟的"单独相处"，再给孟谦送个顺水人情。

紧接着就是总裁暴走两公里，随身特助累如狗，不过结果是好的。大巴上，严楼和郁吟之间隐约涌动起不同寻常的气氛。

小赵尝到了甜头。

隔了一天，消息灵通的小赵就知道了郁吟品牌招商遇阻，孟谦大献殷勤的事。小赵撺掇着严楼在采访的时候示好，但是他却没有告诉严楼事情的来龙去脉。

刚才小赵汇报工作的时候说漏了一嘴，严楼立刻就变了脸色，打听到郁吟在这里就往这边赶，哪承想还是晚了一步。

他做了严楼这么多年的特助，为什么这点商业嗅觉都没有？

看着自己的助理几乎都快哭出来，严楼想了想，伸手按在他的肩上。

"没事。"

不必道歉，我知道你的好意。

小赵从严楼沉默的神色中读出了这句话，一米八还差一点点的男人，忽然红了眼睛。

自从严楼道歉，郁吟落荒而逃之后，两个人之间似乎陷入了一种奇怪的气氛。

一月一度的股东大会上，郁吟的视线不自觉地往角落瞟，可是只能看到一个优越的侧脸。郁吟收回目光，侧脸的主人才会趁机抬头看她一眼。两个人的视线从来没有撞上过，也不知道该说是巧合还是默契了。

会后，严楼无视周围人的搭讪，步履匆匆地离开了。

卢婉看着他的背影："奇怪了，这严总裁这么忙，这种会派个人来不就好了？"

郁吟推了她一下："别想那么多，快回办公室，我还有项目要跟你商量呢。"

"你们俩……情况不对啊，不会你还在生气吧？"

"你跟郁兆情况也不对吧，你怎么还不愿意理他啊？"

如果两个人的友情有一天要画上句号，没有一个人是无辜的。

郁吟一推开办公室的门，就看见了一个本不应该出现在这里，但是出现在这里又不令人意外的人——郁致一。

他大大咧咧地坐在属于总裁的宽大办公椅上，低头看着手机，脚下还左右划拉着，带动着椅子转来转去。

郁吟疑惑："你怎么来了？"

郁致一收起手机，语气呛人："我来拿钥匙。"

"家里没人吗？"

"没有。"

在郁致一不耐烦的盯视中，郁吟翻包找钥匙，一边翻还一边说："我包就挂在这儿，下回你直接找就行，否则我一开会还不知道要开到几点。"

郁致一没有说话，就跟在郁吟身后，接过钥匙后，他还看了郁吟好几秒钟没有移开视线。

郁吟被他瞧得有点发毛："怎么了？还有什么事吗？"

回应她的只有一声震耳欲聋的关门声。

郁致一摔门走后，郁吟才讷讷地问："这孩子又吃错什么药了……不对啊，我们家不是电子锁吗？他专门过来要钥匙干什么？"

"这你也要问我吗？我是特助，不是生活助理。"卢婉毫不留情地怼完，又心疼起办公室的实木门，"郁致一的脾气一直这么暴躁的吗？"

郁吟支吾了一声，委婉地问："你知道他原来是做什么的吗？"

"什么？"

"如果用一种动物来形容致一，你觉得会是什么？"

问题出来的瞬间，卢婉脑海里立刻就有了答案，她脱口而出："脱缰的小野马？"

"恭喜你，答对了，没有奖励。"郁吟的表情并不乐观，"他曾经是马术运动员，我出国那年，他十五岁，已经是全国马术冠军了。"

"啊，这……"卢婉寻思了半天，才想出一个比较贴合的形容词，"这就叫物以类聚？"

"好歹是我弟弟，你留点口德。"

"那他……"

想到了什么，卢婉看了一眼郁吟，发现她脸上虽然是一贯的浅淡神色，睫毛却在细微地颤动，还是泄露了一丝心绪不宁。

能让郁吟露出这种怅然表情的，一定又是六年前的旧事。

"当年……我是背着他们去机场的。当时郁致一正在比赛，赢下那场比赛，他就可以冲击国际赛事了。可是他的竞争对手不知道从哪里得来了风声，告诉他，我抛下他们走了。致一比赛的时候晃了神，从马上跌下来，腰椎严重受伤，治了两年才好，可是已经无法重返赛场了。"

气氛沉闷下来。

卢婉叹息着开口问："这些事……你是什么时候知道的？"

"很早，他受伤后的第二天，我刚到国外的那个晚上，国内的体育网站上铺天盖地都是报道，我想看不见都难。"

"那你当时就没想过回来吗？"

"天天都想。"

剩下的半句话郁吟没说。

——但是她不能。

她想握着病床上郁致一的手，跟他说对不起，告诉他别怕，姐姐回来了；她想参加郁兆的毕业典礼，而不是只能在郁兆的卧室里看见那张空出一个人位置、构图奇怪的合照；她还想送孙婉进产房，然后在那帮臭男人都去看新生儿时，她会守在产房门口，等孙婉出来，第一个握住孙婉的手……

她想要的太多了，想得五脏六腑生疼，哭诉无门的那些夜晚，她就是一遍一遍用这剩下的半句话熬过来的。

郁吟深吸了一口气，重重地拍了拍桌子，驱散周围沉闷的空气。

"不能再放任这小子成天游手好闲、不务正业了，他那样子看着跟个富二代有什么区别。"

"他本来就是富二代。"

郁吟眼一横: "我是说那些只知道吃喝玩乐的富二代,我的弟弟,不管曾经怎样,现在绝不能这么混吃等死!"

卢婉不忍心打击她,但看她一副无知无觉的样子,还是叹了口气。

"你说这话……是真的不知道郁致一在做什么吗?"

"什么意思?"

郁吟脸上的疑问显露得明明白白。

卢婉无奈地笑了: "我好像开始有点明白,为什么郁致一总是看起来一副桀骜不驯的样子了。毕竟就算是小野马也想拥有伙伴,得不到关注的时候,也会想扬蹄子吼几声吧。"

"你别卖关子啊,你到底想说什么?"

卢婉拍了拍郁吟的肩: "不是我卖关子,只是有些事还是你自己去发现的好。我和那个小赵不一样,我只是你的特助,不负责你的日常情感生活的。"

"好端端的,你提什么严楼?"郁吟视线飘忽了一下。

"我哪句话提严楼了?"

两个人大眼瞪大眼,郁吟率先落荒而逃。

不过因着对卢婉的话产生了好奇,郁吟今日特意早下班了一会儿,准备回家和叛逆的弟弟们一起共进晚餐。

郁家如今还挺热闹的。

小护士李思然从医院辞职后,卷着包裹就住进了郁家,名义上是郁家的家庭医生。

郁吟也是后来才知道,李思然是从医科大学毕业的,成绩压线才勉强合格毕业，再加上人长得甜美，娃娃脸，穿上白大褂也好像不是很容易受患者信赖。她天生性格软和，轻易地就能和患者打成一片，干脆就当了护士——原本不辞职的话，她几年内是有望晋升护士长的。

郁吟有些愧疚，李思然倒是大方地摆摆手，表示这是自己乐意的。她觉得郁吟好，是她想成为的样子，她想跟在郁吟身边，近距离观摩一下。

这一番话说得郁吟心花怒放，当即就在她五位数的月基础工资上，又涨了两千块钱。

李思然与其说是照顾郁咏歌，不如说是带着郁咏歌一起玩，两个人混得很好，有时候郁咏歌一口一个"思然姐姐"，叫得郁吟都嫉妒。

郁兆和郁致一也住在家里，只是郁兆现在和郁吟不在一个地方办公，郁致一每天的作息跟郁吟又不同，姐弟三人见面的机会不多。

再加上有一个厨艺很好的住家阿姨，郁吟刚回国时那个安静得令人心惊的郁家仿佛不曾存在过。

郁吟到家的时候，这些人恰好都在。

阿姨正在厨房忙碌着晚餐，李思然带郁咏歌去了后面小花园里观察植物。

郁吟的眼神掠过沙发上躺着没个正形的郁致一，只问郁兆："你今天怎么回来得这么早？"

郁兆见到她时，脸上原本露出了惊喜的笑容，闻言却尴尬地咳了一声，视线转而瞟向郁致一。

一句寻常问话而已，郁兆为什么这副表情？

郁兆更加手足无措了，好像又回到了之前那个傻白甜的形象，视线还不住地往一旁的墙上看，明显在示意郁吟。

郁吟望过去，墙边上是个座钟，年代不知道，但是时间依旧很准。

等一下……时间？今天是几号来着？

一道光亮闪过，郁吟不自觉啊了一声，猛地反应过来。

一声嗤笑，郁致一懒散地起身，一句话都没说，上楼去了。

郁吟看着他的背影，忍不住伸手敲了一下自己的脑袋——今天是郁致一的生日啊。

因着早出晚归，脑子里全都是公司的事，她竟然给忘得一干二净，所以郁致一今天还特意到公司晃了一圈……

距离上一次给郁致一过生日，已经隔了六七年了，一想到这儿，郁吟的心就揪着，愧疚铺天盖地地往五脏六腑钻。

郁兆走过来，轻拍了几下她的背，算是给她抚慰。

干干净净的年轻男人，眼神里有担忧，但绝对没有嗔怪："姐，我知道你最近太忙了，但是致一他……虽然表面上没说什么，可是他这几天总是回家很早，也不回卧室，就坐在楼下客厅里，我一眼就能看出他在等人。"

只是他等不到，最近郁吟总是深夜才归家。

比起粗心的姐姐，幸好郁致一还有一个大他三岁的、细心的哥哥，郁兆将一切都准备好了。

阿姨做了配菜，郁兆系上围裙，亲自烹制了牛排做主食，还推出了一个双层蛋糕。

中间还有一个插曲，严楼派人送来了礼物——一辆价值不菲的机车。郁致一颇感兴趣地蹬了一脚，马达轰隆声响起的时候，郁吟在一旁露出了老年人般不赞同的目光。

晚饭后，吃蛋糕环节，蜡烛燃起，郁咏歌左看看右看看，忽然腿一蹬下地，慢吞吞地走到楼梯口，将主灯按灭了。

满室骤暗，只有几处黯淡的灯带。

跳动的烛火散发着的光虽然微弱、渺小，但是看着就令人从心底里生出暖意。

郁兆侧头，看向身旁的弟弟："致一，许个愿吧。"

郁致一半边脸陷在阴影中，烛火跳动，光芒在脸上变幻，无法辨别他的神色。

郁致一似乎也在注视着蜡烛，几秒钟之后，他嗤笑一声："算了吧，都多大了还许愿。"

虽然没什么过生日的气氛，但郁致一已经很知足了。潦草地吃了一块蛋糕，郁致一没有聊天的兴致，蔫头耷耳地就上楼了。

郁吟想了想，也提步跟上。她先回了自己的卧室，从衣柜里拖出回国时携带的那个旅行箱，从里面拿出了一个小盒子攥在手里。

郁吟踌躇了片刻，敲开了郁致一的门。这还是郁致一归家以来，郁吟第一次踏进他的房间。

他的语气带着点不耐烦，伸手胡乱地挠了几下头："你来干什么？"

郁吟视线转了一圈，在电脑前的椅子上坐了下来，看着发丝凌乱的男人，语气中有着明显的讨好："今天……对不起，姐姐忘记你生日了。"

郁吟的温柔并不起作用，郁致一大大咧咧坐在床上，眼角眉梢都带着淡淡的讽意："你能记得住什么？"

郁吟虽不太服气，身为集团总裁，她最近记得的事情有很多……但没有一项与郁致一有关。

"你甚至不知道我为什么没有赶上父母的葬礼。"看着面露愧疚的郁吟，郁致一仿佛终于满意了，态度也有点懒散。

"你们都觉得我就是这么吊儿郎当，连葬礼都不回来，在外面胡闹。

可饶是如此，都没有一个人来责骂我一句，为什么？因为在你们眼中，我还是那个叛逆调皮的孩子，所以不管做什么都可以被原谅。可是你们谁也没来问我一句，我究竟是怎么想的。"

事情已经过去很久了，郁致一再提起已经没了波澜，只剩感慨，以及无法掩饰的黯然。

"但凡你或者郁兆能来问我一句，就会知道，我当时不是在外边胡闹，而是跟恶意诋毁寓鸣的人打了一架，进了医院。"

郁吟的心一抽一抽的，仿佛还能从郁致一身上看到那个小小的男孩儿的影子，她的心乱得一塌糊涂："对不起，是我一直忽略了你的感受，你可以责怪我。"

"我凭什么怪你呢？"

郁致一的声调有些古怪，陷入了并不美妙的回忆。

"我了解过你的，你在国外过得很好，哪怕不是接手寓鸣集团，你早晚也会取得很高的成就。

"我时常觉得，是郁家绑住了你。小时候就是，不知道是不是因为领养的缘故，你照顾郁兆、包容顽皮的我，受委屈了从不说。现在也是，因为郁家几个儿子都没用，要你收拾寓鸣的烂摊子，这几个月，你几乎从来没有按时回家过。

"你本可以在公司附近买个公寓，省下一两个小时在路上的时间，拥有更多的休息，可是你没有，不管多晚，你还是会回郁家。你想维系什么？是家的感觉吗？可是我看到的，只有我们带给你的负担。"

"你怎么会这么想？"郁吟很诧异，"我从来没觉得你们是负担。我小时候谦让是因为我比你们大，我是姐姐，没有别的原因。"

郁致一紧抿着嘴，下颌绷紧，面上带着难以捉摸的孤傲，也不知道是相信了还是没有。

意识到这个弟弟的心结很深，郁吟心绪不宁，再开口，声音已经带上了细微的颤抖。

"我在国外的时候，一直都很想你们，很想回来。"

泪意氤氲，郁吟艰难地维持着语调的平稳："每次我坚持不下去的时候，我都会想你们，有一年我逛当地的集市，我看到了这个。"

她将一直握在手里的小盒子递给郁致一，后者犹豫了一下，还是倾身接过，用着和满不在乎的表情截然相反的、小心翼翼的动作，将它打开。

里面是一匹铜制的小马，小而精巧，马鬃和扬起的马蹄活灵活现，不羁中透着可爱。

郁吟说："这是我想送给你的生日礼物，可是这么多年，一直没有机会给你。"

郁致一的手指摩擦着马背。

"你到底为什么离开，甚至那么狠心……不回来，也从不联系我们？"

郁吟不语。

郁致一攥着小马抬头又问："那我换个问法，你能保证再也不走了吗？"

"我保证。"

郁吟走后，郁致一头枕双手，仰面躺在床上，他没盖被子，窗开了一条缝，冷空气若有似无地钻进来。

他睁着眼睛，看着天花板。

人长大后，就很少能记得小时候的事情了，四五岁时的事，郁致一也只记得寥寥几件。

那大概是他四岁还是五岁生日的时候，有不知道哪儿来的亲戚，到他家为他庆祝，拿郁吟的身世逗他："宝啊，你这个收养来的姐姐对你怎么样啊？"

郁致一脆生生地回答："好。"

那妇人笑得前仰后合："怎么个好法？比亲姐姐还要好吗？"

"比亲姐姐还要好！"

郁致一又没有亲姐姐，郁吟就是他的亲姐姐。

妇人又笑，笑声中有些莫名其妙的优越感："她当然得对你好了，她要是敢对你不好，你就让你爸妈不要她了。"

亲戚的话被孙婉听见了，向来温柔的豪门夫人大发脾气，铁青着脸将人赶出了家门，跟对方家再也不来往了。

后来，就再没有人敢当着郁家人的面议论郁吟的身世了。

郁致一当时没有完全理解这个妇人的话，但是他知道"不要"这个词语的含义。

小孩子被吓到了。

郁致一被吓到的表现就是越发黏着郁吟，就连玩玩具也要姐姐陪在身边才行。直到有一天，他手中的金属模型脱手飞出去，砸中了郁吟的眼睛。

郁兆冲他大吼了什么，郁致一已经不记得了，只记得巨大的恐惧笼罩了他的心。

郁兆拉着郁吟出了门，家里只剩郁致一一个人的时候，他才骤然大哭，没形象地跪坐在地，也不知道喊给谁听："呜呜……我是不是没有姐姐了，姐姐不要我了。"

巨龙守护公主。

骑士拥戴女王。

从他开始拿着玩具剑比画的时候，郁吟就是他的公主，也是他的女王。可是某一天后，她留下城堡弃他而去了，他只能在原地茫然四顾。

她口中的家人都是骗人的吧，哪有家人会抛下彼此，头也不回地离开呢？

他从马上摔下来，躺进医院里的时候，就暗暗发誓，他再也不要原谅她了。但是她回来了，他又想，那就再原谅她一次，最后一次。

毕竟她是他的姐姐。

点蜡烛时他说谎了，他其实许了一个愿望——如果人的命运真的有轮回，他想做她的哥哥，让她下辈子能随心所欲，不必如此辛苦。

这天，严芳华订了一套首饰，得知严楼就在商场附近，就打电话给严楼，让他帮忙捎回来。

取完首饰，看着精致的首饰盒莫名碍眼，小赵忍不住嘟囔了几句。

其实这种跑腿的事随意派司机来就可以，但是严芳华仿佛格外喜欢联系严楼这个侄子，经常会麻烦他一些不大不小的事，仿佛可以借此彰显自己在严家的地位。

只要跟公司利益无关，严楼对此倒是无所谓。

路过精品店时，他忽然想起来什么："对了，给郁致一送的生日礼物他喜欢吗？"

"按照您的吩咐，机车型号是最新款的，也是最高配置的，还有设计师的亲笔签名，任何一个喜欢机车的男人都会喜欢这份礼物——尤其是我了解到，生日第二天，郁致一骑了机车出门，上了禁止机动车行驶的道路，还因此吃了一张罚单，所以我觉得他是喜欢的。"

自从上回犯错，小赵谨言慎行到了极点，誓要守卫自己的专业素养，回话力求客观且全面。

严楼放心地点点头。

小赵忽然停下了脚步，脸绷紧："老板，遇到了您单方面认识的人，您要不要过去打声招呼？"

见小赵说得严肃，严楼还以为是商场上哪个没打过交道的老总，结果一抬头就看见……哦，不是，一低头就扫见了一个小小的身影。

郁吟最小的弟弟，郁咏歌。

还有曾经在医院见过的那个小护士在他旁边，小护士正饶有兴致地看着童装。郁咏歌对这些不感兴趣，小大人似的走远了两步，板着小脸站着。

严楼抬步走过去，注意力尽数放在了这个小小的身影上："你好，我是严楼。"

他深深地弯下腰，伸出手，并没有因为面前的小孩儿年幼且矮小而心生爱怜，而是严阵以待。

小赵扶额，他的老板几乎没有同小孩儿相处的经验，只是凭借直觉认为，人类幼崽都是脆弱的，需要小心翼翼地对待。

郁咏歌也沉着脸打量着严楼，出乎意料地，他也伸出了手。

小孩子稚嫩的手和严楼修长的手指相握，触感的柔软令严楼抿了抿唇，神情更加严峻了。

"咏歌？咏歌呀，郁——咏——歌——"

女人的叫喊声由远及近，是李思然找了过来。她见到严楼时愣了几秒钟，而后恍然大悟："我见过你，你是郁吟小姐的朋友。"

严楼嗯了一声，低下头看着郁咏歌："你们来买东西。"

陈述性的话语，让李思然忍不住打了个寒战。

小赵苦于不方便开口解释，否则就会安慰对面的圆脸小美女，别怕，他的老板这是在搭讪！搭讪啊！

气氛尴尬得丝毫不让人意外。

突然，郁咏歌一转身："我要去卫生间。"

严楼说："我陪你。"

郁咏歌皱起眉："我不要。"

这是第二个拒绝严楼的人，第一个自然是郁吟。

听闻郁吟并不是郁氏夫妇的亲生女儿，可奇异的是，小赵竟然在郁咏歌的脸上找到和郁吟的相似之处。

或许就是这种相似，严楼的表情反而有融化之势。

他冲着一大一小略一点头："那我走了，下次见。"

严楼的离开让李思然松了一口气，她看着郁咏歌迈着腿，自己进了男洗手间，她就站在男厕所门边上，眼巴巴地望着里面。

从里面走出来一个男人，皱着眉头看向李思然，又往周围看了一圈，忽然直直地撞了上来。

李思然被撞了一个趔趄，紧接着脸上挨了一巴掌。

男人劈头盖脸地骂道："你往哪儿看呢？"

这一下给李思然打蒙了。

"你……"

"你什么你！不要脸！"

两人争执了几句，可是男人骂得难听，李思然良好的教养让她此时手足冰冷，找不到言语反抗。

——这个男人似乎有意在纠缠她。

想到这里，李思然忽然一个寒战，她不顾男人的咒骂，铆足了劲就往洗手间里面冲。

没有。

洗手间没有人了，郁咏歌也不见了！

她冲出洗手间，刚才纠缠她的男人也趁机走了。

李思然的眼泪几乎在顷刻间就不受控制地往下砸，她一边往外飞奔，一边掏出手机报了警。

第二个电话，她打给了郁吟。

李思然冲出商场，人来人往的，她根本看不到那个熟悉的身影。

刚上车的小赵往窗外望了一眼："咦？老板，是李思然。"

见她的表情，严楼就意识到出事了。他下了车几步走过去，冷着脸问："怎么了？郁咏歌呢？"

"不见了，我把咏歌弄丢了。"

接到电话，郁吟有那么一瞬间双耳失聪，听不见任何东西。周围人说了什么她全然不知，甚至不记得自己是怎么从公司走出来，怎么到达的百货商场。

直到她在一堆人中，看见了安然无恙的郁咏歌后，她才重新感觉自己活了过来。

人群里有好几张熟悉的面孔，郁吟调整了一下呼吸走过去，远远地，就看见郁咏歌抱着严楼的大腿，如同抱着一棵树，姿势很是依赖。

郁咏歌身旁，李思然围着他哭得稀里哗啦，可是郁咏歌却绷着小脸，丝毫没有受到惊吓的样子。

郁咏歌还掏出一张手纸，递了过去："擦……不怪你。"

两个警察反扭着一个中年男人，还有个警察正在跟郁致一说话。郁致一听了之后脸色大变，忽然回身一拳将被警察控制的男子打趴。他满脸暴怒，像只疯狂的狮子狗，看起来很想打死这个男人，可是被早有准备的警察拦住，拎到一旁批评教育去了。

郁兆也赶到了，身后跟着一连串寓鸣集团的人，现场一片兵荒马乱。

郁咏歌被拉扯的时候擦伤了，郁兆带着他和被掌掴的李思然去看医生，郁吟则跟着去公安局做笔录。

录完笔录已经很晚了。

一出来，她就看见站在大厅里的严楼。男人西装革履，腰板挺直，如同一棵青松，永远都不会弯曲一般。

郁吟走过去轻声说：“谢谢你。”

严楼扭头，见女人的妆有些花了，眼角晕染出一道杂乱的黑。她今天从头到尾都表现得很冷静，相比较郁兆和郁致一，她才是精神支柱一般的存在。

“怎么样？”

郁吟叹了口气：“抱走咏歌的男人不是人贩子，是个疯子，看见咏歌长得可爱，就出手想抢回家。打了李思然的人和男人不是一伙的，那人就是个找碴的小混混，已经被拘留了，一切都过去了。”

凉夜静谧，月光如水。严楼站在郁吟面前，忽然伸手将她揽在了自己的胸口，说：“别害怕。”

郁吟僵硬地被他揽在怀里，或许是因为已经熟悉了他身上的那股冷香，或许是因为站了一天，她太累了。

郁吟没有反抗，逐渐在他的怀抱中软了下来。她白天的时候强撑着一口气不敢松懈，此时一放松下来，后怕便一涌而来。

郁吟哭泣着。

渐渐地，女人的眼泪浸湿了严楼的胸口，西服的前襟沾上了她的泪，冰凉，可是严楼的心口却因此灼烧起来。

他伸手缓慢而坚定地轻拍着女人的后背，一下、两下……视线落在窗外的树杈上，树杈光秃秃的，什么也没有，可是严楼却觉得很满。

他又说：“别害怕，我在。”

因为这件事情而留下最深心理阴影的不是郁家众人，而是李思然。

这个可怜的姑娘因为亲身经历了郁咏歌走失的那半个小时，整个人一直处于精神高度紧绷的状态，接连几个晚上都睡不着觉。

甚至有一次，郁吟晚上起来喝水，一开门就看见郁咏歌门口堵了一个黑黢黢的身影，走近了才知道，是李思然大晚上睡不着，溜达出来蹲在郁咏歌门口，这样才能令她安心。

这种角落里生蘑菇的行为最终止于郁致一的忍无可忍。

某天晚上，郁致一被吓到之后，他黑着脸将李思然拦腰扛起，丢回了她自己的客房，又顺手拖了个沙发堵住了她卧室的门。

郁吟悄悄给他点了个赞。

倒是郁咏歌，经历了这一遭险事后，他倒像是多打开了一窍，胆子大了许多，主动说话的时候多了，只是……他两句话里面必有一句是关于严楼的。

郁吟丈二和尚摸不着头脑，不过就是见了严楼一面，郁咏歌为什么就对他念念不忘？难道说，严楼和李思然都有相似的磁场，招小孩子喜欢？

想到严楼那张因常年冷漠而略显刻薄的英俊的脸，郁吟使劲儿摇了摇头，将这种可能性抛出脑海。

其实那天还有她不知道的小细节——

那一天，严楼照着商场平面图，简单地判断了一下郁咏歌可能会被带走的方向，飞奔着找了两个出口，终于在侧门外的马路边找到了正被人捂着嘴往车里拖的郁咏歌。

严楼学过点散打，他一脚踹过去，力道可不比郁致一那种小打小闹，中年男人当即倒地，哀号着半天都起不来。

严楼皱着眉，刚要询问郁咏歌怎么样，郁咏歌却目光晶亮，跳过来就抱住了严楼的大腿，脆生生地喊："爸爸！"

严楼惊呆了。

他表情凝重，弯下了腰，手指犹豫片刻，还是轻轻碰了碰郁咏歌的小脸蛋，迟疑地问："你……想爸爸了？"

郁咏歌点了点头，又摇了摇头。

旁人大概无法理解这个年纪小孩儿的思维，但严楼仿佛懂了："你想爸爸了，但是不记得爸爸了……你觉得我很厉害，觉得我像你爸爸？"

不得不说，可能 IQ 超高的人，在一定思维领域中，的确是能产生共通的。

郁咏歌重重地点了点头，脸上有掩饰不住的祈盼。

严楼伸手，按在他的脑袋顶："对不起，我不是你爸爸。"

说着，严楼忽然一顿，左右环顾，低头在郁咏歌耳边耳语："但我可以做你姐夫。"

其他的人终于姗姗赶来，严楼恢复了面无表情的样子，郁咏歌还抱着他的大腿，小脸上一派若有所思的样子。

还有一个月左右就是春节了，湖市风平浪静了些日子。

商家们纷纷推出活动，招揽顾客，大街小巷喜庆的红色随处可见，渲染出一片热闹的景色，令人光是看着就忍不住心生愉悦。

郁吟也很愉悦，子公司第一批独立生产的服装已经赶制出来，正好能赶上策划部策划的"年货节"活动，想必很快就能有所收益，下一年度的品牌招商也基本完成。而且寓鸣旗下的几个分公司，半年运转下来，账面不说多漂亮，但是也偶有盈余。

郁吟已经能想象到明年的这个时候，年底分红一定很可观，到时候她就要给自己放一个长假好好休息休息……

思绪已经飞得无边无际，卢婉在郁吟面前挥手都打不破她的白日梦。不得已，卢婉仗着四下无人，伸手敲在了总裁的脑门上。

"回神！"

郁吟不满地看她。

卢婉神色诡秘，隐约带点兴奋："昨天我听说了一件事，有个叫林茜茜的小明星跑去严氏集团跟严楼告白，结果被人'请'出来了。"

郁吟低头，拔出钢笔继续签文件："跟我有什么关系。"

郁吟回答得太快，卢婉一时分辨不出她是害羞还是真的不在意，不过……

"严家最近可不太平，你离得远点也好。"

郁吟手中的笔渐渐慢了下来。

等了一会儿，卢婉却没有再开口的意思。郁吟抬头瞪了卢婉一眼，颇有点恼羞成怒的架势："你说话就说全，别说一半留一半。"

"我还以为你不想听呢。"卢婉嘲笑过后，就将自己听到的消息一五一十地告诉郁吟，"我听说……严家出事了。严楼的弟弟因为偷税被查出来，现在面临起诉呢。"

郁吟蹙眉："弟弟？"

"好像是表弟来着，严家小辈太多了，我记不清……哦，就是严芳华的儿子。"

"是在严氏被爆出来的吗？"

"那哪能啊，那个表弟的手可没有那么长。严楼是个狠人，严氏集团是他的一言堂，谁都没机会在里面做手脚的。"

根据卢婉的道听途说，是严氏集团参股了一家娱乐公司，严芳华不知使了什么手段，把自己的儿子塞进去"镀金"，挂了个董事的名头。

按理说，这种蒙荫的富二代，哪怕没点本事，只要老老实实地等着分红，也能活得光鲜亮丽。

可他是个胃口大的，竟然伙同公司的财务总监做了假账，将漏缴的税款全都划拉到了自己的口袋里。

这事一被爆出来，财务总监就被解雇严查了，可是表弟身份有点特殊，娱乐公司的人不知道严楼会不会出手保自家亲戚，帮他填了这个坑，因此态度现在暧昧得很。

郁吟本以为是和自己无关的事，没想到上午才听说，下午就遇见了故事关键人。

郁吟和一个股东约着见面，见面地点是郁吟订的，也不知道怎么回事，反正她回过神来时，自己已经将见面地点约在了严氏旗下的一家酒店里——就是上次遇见郁小槐的那家。

酒店自营着一家咖啡馆，内有包厢，很多商客都会在这里见面谈事。

因为彼此都是熟人，郁吟也没要人陪着，自己开车就过去了。

郁吟到得略早，四下环顾，一眼就看见小赵以一个面壁思过的姿势站在一个不显眼的角落里，也不顾自己笔挺的西装和梳得板板正正的头发，脑门有一下没一下地往墙上磕。

郁吟都隐约听见闷闷的声响了，小赵却还是无知无觉，跟中了邪似的。

本着人道主义精神，郁吟还是走过去，嫌弃地扯着小赵的袖子，将人往后拉了拉。

"饶过这面墙吧，你再撞下去保不准水滴石穿，就塌了。"

没想到郁吟也会讲笑话，小赵咧了咧嘴，不知道该不该讨好地笑出来。

小赵嘴咧了一半，在郁吟见鬼了似的表情中又收了回来，勉强扯出一个笑容："郁小姐，这么巧啊。"

"是很巧。你在这儿干什么呢？"

赵敬业平时跟严楼形影不离的，郁吟下意识地就往周围扫了一圈，没见到那个熟悉的身影，心下奇怪。

"我们老板啊……"小赵犹豫了一下，忽然眼神一亮——真的是一亮，亮得肉眼可见。

他一把拉住郁吟，然后就被郁吟反射性地挣脱开了。

她一皱眉，眉宇间尽是霸道女总裁的威严："你有话说话……别离我这么近。"

小赵讪讪地挠挠头："抱歉，郁小姐，实在是……这件事有点难以启齿。"

小赵："老板正在跟人会面，我担心他。可是每次这种时候，老板都不让我进去。"

"到底什么事啊，严楼连你都不相信？"如果小赵再不可信，郁吟实在想不出严楼还会信任谁。

"不是的……老板很信任我，只是，每次处理这种情况，他不想我跟着难受，所以都让我在外面等他。"

小赵建议两人一起去看看情况——因为他自己去会被骂，但是郁吟去就不会。

郁吟同意了。

好吧，她承认，自己的好奇心完完全全被勾起来了。而且小赵这副鬼鬼祟祟的样子，明显就是要引她去的，应该也不是什么涉及商业机密的事。

两个人往里走，一直走到最尽头的包厢才停下。小赵在郁吟的惊讶中，胆大心细地将包厢门拉开了一条缝隙，然后一只眼从缝里往里瞧。

"这不好吧……"郁吟嘟嘟囔囔着，也凑了过去。

一个声音立刻传了出来——

"严楼，我都说了这么多了，你总得给我一句话啊。"

里面的人正是许久不见的严芳华。

只是严芳华完全没有宴会初见时的光彩照人，儿子惹上的祸事让她焦头烂额，哪怕穿着名牌衣服，她看起来也并不像一个贵妇人。

严楼坐在椅子上，偏着头，没有说话，就像一尊玉佛，无论严芳华说什么，他都无动于衷。

郁吟有种奇怪的错觉，他的人在这里，可是他的灵魂却像是死了一样，虽然仍被迫占据着这具躯壳，但每一秒的存在都是一种折磨。

想要离开，却永远不得解脱。

这是一种很玄妙的感觉，令郁吟的指尖都忍不住带出颤意。

"这事就要你一句话。只要你将严帅那孩子从这件事里摘出来，你就是我们母子的恩人。"

"姑妈，做错了事就得认。我记得您以前也曾经是明理的人，怎么现在反而糊涂了？"

开口即是收尾，严楼眼中划过一丝倦意："只要将他中饱私囊的钱都吐出来，严帅未必会有大麻烦。"

"可是……"可是那是一大笔钱啊！都已经在他们家了，要还回去，无异于割肉。

严芳华没说后面的话，但是她的表情已经说明了一切。她只翻来覆去地恳求："他好歹也算是你的兄弟，你帮帮他，大家都是亲戚啊！这是你的责任，你要管他的啊！"

严芳华哭诉着，忽然腿一弯，作势要跪下去。

小赵听到这里，推开门就闯了进去，眼疾手快地拉住了严芳华，扬声道："哎哟，夫人，您这是做什么，这不是折煞我们严总吗？"

小赵嘴里喊得殷勤，可是手却牢牢地抓住严芳华的手臂不松，眼神凌厉，竟有几分恶狠狠的架势。

就像是只老母鸡，在面对想叼走自家小鸡的黄鼠狼时，也能爆发出巨大的能量反击。

郁吟没有跟进去，这是别人家的家事。

可是……虽然说这是别人家的家事，但她就是浑身不舒服。

严芳华不想自己的儿子出事，又不想还钱，就来逼迫严楼。

凭什么？！天底下哪有这种道理？！

明明是严芳华一直在哀求，显得十分可怜，可是郁吟觉得，此时面无表情、拒人于千里之外的严楼才浑身透着孤寂。

小赵这一闹腾，严芳华跪也不是，不跪也不是。门大开着，小赵冲进去后，门外的郁吟就变得格外显眼。

两个人的目光撞上，严楼盯着她看了很久。

久到，郁吟觉得他又像是一个"人"了，活生生的人。

严芳华也看到了郁吟。在小辈面前显得如此狼狈，严芳华变了脸色，匆匆丢下一句："严楼，你好好考虑考虑。你要是再推托，我就去求老爷子，到时候这事你一样得管。"

说完，严芳华抬起袖子，擦了擦眼泪。

也就是这个时候，郁吟注意到了严芳华小臂的皮肤。

宴会上的时候，严芳华的服饰遮得严严实实，华贵的衣衫衬人气质，加上周围的人都围绕着她奉承讨好，只让人觉得她是一个养尊处优的贵妇。

脸可以保养，现在医美又发达，郁吟也是此刻才觉得怪异——严芳华手臂上的皮肤很粗糙，很少会在豪门出身的人身上看到。

这个疑问在郁吟脑海中只存在了一瞬，今天的严芳华令她厌恶，她不想再思考有关严芳华的任何事情。

严芳华离开后，严楼走过来，他张了张口，却没有说话，只是用一种略带仓皇的眼神看着郁吟。

他在不安什么呢？被她看见了他被人纠缠的样子吗？他觉得这是很狼狈的吗？

这一刻，郁吟想知道的问题太多了，全都是关于严楼的。

在这短暂而沉默的两分钟里，严楼像是找回了平时的自己，清了清嗓问："你来这里是？"

"见同事。"

"嗯，那走好。"

"好。"郁吟往外走了几步，突然转头，"严楼，等我谈完事，和我一起吃饭吧？"

说不清缘由，但是郁吟不想让他就这样离开，而且还是带着这样的表情。

严楼骤然笑了，说："好。"

他的双眼里有一点火种，一直在漆黑之地默默燃烧，虽然微弱，却也因此得以保留。

而郁吟走向他，带来了风。

风拂过，火苗顺势而起，逐渐将周围照亮。

明亮的地方多了，严楼才能记起，哦，原来他还在这个世界。

第六章
冲破枷锁的可能

严芳华大步走出酒店。

周围的行人多了起来，她停下脚步，背过身去，从包里掏出粉饼，照着镜子仔细地补妆。

阳光有些刺眼，严芳华眯起眼，准备换个方向，面前却突然罩下一片阴影。

一个风度翩翩的青年走到她眼前，他生着双上斜眼，长眉，看着文弱，但偏偏目光精亮，仿佛无时无刻不在算计。但总的来说，他算得上一表人才。

是以严芳华没有第一时间发火，而是狐疑地打量着他。

男人冲她点了点头："您好，我是孙俸。"

这个名字……严芳华有自己的社交圈子，郁勇振被那么狼狈地赶下台，已经成了湖市商界的笑话，连带着"孙俸"这个名字也曾经是她和一帮朋友茶余饭后的谈资之一。

严芳华眼中不可避免地升起轻视，她自顾自地将粉饼装好："我知道你，你是郁勇振的私人助理。自从郁勇振被寓鸣集团踢走，你应该也跟着辞职了吧。"

"我现在已经不是郁勇振的助理了。"

"那你现在在哪儿高就啊？"

实际上，严芳华已经没了聊天的兴致。背靠严氏这棵大树，严芳华平时往来的都是老总的家眷，此时能维系着礼貌寒暄的样子，纯粹是因为周围人来人往，而她不想失了仪态。

"过去辛苦工作攒了点钱，现在自己开了家小传媒公司。"

"哦？"严芳华来了点兴趣，"听说郁勇振当年能那么快在寓鸣集团站稳脚跟，有你很大的功劳，你果然是个人才。"

"但是……"严芳华话锋一转，"你和郁勇振是一条船上的人，他那条船沉了，你却丝毫没有办法，可见你的能力也有限。你现在既然自己开公司了，就谨慎点吧。"

严芳华的嘲意并没有令孙俸尴尬，男人眼中闪过诡秘的光。

"不是我没有办法，而是我主动离开了那条船。想必您也知道，郁吟回来之后，郁勇振名不正言不顺，他人也不算聪明，我没有再和他一起走下去的必要了。"

严芳华打量着他，这人突然找上她，还毫不避讳叙述着自己"叛主"的原因。

孙俸脸上还是文质彬彬的笑意，严芳华却忽然打了个冷战，她警惕地问："你来找我有事？"

"听说令郎麻烦缠身，我和令郎是朋友，因此想拉他一把。"

"我凭什么相信你？"

"你当然可以选择不相信我，继续跟严楼耗着。但是国有国法，如果事情发展到必须以法律制裁的地步，那么想必哪怕是严老爷子亲自出手，严帅也逃不了了。"

见孙俸对答如流，严芳华忍不住问："你真的有办法？"

孙俸笑眯眯地说："对，我真的有。"

他上前一步，凑近严芳华的耳边说了几句话。

严芳华的面色骤然一亮，但随即，目光中透露着明明白白的不信任："你如果能帮上我，你希望我回馈你什么？"

"我说了，我和严帅是朋友……不过我若什么也不图，您也不会信。"

"当然。"

"让我的公司为鼎兴百货做品牌宣传工作。"

鼎兴百货是国内排名前几的百货商场，走高端奢侈品路线，和寓鸣百货的竞争向来很激烈。

严芳华迟疑地问："你想让我帮你对付寓鸣？那你可太高看我了，我只是个妇道人家，不参与企业运营的。而且我那侄子，对郁吟可是上心得很，你想从寓鸣集团手中抠好处出来，可是难上加难。"

孙俸温声说："我也正是顾忌这一点，我担心严氏成为寓鸣的后盾，所以一旦严楼有什么动作，您能及时告诉我就可以了。"

这倒不是什么难事，甚至比严芳华预想中需要付出的代价少太多了，几近于无。

严芳华的表情又缓和了几分，甚至有了几分和善的味道。

"我能问问，你为什么就盯上寓鸣了呢？据我所知，这可是块硬骨头。"

"寓鸣集团现在的总裁太年轻了。"孙俸眼神一闪，"我有很了解的人在寓鸣集团，就在郁吟身边，近朱者赤近墨者黑，她们不会有什么差别。这种女人手里掌握着如此庞大的权力和财富，难道不是一件很可惜的事吗？"

本以为严帅偷税的事会成为一个大节奏，很多人都盯着严楼的动作，想看他会不会替自己的亲戚摆平麻烦。可是没想到，不过一周，这件事就悄无声息地解决了，而且和严楼一丝关系都没有。

娱乐公司的财务总监将责任都揽到了自己身上，严帅得以全身而退。倒是严楼的冷酷漠视，遭到不少人诟病。

"这件事有点古怪，财务总监怎么会心甘情愿给严帅背了黑锅？而且这件事的处理也很巧妙，他谎称被财务总监欺骗，哭着接受了一个采访，转身还把自己在娱乐公司的股份卖了，捐出去了，拉了一波公众好感度。"

顿了顿，卢婉又冷笑一声："也不知道是谁给严帅出的这主意，高明是高明，就是损了点。这个娱乐公司算是倒了霉，本身就有偷税漏税丑闻，现在还被严帅来了这么一招釜底抽薪，锅背得死死的，估计离关门不远了。"

说了半天都不见郁吟附和，卢婉翻了个白眼："我在跟你说话，你在干什么呢？"

郁吟抬起头，不明白好友怎么突然就生气了，于是摇了摇手机，眼神无辜："发短信啊。"

"这就是问题！"卢婉大声说，"你什么时候变成了手机不离身的人了？'手机会耽误我工作效率'这话是不是你说的？"

郁吟冲她笑了笑，很漂亮，但充满敷衍。

卢婉无语地问："你和谁发短信呢？"

"严楼。"

"我方总裁直接私通敌方总裁？"

郁吟这回有反应了，脸上带上不满："我们和严氏算什么敌方啊？你这个比喻一点都不恰当。你有这个时间，还不如去找市场部开会，鼎兴百货要在湖市开商场，来势汹汹，他们才是敌方呢。"

"亏你还能记得这件事，我还以为你现在的心思已经没多少放在工作上了。"

"卢婉，你讲讲道理，别人不知道我心里的想法，你还不知道吗？我本就不打算一辈子都在寓鸣当总裁啊，等郁兆成长起来，我是要把寓鸣集团交到他手上的。"

"到时候我也跟着你退休，寓鸣集团的事太多了，这半年下来，我至少老了十岁。"

"那可不行，你得多帮帮郁兆。"

郁吟一边说着，一边觑着卢婉的脸色。果不其然，一提到郁兆，卢婉的脸色就变得不甚自然。

郁吟实在是搞不懂这两个人之间到底是怎么回事。

卢婉借口工作，从郁吟的办公室出来，没想到秘书过来告诉她，楼下真的有人找她。

"什么人啊，没有预约吗？"卢婉很疑惑。

秘书摇摇头："说是您的朋友，但是没有预约保卫处不放进来，只好您自己下去看看了。"

"好。"

卢婉也没多想，坐电梯就下到了一楼。

她左右看看，都没有见到熟悉的人影，忽然，身后有人叫她——

"卢婉，好久不见。"

仿佛是深渊里传出的低喃，卢婉的心顷刻间跌入寒冰地狱。

孙俸咧了咧嘴，那张还算英俊的脸，显得十分阴险："见了老朋友，怎么不说话？你现在，更漂亮了。"

卢婉的手微微颤抖，这一瞬间，那些拼命想要忘记的过去，又随着这个笑铺天盖地地席卷回来。

她攥紧手，面上竭力维持着冷漠："你怎么会在这儿？"

孙俸踱步过来："我刚刚做了件好事，想来与你分享。你也是太生分了，曾经我们是多么亲密的关系啊，你回国都不说主动来看看我。"

"好事？"

"严帅的事，没听说过吗？"孙俸站在她面前，伸出手，轻佻地挑起她的一绺头发，声音满怀恶意，"卢婉，寓鸣集团不是个好去处，郁吟那艘船早晚都要烂掉。到我身边帮我，我们冰释前嫌，往后余生我都会对你好的。"

卢婉心里恨极。她在最不谙世事的年纪，因为他而家破人亡，面对孙俸，她始终有种刻入骨髓的恐惧。

甚至此时此刻，她的脚步都无法离开地面半寸。

"放开她！"

一声怒喝。

郁兆走过来，西装革履，领带一丝不苟地系着，乍一看，像个成熟男人了。

郁兆伸手，将卢婉拉回自己的身后，看向孙俸，眉目凌厉："这位先生，这里是寓鸣集团，现在请你离开。"

可能是郁兆和过往消息里的气质差别太大，孙俸第一时间没认出他来。

卢婉："郁兆，你先上去，别掺和到我的烂事里。"

"你是，郁兆？"孙俸很惊奇的样子，手指冲着郁兆上下随意地点了两下，"你和我想象中的样子不太一样。"

"孙俸，你别太过分了！"从手足无措的困境中迅速挣脱出来，卢婉摆出了一副护犊子的姿态，怒视孙俸。

郁兆拍了拍卢婉的背，安抚她的情绪，而后才冷冷地看向孙俸，说："你是怎么想我的，我并不关注，也无足轻重。可是听见你的话，我就看到了你的教养，哪怕你穿着昂贵的西装，也隐藏不住你浑身的恶臭。"

孙俸不可思议地笑了一下，倒没敢直接针对郁兆，只是看着卢婉，面露轻蔑："你知道你维护的这个女人的过去……有多脏吗？因为自己的愚蠢，失身失心，还导致了她父母的死亡和家财败落，靠近她，你也会倒霉的。"

"我倒是觉得，能说出这种话的你，才是最肮脏的，我应该离你这种垃圾远一点。"

郁兆并没有从言语上跟孙俸一争高下的意思，刚说完，他就掏出手机："我在一楼大厅，叫保安来，这里有人闹事。"

如果真被保安拖走，可就太丢人了。

孙俸冲两人略一点头，露出了一个瘆人的笑，转身离开了。

第一次见到郁兆强势的一面，卢婉半天都没回神，这种冲击甚至已经完全盖过了再次遇见孙俸的恐惧。

可还没等她开口，方才还气质深沉的郁兆突然卸了一口气，定定地盯住卢婉："卢婉姐，这个男人就是你这几个月一直躲着我的原因？"

卢婉想好的感谢之词迅速噎了回去："你在说什么鬼话？"

"要不然呢？难不成是因为你强吻我，羞愧得不敢面对我？"

郁兆的声音似惊雷，将毫无准备的卢婉炸回了那个多事之夜。

那天喝醉之后，卢婉给郁兆打了电话，想让他来把郁吟接回去。

可是，郁兆来的时候，郁吟已经被严楼带走了。

卢婉在国外就练成了酒桌上千杯不醉的技能，每次都能可靠地给郁吟兜底。可她也不是千杯不醉，她是后反劲。别看面对严楼时，卢婉还一副清醒的模样，可等严楼带着郁吟一离开，她的脑子就开始犯糊涂了。

郁兆到的时候，就看见卢婉在吧台结账，四位数的酒水单怎么算都算不明白，全然不复平时清醒的时候，那副精英特助的模样。

郁兆上前就先把单买了，好不容易从卢婉口中问到自家姐姐的下落。在得知姐姐被严楼带走之后，郁兆倒也没有多担心，扶着卢婉就往外走。

"卢婉姐，我送你回去。"

郁兆看着清瘦，实际上也是有肌肉的，他很轻松地就架着卢婉穿过吵闹的舞池，往大门口走去。

可能是酒意上涌，兴奋的神经蚕食了卢婉的理智，她在昏暗中抬起头，看到郁兆那优越的下颌弧线，突然语出惊人。

"这么看，你确实有点帅，是姐姐我喜欢的类型。"

冷不防被调戏，郁兆讷讷地说："卢婉姐，你别开我玩笑。"

光说还不够，卢婉伸出手掐了掐郁兆的脸蛋，后者象征性地闪躲了一下，却也没有甩开她的手，只是脸色更红了。

男人咽了一口口水，喉结上下滚动。

"卢婉姐……"

卢婉一脸欣赏，双手捧着郁兆的脸，踮起脚，就在他唇上响亮地亲了一下。

郁兆彻底傻掉了。

卢婉也不知道，自己那天晚上是被什么鬼迷了心窍，竟然会对自己好友的弟弟下手。尤其是第二天到公司后，卢婉发现，郁兆竟然和自己想象中，成年男女发生意外之后默契地遗忘它不同，郁兆总是三番五次故意出现在她面前，表情看起来很想和她谈谈心。

经历过大风大浪、在国外闯荡多年、自诩已经练就了金刚不坏之身的卢婉，慌了。

"那天是我喝多了，我给你道歉还不行吗？"

郁兆一脸耿直："你道歉有什么用？那是我的初吻！"

卢婉讪讪道："你们一家……还都挺纯情的哈，都是初吻。"

"你说什么？"郁兆立刻抓住了重点，脸色大变，"我姐姐和谁亲了？"

赶来的保安和秘书处的几个人，一不小心就吃了个大瓜。

卢婉连忙拽他的衣袖："你小声点，我也是猜测。"

毕竟郁吟回忆起那天晚上的时候，总是神情古怪，卢婉问什么都不说。

"那个男人是谁？"郁兆从来没有感觉自己的脑袋如此灵光过，他脱口而出，"是严楼，对不对？"

郁吟还不知道自己的闺密和弟弟在背后都编排了她些什么，她最近和严楼之间的气氛变得微妙起来，在看到严家不足为外人道的一面之后，她再看严楼，总会不自觉地带了怜爱的滤镜。严楼约她吃了几次饭，她都欣然赴约。

这其中的心思郁吟并没有深究，或者说她并不愿意去深究，生怕最后得出一个自己不愿承认的结果。

很快，春节就来了。

除夕夜，李思然和住家阿姨都回家过年了，郁宅只有郁家四口人，以及一个没地方过年的卢婉。

这似乎是大半年以来，众人最空闲的一天，空闲到能想起那些不在身边的人。

郁兆不知道从什么地方翻出了一张全家福，那时候郁咏歌还在孙婉的肚子里。他看着合照里自己身旁面无表情的少年，忍不住叹息一声："今年要是赵重也能在就好了。"

郁致一原本还歪在郁吟身边打游戏，闻言将手机一扔，站了起来，有些不满："好端端的你提他干什么？"

"你们是双胞胎，关系倒是从来都没好过。"

"不是你说我都快忘了。那人这么多年一直神出鬼没的，估计心里早已经没有了这个家。"

郁致一的话里有一股怨妇的腻歪劲儿，但是话糙理不糙。

郁家一共有四个儿子，郁兆出生后的第三年，孙婉生下了一对双胞胎，就是郁致一和赵重。至于为什么赵重会有一个奇怪的姓氏，孙婉解释是为了纪念自己的母亲，因此让赵重随了外婆的姓氏。

这个解释有点奇怪，但是也没人深究。

不过赵重这个人就更奇怪了，他的少年时期是在孙婉的老家，跟着孙婉的一个远房亲戚成长的。明明是郁家的小孩儿，可是很少回湖市跟自己的父母兄弟见面。郁从众和孙婉的葬礼上，他短暂地出现了一面，送了一束花之后，就头也不回地走了。

晚餐是由郁兆和卢婉操刀的，明明隔着玻璃门看两个人在厨房还有说有笑的，可是郁吟一进去，就像是故意做给旁人看的，两个人立刻鸦雀无声。如此三番五次，郁吟也多少看出些门道，索性就把厨房扔给他们两个，再也不进去了。

吃过晚饭，电视热热闹闹地播着晚会，郁吟和卢婉瘫在沙发上，浅浅地喝了几杯红酒。

郁吟喟叹一声："我已经很久都没有这么安心的时候了。"

郁家外面挂起了几盏红色的灯笼，还有金色的灯带点缀其中，屋内电视机里的声音喜庆热闹，温度适宜，美食美酒，还有她爱的人都在身边。

年节里郁吟收到了不少礼物，有些是合作伙伴送来的，也有些是跟郁家沾亲带故的人送来的，再加上郁家的人多，许多人的礼物一收就是好几份，郁吟干脆在客厅铺了一块地毯，将所有的礼物都堆了过去。

此时，郁兆正陪着郁咏歌将它们一一拆开，郁致一虽然一脸不耐烦，但还是在旁边勤勤恳恳地帮忙收拾礼物盒，顺便将属于郁吟的礼物都放到一起。

郁吟举起手机，想把这一幕拍下来。

卢婉也百无聊赖地刷着手机，忽然，她坐直了。

郁吟回头问："怎么了？"她眼中还荡漾着慈祥的笑意，显然还沉浸在弟弟们的活泼笑颜中。

卢婉倍感辣眼睛，也不说话，直接将手机屏幕往她眼前一贴。

手机上是一张小赵的自拍，配了文字："大年夜。"

照片背景是间书房和办公室二合一的房间，小赵不是重点，重点是他身后的书桌上，伏案写字的严楼。

"你怎么会有小赵的好友？"

"助理之间也要有基本社交的，你以为我工作很轻松啊。"卢婉一边抱怨，一边点了个赞。

电视里演着小品，演员表情夸张，底下的观众哄堂大笑。

郁吟坐立难安。这应该是阖家团圆的时刻，为什么严楼不回家？刚才只是略微扫了一眼，她就觉得他看起来很疲惫，又孤单。

"你说严氏集团的事情就这么多吗？大过年都不能休息一天？"

卢婉心想：事业越大，责任越大，不过年的人也不止他一个吧。

"严楼的爷爷不是很重视他吗？"

卢婉腹诽：别人家的家事跟我们有什么关系？

"我们在国外的时候大年夜都要聚在一起的，他为什么一个人？"

卢婉继续腹诽：小赵不是人？

兴许是被郁吟絮絮叨叨地问烦了，卢婉抬起头，面无表情地问：

"你要是实在心疼，要不然让他们俩过来吃饺子？"

郁吟从沙发上弹起来："你在说什么？为什么要让严楼在我们家过年？！"

郁家两大一小三个男人，不约而同停下了手中的动作，表情茫然地看向郁吟。

郁吟下了地，来回走了几步："既然是你的提议，你就去问问吧。"

话听起来挺勉强的，可是表情完全不是这么回事。

郁吟皱着眉头，表情严肃，像是在自言自语："好歹也算是朋友。"

卢婉回头一看，弟弟们的眉头同样都拧成了"八"字形，除了郁咏歌，他挺开心的。

严楼和小赵比想象中来得要更慢一些，将近晚上十点，外面的烟花都快连成片的时候，门铃才被按响。

一打开门，郁吟就被两摞等人高的礼品糊了满眼。

礼物后的男人艰难地露着脸，是少有的狼狈。

郁吟连忙让出道让他们进来，又问："这是什么？"

严楼说："新年礼物，上门不应该空手来，抱歉，准备需要点时间，来晚了。"

此刻，在商场浸淫多年、冷峻沉稳的严总裁，像只愣头鹅。

郁吟弯了弯眼睛："不晚，正好赶上包饺子。"

不知是不是国内传统的风俗，十二点的时候，都是要吃着饺子跨年的。说是包饺子，可实际上几个人包出来的饺子都奇形怪状的，郁致一包了几个很快没了兴致，郁吟就把他们赶出了厨房。

倒是小赵笑眯眯地表示，本就是来做客，总不好饭来张口，又拉着自己的老板继续和面皮、馅料搏斗。

三个人在厨房倒也和谐。

郁兆探头扬声说："姐，别忘了包一枚硬币。"

这也是不知道打哪儿来的迷信，饺子里包硬币，吃到的人，这一年都会好运。

严楼洗了一枚硬币："我来吧。"

郁吟诧异地说："没想到你也迷信。"

严楼笑笑，没有回答。

他胸前系着碎花围裙，满身矜贵染上了烟火气，站在那里，眼角眉梢透着温和。他认真地将饺子皮一点一点捏起来，叫人看着都觉得岁月静好。

手机响起，郁吟看了一眼，是孟谦发来的拜年短信。她正要回，严楼突然开口："我觉得我的饺子包得还不是很好看，你再教我一下。"

郁吟哦了一声，随手就放下了手机。

严楼旁边摆了一排饺子，排头和排尾之间的形状毫无差别，尽显一个高智商男人的学习能力。

再低头看看自己从一而终的软趴趴的"饺子们"，郁吟心头一堵。

他这是在炫耀吗？

亲眼看着自己包的饺子下锅，严楼才心满意足地被郁咏歌拉走看礼物。

郁咏歌对严楼的热情，显然引起了某些人的不满。

郁致一双手抱胸，身高上不占优势，他便扬起下颌力图营造出一种俯视感。

"听说严总工作很忙，忙到过年也需要维护关系，不能回家团聚吗？"

严楼不着痕迹地瞥了一眼厨房的方向，收回目光，嘴角弧度抹平：

"家里访客太多，我向来不愿意回去，幸好郁吟邀请我。"

郁兆说："致一，严总是客人。"

郁致一扭过头："最好是。"

郁吟煮饺子，小赵就在旁边打下手，厨房的门半掩着，偶尔能听见里面传出笑声。

郁吟瞥了一眼在旁边殷勤看锅的小赵，只觉得他太任劳任怨了。

"你应该结婚了吧，不用回家吗？"

"这几年除夕都是我和老板单独过的，都习惯了。我媳妇也很理解我，她说没了我，她正好可以回娘家，她也很开心，我也很开心。"

郁吟一时也分辨不出这话里的信息要素是否过多。

"他……为什么不回严家过年啊？"

小赵不答反问："您觉得严家是什么样的家族？"

郁吟想了想说："根深叶茂，底蕴深厚。"

一阵短暂的沉默。

"这是老板的家事，我不应该说的。"小赵却又极为顺畅地接上，"但是您也不是外人，实话告诉您吧，严家在湖市的亲戚众多，一过年都聚在老宅了，老板和他们不大熟，不想回去，跟我在一起反而自在。"

水开了，小赵的表情在水蒸气中显得格外忧郁朦胧。

"具体的情况我就不能说了，但是我自从八岁认识老板起，我敢保证，这是他过得最热闹、最开心的一个新年。了解他您就会发现……他其实很可怜。所以郁小姐，我希望您能给他一个机会。"

敢说老板可怜的助理，小赵大概是天底下独一人了。

自动忽略小赵的助攻意图，郁吟感慨道："你们老板有你这样的助理，真的很幸运。"

她本意是夸奖，可是小赵的表情却一反常态地凝重起来，他忽然冲她深深地鞠了一躬。

"郁小姐，对不起，过往很多馊主意都是我出的。"

"什么？"郁吟一时间没反应过来。

小赵如数家珍。

"宴会表白……

"制造偶遇……

"帮您的公司……

"还有太多我想不起来了……"

郁吟从一开始的疑惑到震惊再到面无表情。

原来她觉得奇奇怪怪的操作，都是这个狗头军师在后面出谋划策。

手有点痒痒，但郁吟还是扯出了一个僵硬的微笑："你们还真是，一个敢说，一个敢听。"

"千错万错都是我的错，我们老板在感情上很纯情的，如果您和他在一起，您就能拥有他的初恋！"

锅里的水咕嘟咕嘟的，白白胖胖的饺子浮了上来。

郁吟低下头捞，只觉得自己的心情就像这锅里忽上忽下的饺子……初恋啊。

郁兆帮忙把饺子端上桌，招呼郁咏歌赶紧过来："吃两个，然后哥哥带你出去放烟花。"

郁咏歌点了点小脑袋。已近深夜，小孩子却完全没有困意，兴奋得要命。

晚餐吃得饱，每个人象征性地吃了五六个饺子就饱了，可是唯一一个包着硬币的饺子还是没人吃到。

其余人都出去放烟花了，盘子里只剩下两个饺子，郁吟和郁致一决定分了它们。

郁致一表情严肃地观察着这两个饺子："我一定要吃到硬币，你觉得哪个是？"

郁吟也低下头，皱眉道："看不出来。"她侧头问严楼，"这是你包的吧，你知道哪个饺子里面有硬币吗？"

严楼早就吃完了，但是一直坐在郁吟旁边没有离开。

他笃定地说："我在饺子上做记号了，右边的饺子有硬币。"

郁致一的筷子于是往右边伸，却在半空中顿住。

右边？严楼真的会这么好心告诉自己吗？

这人是老谋深算的集团总裁啊，所以是左边的饺子吧。

但是这万一是严楼设下的局呢，知道自己会怀疑，所以反其道而行之，真的是右边的饺子呢？

郁致一夹了右边的。

郁吟夹了左边的，然后吃到了硬币。

严楼嘴角勾起，这一招叫我预判了你的预判。

郁吟笑眯眯地将硬币擦干净，揣进了自己的口袋里。

她今天很开心。

鞭炮声此起彼伏，震耳欲聋，几位男士将烟花都搬到院子里去，璀璨的烟花升空炸开，郁咏歌兴奋得直拍手。

郁吟透过窗子往外看，神情专注。

严楼问道："你喜欢烟花？"

"喜欢，但是我更喜欢和在意的人一起看烟花。"话音落下，身旁的男人久久没有说话，郁吟才后知后觉地察觉到自己话里的歧义。

"我的意思是……能跟家人们在一起，我很开心。"

严楼淡淡道："我也是。"

郁吟狐疑地抬眼，她总觉得他话里有话。

严楼注视着她，目光幽深。

和她在一起，他也很开心，只是这种开心是短暂的……他想长久地拥有她。

严楼看着被焰火照亮的女人的侧脸，轻声说："郁吟，新年快乐。"

严楼到郁吟家过年这件事被传开了，并不是因为谁的嘴不牢，而是众人放烟花的时候被人看到，拍了下来。

除了桃色绯闻，商场上的人想得更多。这半年来，寓鸣集团的业绩回暖肉眼可见，要是再因为私人关系和严氏集团联手，那么湖市的商业版图恐怕会有一个天翻地覆的变化。

并非本意的，一对年轻男女间的情感走向，得到了全市人的关注。

孟谦低头看着一篇关于他们的花边新闻，耳边还是孙俸的喋喋不休，他面无表情地抬起头。

"你今天没有预约就闯进来，就是为了让我投资你？"

孙俸住了嘴，恭敬地点点头："是，我的公司发展不太顺利，急需资金。实在抱歉，正常预约的话，我这种小公司的来客是见不到您的。"

孟谦看着他谦卑的表情，收起手机，表情带着点随意："确实，艾德资本投资的公司，都是业内的佼佼者，抑或是极具潜力……所以是什么给了你勇气，让你觉得，你有资格坐在我对面？"

孙俸笑容不变："一直听说您热心公益，资助了很多有才华的年轻人，我还以为您不会因我的公司小而瞧不起我。只要您能给我机会，我会替您解决无数难题的。"

"我不是瞧不起你的公司，我是瞧不起你这个人，你可能在湖市的商场上不出名，但是我对你的名字并不陌生。"

孙俸以为孟谦说的是他曾经是郁勇振助理这件事。

孟谦却轻描淡写地说："孙俸，我不是严芳华，你借由严帅和她拉上关系，又说动严芳华将手上的资产都给你运作，甚至以此为资本和人脉忽悠了很多合作方，一石三鸟，很高明。可惜，你对付她的那一套在我这儿，并不能成功。"

"您是怎么知道的……"

"做投资，消息灵通最重要，我自然有我的消息渠道。"孟谦交叠着双腿，漫不经心地问，"我对你是如何说服财务总监揽全责感兴趣，介意说说吗？"

"影视公司的财务总监是个单亲妈妈，她总归是要判刑的，我承诺如果她肯自己把责任揽下来，我就让她女儿在富贵中长大，直到她出来，否则——"孙俸脸上阴霾之色顿显，"非但她女儿缺衣少食，我还会让人在她女儿身旁，不停地说她是个罪犯。"

见孟谦表情浅淡，孙俸一顿，继而苦笑："我在您这儿的印象大概已经跌到谷底了。"

他叹了口气："我知道您不齿我的手段，但人在商场，不进则退，我打拼这么多年不容易。现在严楼不愿意帮的忙，我帮了，肯定已经得罪他了，我必须要给自己再找一个靠山。"

不会的，严楼根本不会把孙俸放在心上。孟谦心里这样想着，却没有说出口。

孟谦和卢婉相识多年，自然也知道令她变得悲惨的，正是面前这个罪魁祸首。

孟谦是个有修养的人，从小接受着喜怒不形于色的教导，可是这个孙俸，实在称得上是个无耻之徒，令他厌恶。

赶客的话还没出口，孙俸突然郑重道："我用一个秘密，来交换您给我的公司一个投资机会。"

孟谦扬眉。

"是关于严楼的。"孙俸眯起眼，"更准确地说，是关于严氏这个家族的。"

孙俸凑近了孟谦的耳朵。

窗外远远地飘来一片巨大的乌云，光影寸寸更迭，将它笼罩下的方寸之地隔绝在阳光之外，昏暗顷刻间降临。

孟谦的手指轻叩着桌沿。良久，他才问："消息来源准确吗？"

如果准确，那么严氏集团，并不像是印象中的那么不可撼动了。

孙俸笃定地点头道："我和严帅颇有交情，一次醉酒之后，我从他口中套出来的。"

孟谦第一次仔细地打量着孙俸，感叹道："你这样到处投诚，转身却又出卖合作伙伴，迟早会有身败名裂的一天。"

孙俸抿了一口桌上已经放凉了的咖啡，不以为意："我家境贫寒，自小生活在臭水沟边上，从小我就知道，我想要的东西，没人会给我，我必须要不择手段去得到。

"如果那一天真的来临，我愿意轰轰烈烈地迎接，也绝不会再回到臭水沟里。"

看着野心勃勃的孙俸，孟谦端起杯子浅酌一口，没有说话。

年后第一周，湖市就爆出了一个重磅新闻。

严帅从偷税漏税的事件中摆脱出来之后，严芳华是想把他塞进严氏集团总部的，可是严氏集团被严楼管理得铁板一块，通融不了。

恰好严氏跟政府有合作项目，严芳华就起了歪心思，让严帅揣着巨款去找人疏通关系了。可还没等事成，就被严楼发现，严楼反手就把他送进了公安局——行贿未遂，处理不好是要惹上官司的。

所有人都震惊于严帅的搞事情能力，但也没想到，严楼手段雷厉至此，刀锋甚至可以冲着自己的表亲狠狠刺下。

郁吟知道的时候也吃了一惊。

她和严楼约了今天见面，想跟他取点经，可是严楼没能准时赴约。想到当时见过严芳华对严楼的纠缠，她不大安心，打了电话过去。

严楼的声音微微喑哑，鼻音略重："对不起，我今天不能去了，我会让小赵把我准备的资料给你送过去的。"

郁吟关心的却不是这个，她忍不住问："你的声音怎么了？是感冒了吗？"

"别担心——"

严楼刚说了三个字，郁吟就听见电话另一端有人怒吼道："你还在给谁打电话，还不给我滚过来？"

是严胜江的声音。

紧接着，电话就挂断了。

眼角跳了好几回，郁吟一颗悬着的心始终放不下。

小赵打电话联系郁吟，问她什么时候方便，他好过去送资料的时候，郁吟提起了上午那通电话。

"严楼他是感冒了吗？刚才通电话的时候，感觉他的状态不是很好。"

小赵沉默了一下，突然下定决心似的对她说："郁小姐，您去看看我们严总吧。这一次因为严帅的事，严老爷子发了大火，我很担心他。"

小赵的语气和上次他们偷听严楼与严芳华对话时并不相同，凝重得令人心头一跳。是以，这虽然是个近乎冒失的请求，但郁吟还是同意了。

这是郁吟第一次踏足严家。

小赵带着郁吟往里走，步履沉重却坚定，颇有几分壮士赴死，慷慨激昂的模样。

门大开，尽管郁吟心中已经预设了好几种情况，可是眼前此情此景，还是令她心头剧跳。

严楼跪在地上，严胜江手里拿着一根木棍。

严胜江下了狠手，一棍子下去，严楼的身体颤悠了一下，脸色比刚才更白，可他还是一声不吭，直挺挺地跪在那儿。

郁吟顾不上打招呼就冲了进去，伸手攥住木棍，厉声质问道："您在干什么？"

"郁吟？"严胜江有一瞬间的惊讶，随后他看向郁吟身后的小赵，威严尽显，"你胆子真的大了，敢把外人随便带进来。"

小赵瑟缩了一下，但还是站在了郁吟身旁。

严胜江也懒得再理他，抽回手，看向郁吟，眼含威胁与告诫："郁小姐，这是我们的家务事，与你无关，还请你赶紧离开，不要掺和。"

"郁吟，你怎么……咳咳……"严楼刚开口就剧烈地咳嗽起来。他的身体抖动着，看起来摇摇欲坠。

严胜江不是最宝贝这个孙子吗？怎么舍得下这样的重手？

这地上多凉啊，严楼跪得又该有多疼啊！

郁吟气急反笑，眸光亮得几乎能喷出火来："现在是什么年代了，还兴这一套？就算这是您的家事，可是被我看到了，我就掺和定了，您再敢当着我面打他一下？"

严胜江冷笑："怎么，郁总想对我这个老头子做什么啊？"

"我就报警。"郁吟掷地有声地说，"告你家暴！"

郁吟将严楼拉起来，揽到自己身后，毫不畏惧地回瞪严胜江，话却是对严楼说的："跟我走，我看谁敢拦着。"

此话一出，不止严楼与严胜江，包括一直在旁边恨不得将自己站成壁画的用人们，全都瞪大了眼睛，盯着她。

郁吟自认板起脸的时候还挺有气势的，她拽着严楼从严家离开的时候，根本无人敢拦。

严楼沉默地跟在她身旁，任由她把他推上副驾驶位，重重地关起了门。他始终微垂着双眼，顺从而乖巧。

郁吟想到了什么，伸手摸了摸严楼的脑门，果然，是热的，他正在发烧。

生病，还挨了打。

郁吟满腔怒火，不知道该如何发泄，但她却又不明白自己为什么要生这么大的气，最后只得赌气似的猛按了两下喇叭。

声音有点大，严楼微微皱起了眉。

郁吟于是也不敢继续按喇叭了，她轻声问："我现在送你去医院好不好？"

"不去。"严楼言简意赅地说，"有伤。"

郁吟立刻就明白他的意思了，严楼的背上肯定有严胜江打出来的伤痕。堂堂严氏总裁的身上如果有伤痕，一定会引起许多无端揣测，甚至被人耻笑的。

可是严楼现在又离不开人照顾。

怎么办？那……她来？

郁家不能回，郁吟已经料想到，大晚上看见她带一个男人回家，郁兆和郁致一一定会气到爆炸，姐姐的威严绝不能丢。

卢婉半夜睡得迷迷糊糊的，就被郁吟给吵醒了。

郁吟是有卢婉家钥匙的，卢婉听见响动，睡眼惺忪地走出卧室，一眼就看见了严楼。

自己的家！半夜！有男人！

卢婉叫得跟个鬼似的，待看清了他身旁是郁吟之后，她才平静下来，一字一句地说："郁吟，你是不是脑子不好使了？"

郁吟简单地解释了一下现在的情况，又冲卢婉讨好地笑："药箱借我用用。"

卢婉叉着腰，居高临下地看着两个人，缺觉的怒火令她的脸色看起来有些可怕。

"药箱在客厅电视柜里。这个男人可以睡在客房里，你把他看好了，别打扰我睡觉。"说完，卢婉就像躲瘟神似的又回了卧室，门关得震天响。

幸亏严楼还没有烧得神志全无，他乖乖地听从郁吟的指示，洗了把脸，躺在床上，拉好了被子，将自己裹得严严实实。

给严楼吃下了退烧药，郁吟又去厨房忙活，她对卢婉家的布局熟悉得很，轻车熟路地煮了锅粥。

半个多小时后，男人的额头上细细密密地泛起了汗珠，郁吟拿湿毛巾擦干，又伸手探了探他的体温，这才松了一口气。

"醒一醒，你先起来吃点东西。"

可能是卧室的灯光太昏暗，严楼在灯光下显得格外脆弱。在外面呼风唤雨的严总裁，毫无防备地躺在床上，将自己脆弱的一面展现得淋漓尽致。这种极致的反差，让郁吟的心神动摇，口吻中都带上了不易察觉的温柔。

严楼睁开眼，怔怔地看了一眼郁吟，而后缓缓地伸出手，修长的食指在她的脸上点了一下。

郁吟虽然看起来瘦，但脸颊软和，一按就是一个小坑。

两个人同时愣住了。

郁吟满脸疑惑："你干吗呢？"

严楼叹息一声："你真的在啊。"

被他的手指触摸过的那块皮肤，有一种异样的酥麻，郁吟伸手揉了揉，掩饰性地催促道："起来喝粥吧。"

严楼捧着没有滋味的白粥，一勺一勺地喝干净。

他将碗递给郁吟的时候，不知道牵动了哪里，忍不住抽动了一下嘴角。

郁吟皱着眉头："是不是你身上的伤疼了？你爷爷为什么打你？就因为你举报了严帅？"

郁吟继续絮絮叨叨地说："到底是严家的面子重要，还是你的身体重要啊，他怎么能这样？"

严楼一副不愿多言的样子。

"让我看看你的伤。"

他的声音有些哑，扭了一下身子："没事，过两天就好了。"

从前怎么没发现严楼还有磨磨叽叽的天分呢？

救人救到底，送佛送上西。郁吟板起脸，直接上手，扯开了他衬衫的第一颗纽扣。

严楼的身体明显地抖动了一下，却只别开脸，没有闪躲。

郁吟本来是没有多想的，可是在解第二枚纽扣的时候，严楼突然发出了一声闷哼。

"弄疼你了？"

"没有，是你的手指，有点凉。"

郁吟尴尬地轻咳了一声："你、你自己解开吧，我就是想看看你背上的伤，这里有外伤用药。"

"好。"

生着病的严楼，极好说话的样子。

他低下头，一颗一颗地解着纽扣，衬衫解开，他的上身逐渐袒露出来。

郁吟不合时宜地想到，原来终日坐在办公室里的总裁也是有腹肌的。

偷偷再看一眼……还不少。

只是他每天那么忙，到底是什么时候去健身的呢？

严楼随意地将衬衫一扔，对上她的双眼："我好了。"

郁吟突然觉得手足无措，盯着仿佛不妥，转过去又好像有点欲盖弥彰。

有那么几秒钟，郁吟呆愣着，不知道下一步应该做什么，直到严楼不动声色地问："你还不来吗？"

"啊，来什么？"这又是什么可怕的发言？

"我是说，你还不来给我擦药吗？有点冷。"

严楼说他有点冷，可是郁吟却觉得自己有点热。

"你、你转过去。"

严楼听话地转过身，郁吟的心思立刻就被他的背吸引了。严楼的背上有几道青紫交错着，还有些地方隐隐地渗出血丝，足见下手的人有多么狠。

郁吟仍旧不知道严胜江为什么能对自己的亲孙子下此狠手，可是严楼不愿意说，这又是他的家事，郁吟便不再问了。

空气寂静，仿佛时间都慢了下来，墙壁上的钟表嘀嗒声清晰可闻。

她细细地为他擦好药膏。

有一道瘀青正好在肩膀上，郁吟让严楼转过来，擦完了才看见他下巴上还有一个细小的伤口。

郁吟收起药膏，又找出一片创可贴。

一直很安静的严楼在瞥见那一抹花色创可贴之后，迅速地伸手，抓住郁吟的手腕："这里不用了。"

"贴上吧，好得快。"

"不要。"

"贴上！"

霸道女总裁双手都捏着创可贴，下意识用手肘压他。

严楼感觉自己胸上一沉，往后躲了一下，郁吟顺势就将他压到了床上。

严楼发出了一声古怪的喟叹。

将创可贴往他的俊脸上一按，郁吟连忙弹坐起来。

她感受到了生理和心理上的双重折磨，收拾完药箱，她几乎想抽一支事后烟。

不对，她不抽烟的。

等等，事后烟又是什么意思？

郁吟头脑乱糟糟的，真应了卢婉那句"脑子不好使了"。

最后，郁吟又叮嘱他："你快休息吧，如果后半夜不舒服就给我打电话，我就在隔壁。"

郁吟离开后，严楼仰面躺着，明明身体已经极度疲乏，可是心思却无比清醒。

郁吟今天仿佛有些不一样。

就像自己之前说过的，他会一点一点摸索，做郁吟喜欢的事，不做她讨厌的事，逐渐改变自己，直到某一天郁吟会突然发现，他完完全全就是她最喜欢的样子。

郁吟一直都像一块寒冰，亘古不化，晶莹剔透，却比钻石还要璀璨，也比钻石还要坚硬。她知道自己的珍贵，所以拒绝一切窥探，将自己包裹得无懈可击。

可是今天，他看到了一道裂缝。

他好像看到了那个可能性。

第七章
不被提及的过去

第二天一早，严楼就走了。

郁吟为了赔罪，亲自给卢婉准备了早餐。

卢婉一边吃，一边打量着她："怎么不带他回家？"

郁吟殷勤地给卢婉加了一个荷包蛋："抱歉抱歉，我怕家里的几个小孩儿有意见。"

"不用抱歉，这房子你出了一半的钱，你什么时候想来当然都可以。快点说吧，你和严楼之间有什么不可告人的关系？"卢婉竭力平缓着呼吸，"我接受得了。"

"我昨天不是跟你解释过了吗？只是帮个忙。"

"郁吟，其实我觉得他挺不错的。"卢婉难得郑重。

郁吟轻笑："既然觉得他挺不错的，那你昨天干吗给人家黑脸看？"

卢婉理所当然地说："我为什么要对他有好脸色？我又不喜欢他那个类型的。商场上，他是我需要慎重对待的严总裁，私底下他倾慕我最好的朋友，不管从哪个角度来看，我都没有喜欢他的理由。"

郁吟好奇："那你喜欢什么样的？"

话题就这样跑偏了。

卢婉顿了一下，佯装不在意地随口说道："你弟弟那样的。"

"行啊，那给你带走得了。"

"你要是不嫌弃我，我就带走了。"

郁吟还是一副无知无觉快乐的表情："可以呀，一言为定。"

卢婉压下心中的不安，突然有些羡慕起郁吟的无知。

又过了两天，郁吟收到了湖市金融峰会的邀请，刚回复完邮件，严楼的电话就打进来了。

虽然严楼感冒好了，可是声音还是带着撩人的低沉："商业峰会，你会去吧？"

"你也去吗？"

"嗯，峰会是我赞助的。"

他打电话过来似乎就是为了聊天，两个人东扯西扯了十几分钟都没什么实质性的对话，但是聊得很开心。

郁吟撂下电话，觉得自己好像有点不对劲儿了。

湖市金融峰会由湖市本地的商业协会主办，每年一届，本市许多企业家都会参与，核心主旨就是联络联络感情，再共同展望一下未来。

郁吟一进会场，就有许多人过来跟她打招呼。受邀的都是有头有脸的人物，在商场上浸淫多年，不管心里是什么心思，面上展露出来的都是和善和热情。

会场经理引着郁吟落座，座位在中心偏后，是个既能看清前台，又不会太引人注意的地方。

"郁小姐，您看这个位置可以吗？"

郁吟留意到，她的椅子似乎跟别人不太一样。别的椅子虽然也高端大气，但是硬邦邦的，一看就坐着不舒服。她的椅子虽然外观和那些极为相似，硬质的皮面却变成了棉垫。

侍应生又端来托盘："郁小姐，您请喝茶。"

茶汤澄亮，冒着热气，凑近了闻，还带着一股红枣的清香。

郁吟忍不住说："您真是太周到了。"

"应该的。"会场经理笑眯眯地说，"严总让我们好好招待您。"

"他说这个做什么……"郁吟一边略带埋怨地轻声说，一边伸手捋了一下耳边的碎发。

会场经理莫名觉得，周围的空气里突然弥漫起粉红泡泡……

到了开幕时间，主灯光灭了下来，这时，一个身量修长的男人走了进来。

郁吟冲他招招手。

严楼穿过一排座椅，弯腰走过来坐下。

观众席灯光晦暗，周围静下来。主持人上台的工夫，严楼俯身，凑到她耳旁说："这次在峰会发言的，有几家小型科技公司，我觉得你可以仔细听听。"

"嗯？"

"你弟弟郁兆不是在专攻这一块？如果碰上合适的企业，你们大可以合作。"

郁吟微愣，她都没留意的事，他却替她想到了。

郁吟的脑海里不由自主浮现出了"爱屋及乌"这几个字，然后心就有些乱了。

很快就有企业家上台宣讲，其中有个自主创业的年轻人，这人显然是有备而来，还打印了宣传册，让自己的伙伴帮忙下发。

人数众多，大家干脆互相传阅，郁吟对这个项目挺感兴趣的，也想要一份。

隔着许多人，她不方便出去，严楼便一手按住她的肩膀，自己起身走出去拿。

在一众大佬坐姿的老总之间，他的身形显得鹤立鸡群，许多人都忍不住往这边看，待看清他献殷勤的对象后，大多露出了了然的神情。

严楼爱慕郁吟，在湖市已经不是什么秘密了，只是隔了这么久，都不见郁吟有什么回应。

难得地，这些往日在严楼的光环下显得黯然失色的老总，都起了促狭之心——你严楼年轻英俊富有又怎么样，还不是讨不到老婆？

被腹诽讨不到老婆的严楼坐回来，将宣传册递给郁吟。

"谢谢。"

感受到她话里的认真，严楼坚毅的轮廓柔和下来，低声说："我想给你最好的，但是你好像已经什么都不需要了。"

郁吟接过宣传册，鬼使神差地回了一句："心意到了就行。"

宣传册到了郁吟的手里，郁吟的手腕却被严楼握住。他握得很轻，是郁吟稍微一使劲就能挣脱的力度，可恰恰就是这种小心翼翼，反而让郁吟无法挣开。

昏暗的世界里，她只能感觉到他指尖的温度。

直到灯光亮起，郁吟才如梦初醒，将手缩了回来。

严楼也默默地收回手，修长的双腿交叠，仪态矜贵，望着台上的眼神透着几分心不在焉，但是他整个人就像散发着光一样，从内而外地透露出愉悦。

身旁的男人跷着腿，脚尖一点一点的，透着说不出的欢快。

郁吟只看了一眼就迅速摆正了脑袋。

啧，没眼看。

与会的人都日理万机，会议只进行了半天就散了。在主办方的殷勤慰问下，严楼和郁吟犹如众星捧月一般离开会场。

众人散去，只有前排的一个人久久没有离场。

孙俸从角落里走了过来，看着出口处，叹息一声："今天会场上来了这么多人，郁小姐没注意到您来，也是情有可原的事。"

"可是严楼一进来，郁小姐立刻就看到了。"孙俸仿佛不经意地又说，"以有心算无心，我都替您觉得可惜。"

孟谦抬头，神色浅淡，嘴角溢出一丝淡笑："你是不是觉得我很可笑？"

"情之一字，身不由己，我怎么会觉得您可笑？"孙俸说的是实话，甚至看孟谦时的表情还隐约有几分怜悯。

孟谦起身理了理西装："走吧，你不是准备好了你们公司的资料要给我看？去艾德资本吧。"

孟谦的态度冷淡，可是孙俸并不在意，他目光一亮，跟上了孟谦的脚步。

今天气温陡降，早晨的时候还是阴天，中午的时候天空中已经飘起了鹅毛大雪。

从会场一走出来，郁吟立刻就被雪花糊了眼，她眯了眯眼，忍不住用手捏了一下眼睫毛。

严楼伸手指了一下："眼睛花了。"

郁吟腹诽：是眼妆花了吧！

她循着严楼的视线，伸手擦了擦眼角，可是除了手指晕黑以外，好像并不奏效。

化妆镜落在了办公室里，郁吟有点尴尬。

严楼忽然走近，郁吟脚步刚一后撤，就被男人按住了肩膀。

"别动。"

他伸手扯起自己的领带，折出一角。

男人的呼吸灼热，神情认真，仔细地擦过郁吟的眼角。

"这回好了。"

郁吟讷讷地说："谢谢，不过把你的领带弄脏了。"

"不脏。"

在他的注视下，郁吟的呼吸忽然乱了节奏，这个男人，好像有点……

"老板，郁小姐！"小赵欢快地小跑过来，"我到处找你们找不到，原来你们在这儿啊！"

郁吟轻咳一声："公司还有事，我就先走了。"

严楼目送着郁吟离开后，才瞥向小赵，隐约带着点嫌弃："会场上不见人影，怎么偏偏这个时候过来了？"

"啊？"

"你为什么穿着黑色的西装？看着就闷。"

"啊？"

"还不去开车吗？你最近工作不太上心。"

"老板，您看见外面的雪了吗？"

"嗯，挺大。"

小赵扯了扯嘴角，笑意僵硬："这鹅毛大雪都是我的冤屈。"

这也是冬季的最后一场雪了。

三月，大地回暖，迅速升温的不仅是天气，还有严楼和郁吟的关系——不管是私人层面上的，还是公司层面上的。

严氏集团旗下的地产公司开发的商用建筑，寓鸣集团力压鼎兴百货竞标成功，未来两年内，新的商场会在这里开业。

这是件喜事，卢婉却没有想象中开心，她看着不远处相谈甚欢的一对男女，心中涌上无尽的沧桑感。

她是对郁吟说过他们俩相配，但那就是个玩笑，可是郁吟好像当真了。再加上有合作之后，公事上也会经常见面，按照这个发展趋势，恐怕自己的总裁要成为别人家的总裁夫人了。

傍晚，签约仪式结束后，严楼提议一起吃个饭，卢婉分明感受到了严楼暗示性的目光，但还是无视掉，寸步不离地走在郁吟身边。

我陪了六年的女人，总不能叫你轻易地拐走——卢婉面无表情地如是想。

在餐厅门口，他们却遇见了意料之外的人，孟谦和孙俸。

朋友和仇敌走在一起，卢婉的面色当即就冷了下来。郁吟也意外，孙俸什么时候攀上孟谦了？

郁吟看了一眼孟谦，欲言又止，后者却显然无意解释。

气氛弥漫着硝烟，擦肩而过的瞬间，孙俸忽然扭头，说道："既然遇上了，不如一起吃饭吧？"

郁吟腹诽：谁想跟你一起吃饭，我只想让你滚。

郁吟的冷笑还没浮上嘴角，就被卢婉一把拉住。

卢婉艳丽的五官沁着寒意，直视孙俸，目光不躲不避："好啊，既然你都有脸说这话，那就一起吧。"

郁吟抿了抿唇，想起回国前夜，卢婉曾和她提到过一回孙俸。卢婉说她做好了准备，想亲手拿回她失去的东西。

只是有些事不能急于一时，和仇人同座而面不改色，也不是谁都能轻易做到的。

这一桌气质优越但气氛古怪的客人，令服务生内心惴惴，除了上菜之外，都离得远远的。

孙俸殷勤地给孟谦倒水。

卢婉双手抱胸，紧蹙着眉头："孟谦，孙俸是个小人，不管你们为什么走在一起，我都劝你离他远点。"

孙俸闻言低笑："卢婉，我们之间的恩怨已经是很多年前的事了，都忘了吧，商场上有商场上的规矩不是吗？说不定以后还有合作的机会呢。"

卢婉面无表情："你也配？你——"

孟谦伸手按了按太阳穴，制止住了她的话："卢婉，就当给我一个面子，先吃饭吧。"

孙俸看了卢婉和郁吟一眼，游刃有余地端起酒杯，冲她俩举杯示意。

在郁吟看来，孙俸就像是跟在孟谦身后的一条狗，在孟谦的庇护下，冲着她和卢婉恶意地号叫。

她一阵气闷，明明是心情愉悦的一天，偏偏折在了晚上。

"我去夹点沙拉。"

一整晚没怎么开口的严楼按住了她的肩膀，说："你穿着裙子，不方便。"

郁吟莫名："裙子有什么关系？我今天一天都穿着它呢，没什么不方便的。"

有的，她走起来的时候，裙摆飞扬，像有条看不见的丝线，牵动着他的心，让他想将她此刻的光彩私藏，不叫别人窥见一丝一毫。

这种甜腻的话，严楼也只会在心里头想想，决计不会说出来。

严楼只说："就是有。"

郁吟觉得有点好笑，但还是听从了他的意思，任由他为她服务。

见证了全程的孙俸笑了起来："希望您二位能够一直这样下去。"

他似乎话里有话，顶着那副小人面孔，说着故弄玄虚的话，着实令人看着生厌。

郁吟干脆利落地一拍桌子，惹得严楼和孟谦都忍不住看过来。

女人眸光冷漠，带着深深的厌弃和高位者的压迫感："你如果想吃完这顿饭，就闭上你的嘴。"

五个人之间的关系复杂，除了闭上嘴的孙俸，其他几人偶尔说几句话，都像是一出罗生门。

郁吟心里对孟谦有气，但隔着六年两千多个日子的同甘共苦，她有气无处发，就一个劲儿地往孟谦的杯里倒酒。

郁吟敢倒，孟谦就敢喝。

眉眼温和的男人，对郁吟的纵容刻在了骨子里，明知道她是在泄愤，可是一句拒绝的话都没说。

卢婉提前离场了。

郁吟自己也喝了几杯酒，为了醒神，她借口洗手走出餐厅，背靠在餐厅外冰凉的大理石柱上，酒意反而迎风滋长。

有人走到她身边，一件外套披了下来。

"郁吟。"

"嗯？"

她眯了眯眼睛，迷迷糊糊的，颇有些温顺无害的样子。

这不是严楼第一次见到她微醺的样子，但是这一次，他心头有种奇妙的感觉。

两个人的关系日渐亲近，周遭的气氛也因此变了质。

严楼犹豫了一下，伸出手，在她眼前晃了晃，轻声诱哄着问："郁吟，这是几？"

郁吟撩起眼皮看了他一眼："你傻呀？"

严楼忽然很想笑，他也确实笑了出来。

"走了，我送你回去。"

"不合适吧。"

"你不喜欢就不用管他们。"

"嗯。"她又偏过头，"扶我一下，晕。"

严楼脱了外套，将里面的衬衫袖口卷起，露出一截劲瘦的手臂，很有力。他带着她走到停车场，一手揽着她的腰，另一只手掏出车钥匙开车门，将人塞进了副驾驶位。

汽车在黑夜中绝尘而去。

餐厅的门前，一个男人手中拿着外套，站在石柱前，沉默地看着那辆车离开。

夜色掩盖了他的神色。

孟谦看了很久很久，久到里面的孙俸出来寻人，他才回过神。

孙俸悠悠叹息："严楼不愧是严楼，我想象不到他想要的，有什么得不到……孟总，您正在失去郁吟。"

"我从来就没拥有过，何谈失去。"孟谦神色淡淡，语调在和煦春风中却沁着凉。

孙俸看着他的侧脸，突然说："我送您一份礼物吧，您会很喜欢它的。"

孟谦皱眉看向孙俸："你又想从我这儿得到什么？"

"我只是单纯心疼您，求而不得的痛苦，我能理解。"孙俸的话别有深意，"明天，您就会收到它。"

车辆平稳地行驶。

郁吟将车窗开了条缝，风灌进来，裹挟着春夜的芬芳。在酒精的作用下，她的精神紧绷兴奋，心情也随之开阔起来。

严楼瞥她一眼，抿嘴："头和手不要伸出窗外。"

她头也不回，声音雀跃："你当我是小孩子呢。"

在酒精的催化下，她的确像个小孩子。难得见她情绪外露，严楼也跟着愉悦。

严楼稳稳当当地将郁吟送回了家，不远处，一楼的落地窗窗帘被掀开了一角，一个人趴在角落，鬼鬼祟祟地往这边瞅。

严楼瞧了一眼，心里暗道一声幼稚，转而就收回目光望向郁吟，浓郁的感情几乎要从他的眼中沁出来。

晚风温柔极了，男人心事同样躁动："你知道明天是什么日子吗？"

郁吟歪头想了想："立春？"

"嗯。"他清了清嗓子，"明天，可以请你吃饭吗？"

男人伸手拽了拽衣服下摆，将紧张小心翼翼地隐藏。

郁吟点点头："好啊。"

"我有一件礼物想要送给你。"

"嗯。"

"明天，不见不散。"

郁吟的双眼弯成了好看的月牙形，冲他笑："好，不见不散。"

严楼看着郁吟走远，看着她才走到家门口，门立刻就开了，看着郁致一一把将人拉进去，又冲他翻了个白眼。

严楼的手摸了摸兜里的盒子，那里面有他曾经珍视的一件藏品，一颗璀璨的钻石，现在被做成了项链的一部分，要送给他心爱的姑娘。

春风，春夜，如同春天一样令人心生欢喜的爱慕。如果这就是一个故事的结局，确实会很美好。

他们会有一个无比美妙的开始。

第二天清晨，郁吟是被闯进来的郁致一摇醒的。

她还顾不上端起长姐的架子，好好教育这小子女孩子的房间是不能乱闯的，后者却一脸激动地将手机伸到她眼皮底下。

郁致一声音颤抖："这就是你当年不辞而别的原因吗？"

郁吟一时之间没反应过来："你在说什么？"

她莫名地拿过郁致一的手机，映入眼帘的就是耸人听闻的标题——《害死无辜女孩后潜逃——寓鸣集团女总裁昔日被迫出国真相》。

这篇文章极尽春秋笔法，详尽报道了六年前的郁吟是如何言语暴力，逼迫自己的好友自杀，致其溺水身亡，而郁吟的家人又用财富权势，动用关系将这件事压了下去。

从第一个字到最后一个字读完，郁吟的脑袋轰然作响，但是思维却依旧理智。

原来……是这件事啊。

那些早已离去的噩梦、那些陈年往事被翻出来，郁吟并没有多慌，甚至产生了一种宿命感。

只是无端地，郁吟脑海里突然浮现出昨夜和严楼见面的画面，他脸上的表情那么生动，好像短短一夜间，就已经在她心底重复放映了无数遍一样。

郁吟起床，拉开窗帘，窗外的梧桐还未来得及抽芽，肆意纠缠的枝丫遮住了半边景致。

她差点忘记了，这世界上本就没有那么多肆意潇洒的时间，用来演绎这些水到渠成的童话故事。

郁致一声音哑着："这到底是怎么回事？你究竟瞒了我们什么？"

"我得先去公司，回来再跟你说吧。"郁吟摸了摸他的脑袋，"别担心，我会解决。"

她今天应该会很忙。

郁吟和郁兆刚出门，卢婉正巧赶来，一见面，连一句废话都不说："已经让公关部去处理了，首先降低热度吧。"

"嗯。"

上班的路一如既往的拥堵，司机比往日急躁了很多，喇叭按得震天响。

新闻的热度上升得很快，作者深谙网络传播的要义，爆点精准，消息迅速被扩散。

卢婉翻着手机，攥着手机的手指由于用力泛白，她恨恨道："不知道是谁爆出的。网上的舆论我会盯着，哪怕花再多的钱，也要压下去。"

郁吟摇摇头："不用了。"

"为什么？"

"虽然不是我害死的，但是她……"郁吟花了一些力气，才能叫出那个名字，"白暮，她的死的确与我有关。腐肉生蛆这是必然的，这些年在国外我想明白了一个道理，粉饰太平没有用，只有割掉，虽然痛，但是我知道，它迟早会好起来。"

湖市立春这一天，天朗气清。一夜之间，街道两旁的树上都抽出了嫩黄色的芽，透着影影绰绰的绿意。

春光和煦动人，可是她无心赏玩。

让公关部拟了一份声明后，郁吟又立刻投入到了工作中。她有意识地增加着自己的工作量，让自己没有那么多时间胡思乱想。

日暮降临，卢婉敲门进来，看了她一会儿，问道："你今晚不是有约吗？"

"不去了。"

就像冥冥之中有个声音在告诫她，不要分心，不要忘记自己回国的原因，照顾好家人，让寓鸣集团在自己的手中发展壮大，这么多的事，她没有时间去考虑风花雪月。

她本该这么坚定地认为。

可是……

卢婉一针见血："你犹豫了。"

郁吟没说话，甚至头也没抬，声音很平静："我还有工作，你先下班吧。"

"也好。"卢婉叹了口气，"智者不入爱河。"

"别胡说。"

虽然郁吟什么都没说，只让公关部发了措辞强硬的通稿，表示这是污蔑，而后就行色如常，权当无事发生。可是她们都知道，时隔多年，白暮的死被翻出来，绝对不是偶然，真正的风浪只怕还在后面。

卢婉了解郁吟，她越压抑，就越平静。

郁吟是个能承受巨大压力而绝不崩溃的人，但这不代表她真的无动于衷，她只是习惯了独自承担。

卢婉想了想，走过来，倾身拥抱住了郁吟。

她的手轻轻地拍着郁吟的背："你别害怕，我会一直陪你。"

好友的怀抱温暖而安静，郁吟的双眼蓦地水润。

再开口，郁吟声线不稳。

"这么多年以来，我在国外得意的事情不多，如果你要问我，这里面印象最深的事情是什么，就是那个晚上我在街上救了你。我当时想着，你在国内受了伤害，又被我遇见了，我总要保护你的，这是命运。

"可是这么多年，早就不是我保护你了，反而是你为我付出了很多，我的生活变成了你的生活，我的工作变成了你的工作，我的选择也变成了你的选择。

"可是卢婉，这一次不一样，这是我一个人的事。我一直想跟你说，我们回国了，一切都不一样了，你就好好报你的仇，过你的日子，往后的路，我一个人也可以走。"

闻言，卢婉握住郁吟的手。

在国外的无数个深夜，她们都像这样握着彼此的手，互相安慰鼓励。

她伸手弹了一下郁吟的脑门，笑骂道："你说什么傻话呢。我没有亲人了，你就是我的亲人，你不让我陪你走下去，我就太孤单了。"

到了晚上，江边的一处独栋餐厅。夜风悠扬，卷着白纱帘，将江上湿润的风送进来。

餐厅装修雅致，处处透着昂贵和精致，平日里预约都很难，可是正值晚餐时间，除了中间一桌以外，竟没有一个客人。

唯一的客人是个男客，西装笔挺，领带系得一丝不苟，西装口袋里的方巾折得规整极了，只露出纯白的一角。比起优越的样貌，他的气质更为矜贵。他鼻梁高挺，眼睫微垂，没人能从他的表情中揣测他的心事。

犹如高岭之花，哪怕置身在富丽堂皇的锦绣堆里，依旧只可远观不可亵渎。

他等的人迟到了，可是男人的表情没有一丝一毫的不耐烦，西裤口袋里的首饰盒被拿出来四五次，像是对待深爱的情人，手指摩擦几回，又小心翼翼地装回去。

又过了两个小时，侍应生站不住了，走过来小心翼翼地问："严先生，红酒要先帮您醒上吗？"

严楼摇头。

"那先给您上一份甜点？"

严楼又摇头。

侍应生无奈地走了。

时针一分一秒地走向整点。

焰火从某处嗖的一声升腾，在最高空炸开，将半边天都染成了璀璨而炫目的金黄色，紧接着，五颜六色的烟花竞相升空，此起彼伏的声响鼓动着人的耳膜。

严楼偏头去看，夜空盛大，焰火辉煌。

她说喜欢烟花，也喜欢陪她一起看烟花的人。

可是这一次，焰火燃尽，她却没有出现。

深夜，从寓鸣集团出来，翻看新闻的郁吟无意间刷到了一条本地消息。万湖江畔今晚有人放了将近二十分钟的烟花，这是这些年来湖市规模最大的烟花秀，只是不知道是什么目的，也不知道是为谁放的。

视频很清晰，这样盛大的焰火，郁吟是见过一次的。

高考过后，郁吟拿下了湖市的高考状元，紧接着就是她的成人礼。

寓鸣集团的千金，不用努力就能拥有无数人难以企及的财富和锦绣未来，可是抛开这层身份，郁吟依旧优秀得不可思议。

她聪明、漂亮、性格好、学习好。

她的成人礼办得极为热闹，父母包下了一个宴会厅，布置得花团锦簇，亲朋好友都到场庆贺。郁兆和郁致一争先将礼物送到她眼前，就连不常回家的赵重都回来了。

高朋满座，目之所及，她是最耀眼的明珠，人人都朝她扬起笑脸，都费尽心思想跟她说句话。

唯有角落里，受邀前来的白暮安静地吃着蛋糕。白暮准备的礼物是一条项链，款式别致，看得出是用心找了，可是相比起动辄宝石钻石的礼物，实在是不够看的。可是郁吟一见到就很喜欢，立刻就让郁兆帮自己戴上了。

白暮站在角落里，看起来和周遭的人格格不入。有几个十几岁的少男少女走过去跟她说话。

"我妈说你是破落户，不配出现在这里。什么叫破落户啊？"

"你身上这件衣服好老气哦，你怎么好意思穿出来呀？"

"我爸送了郁小姐一套玉质的碗，你送了什么？"

这些孩子口无遮拦，又带着点恶趣味。郁吟走过去疾言厉色地赶走了这些半大的孩子。

白暮冲郁吟笑："谢谢。"

白暮似乎并没有将这些话放在心上，虽然她穿着平价的裙装，可是气质很好，一看就是在优越的家庭中长大。

可惜，家道中落，明珠蒙尘。

郁家斥巨资为郁吟打造了一场烟花秀。烟花绽开的时候，所有宾客都走出去观赏，在那种世界万物、宇宙星河都簇拥着自己的错觉下，郁吟偏头看到了白暮。

这是郁吟第一次注意到白暮。

她想，自己和白暮其实都是一种人——都被命运带到了不属于自己的地方，没得选择，只能拼命扎根。

不同的是，命运厚待郁吟，却对白暮苛刻。

这还要说回郁吟的身世。

据福利院的阿姨说，郁吟一出生就被扔到了福利院门口。那时候，监控还远没有现在先进，警察调查了一圈都没发现疑似郁吟父母的人。

于是郁吟成了孤儿，在福利院成长。

郁吟三岁的时候，郁从众、孙婉夫妇来了。他们夫妻二人婚后多年无子，加上郁从众工作繁忙，很少有时间陪伴妻子，两个人就决定收养一个孩子。

在福利院大大小小的男孩儿女孩儿中，孙婉一眼就看中了郁吟。

后来据孙婉回忆，那天春光灿烂，坐在椅子上，晃荡着双腿乖乖晒太阳的郁吟就像个小天使，和春光一起，一下子融化了孙婉的心。

因为他们没有对郁吟隐瞒身世，郁吟也一直知道她和郁兆、郁致一、赵重是不同的。虽然都是儿女，但她是养女，再贪慕郁家的财富是不对的。

郁吟也没有不平衡，她是在锦衣玉食中长大的小公主，一直虔诚地感恩着命运意外的馈赠。

在有了弟弟们之后，她的性格也沉稳下来，不再像小公主了，她变得落落大方、恭谨谦让，从小淑女成长为无数人追捧的"女神"，成了"别人家的孩子"。

将一切都看在眼里的孙婉愈加疼惜她，约束着自己的儿子们不要总缠着郁吟，只是手足情深，郁家的几个孩子还是亲亲密密地长大。

后来郁爷爷来了。

他和郁吟相处了几天后，将郁从众叫到了书房里，不知道说了些什么。

从那天起，郁吟的人生再次发生了翻天覆地的改变。

她和郁家的几个儿子一样，共同享有了继承权，从名义上的大小姐，摇身变成了拥有寓鸣集团股份、举重若轻的财团千金。

这一年，郁吟十八岁，考上了国内顶尖的学府，主修经管。

白暮也成了她大学同学。

白暮比郁吟大两岁，实际上，此前两个人偶尔会在宴会上遇见，比如之前的，郁吟的成人礼。

两人一见如故，在频繁接触的校园生活催化下，郁吟和白暮成了挚友。

两个人一起上课，一起去图书馆，一起逛街，偶尔郁吟也会邀请白暮一起回家吃饭。郁吟跟白暮抱怨自己调皮的弟弟们，白暮则告诉郁吟自己有一个乖巧贴心的妹妹，惹得郁吟羡慕极了。

郁吟是家族企业未来的经营者，有很多企图靠近郁吟的人，会炮制各种话题来引起她的兴趣。

其中就有人孜孜不倦地跟郁吟普及白暮狼藉的身世。

白暮是湖市一个造纸厂起家的老总的女儿，往前再推个几十年的，跟严家的名声都差不多，可是现在也只剩下名声了。

白暮之所以辍学两年，就是因为她父亲投资失败，支付不起私立学校的昂贵学费，却不肯让女儿归于平凡。白暮美丽、大方，她的父亲指望她以后能嫁入豪门，帮助自己翻身。

她就像个破落户，被父亲推着硬往豪门里凑，被迫地承担了无数的耻笑和奚落。

每次听见那些居高临下的嘲讽，郁吟都会替白暮反击回去。

这事摊开来讲其实挺无语的，可是世上的人就是如此势利，渐渐地，因为郁吟的青睐，连带着许多人都对白暮高看一眼，有聚会也愿意一同叫上她。

一次，郁从众合作伙伴家的女儿生日宴，邀请了郁吟和白暮。

郁吟被奉为上宾，可白暮却被挤得没有位置，手捧着蛋糕被迫和侍应生站在一起。

这是故意安排的，只为了消遣白暮。

郁吟沉着脸，起身就拉着白暮想要离开。

可是白暮却挥开了她的手，冲着这家的主人谦卑地笑，说不要紧。

郁吟的脑袋好像被炸开，当下一阵冲动上涌，她问："白暮，你都没有自尊的吗？"

两个人大吵了一架，冷战来得突然。

风向变得很快，在学校里，郁吟的身旁总是围满了人，她不再主动跟白暮说话，白暮也对她视而不见。

冷战持续了两个月，郁吟忍不住，准备先道歉了。她洋洋洒洒编辑了好几百字的信息发过去，忐忑地等待着。

直到傍晚，白暮才回复。

但只有简短的几个字，白暮约她在附近的江边见面。

郁吟虽然觉得奇怪，但还是依约前去。

隔着一段路，郁吟忽然看见江水里有一个人，一个年轻女孩儿，正一步一步地蹚着水往江心走。

郁吟的心剧烈地跳动。

那是白暮！

她亲眼看见白暮拼命地"游"向了深水区，白暮不会游泳，为什么往深水区去？

她高喊着白暮的名字飞奔过去，高跟鞋崴了脚，她就甩掉鞋子。她能感受到自己的脚腕在发热，可她却感受不到那份痛意。

郁吟跳进了江里，江水冰凉，她拼命地朝白暮游过去，可水流已经把白暮冲向了更远的地方。终于，似乎是听到她绝望的呼喊，白暮艰难地露出头，扭过来看了她一眼。

距离太远了，江水太凉了，她再也找不到白暮了。

郁吟甚至不确定，最后那一眼，他们是不是真的对视了。

郁吟上岸报警，后来，警察赶到了，经过两个小时的搜寻，他们找到了白暮的尸体。

白暮僵直的手指上还紧紧地抓着一件外套，郁吟认出来，那是自己的外套，不知道为什么会出现在这儿。

白暮的父亲匆匆赶来，明明失去了亲生女儿，可是这个满脸市侩的中年男人脸上悲伤有限，还反过来安慰哭得要昏死过去的郁吟。

"郁小姐，您没受惊吧？

"那孩子平常就心思细腻，我偶尔说她一句，就能把自己关在房间里大半天。这一次估计是和好朋友吵架，想不开……就自杀了。

"哎，虽然不能怨别人，但我女儿毕竟是一条活生生的人命——"

再然后，他如愿从郁家父母手中得到了一笔七位数的"慰问金"。

白暮的死被定性为意外，可是巧就巧在，当时除了两个女孩儿，还有一个摄影师正好在附近，拍下了两人同在水中的照片。

一张是郁吟和白暮隔空对视，一张是郁吟往岸上游，可是白暮已经失去了踪影。

两张照片营造了一种怪异的情境，看起来就像是郁吟和白暮对峙，将人逼到水里的。而郁吟和白暮此前的种种争执又似乎为这个说法提供了佐证。

摄影师拿着这些照片上门勒索，孙婉六神无主之下，给了摄影师一大笔钱——这是一个错误的决定，变成了郁吟逼死白暮的证据。

毕竟一个无辜的人，为什么要花大价钱封口？

摄影师有恃无恐，敲到了一笔钱之后，又转手把照片卖给了一家新闻媒体。幸亏有寓鸣的合作伙伴，在媒体报道前将消息勉强拦下了。

这一年，恰好是寓鸣集团上市的年份，郁从众为了这件事准备很久，也下了很大的赌注。这两张照片就像一枚不知道什么时候会爆炸的定时炸弹，令郁从众寝食难安。

郁吟心痛、愧疚，想要解释却又无从开口，甚至有那么一刻，她也在心底里问自己，是不是真的因为自己的一句话和后来的冷遇，让白暮失去了生命。

直到有一天晚上，郁从众回来，就像是变了一个人，往日总是冲她笑着的父亲，眼中只剩疲惫。

"父女一场，我会给你很多钱，送你去国外读书吧。"

见郁吟愣愣地看着他，郁从众提高了音量："你是没听懂吗？我让你走，再也别回来了，就当我们家没养过你。"

孙婉不可置信地问："她是我们的女儿啊，你在说什么？！"

白暮的死讯被郁家有意地按下来，几个弟弟并不知道家中发生的事。郁吟看着父母因她争吵，看着孙婉挺着肚子，脸上因激动而露出了痛苦的表情。

"因为不是亲生的，是吗？"郁吟第一次跟父母发了脾气，"因为不是亲生的，所以你们遇到麻烦的时候，就可以轻易舍弃我。"

朋友的离世，警察的质问，现在是父母的抛弃，郁吟心灰意冷。

孙婉急得直跺脚："小吟，你在胡说什么啊？"

孙婉不懂自己的丈夫，也不懂自己的女儿。

郁从众嘴唇动了动，可是最终只是别开头，不肯再看郁吟一眼。

良久，郁吟意识到，郁从众不会改变他的决定了。

郁吟吸吸鼻子，眼泪控制不住地涌出来，大滴大滴地往下砸："父女一场，那我就走吧，总不能因为我一个外人，就影响到寓鸣集团的发展。"

看见郁从众铁青的脸色和孙婉眼中的痛惜，郁吟有种报复的快感。

她二十二岁离开，这一走就是六年。

现在想想，那也是她和父母见的最后一面。

早知道，就不吵架了。

第八章
苍穹之下

事情发酵得比想象中快，除了有群众自发地传播以外，还有竞争对手的推波助澜，甚至连警方也闻讯找上门来，向郁吟了解当年的事情。

例会上，所有股东看郁吟的眼光都怪怪的。

品牌部汇报完上周的工作计划，又吞吞吐吐地说："因为……因为郁董的新闻，寓鸣集团的股价出现了严重的下跌。湖市本地有两家商场门口都有不同规模的抵制活动，影响、影响很差。"

公关部的负责人也小心翼翼地问："郁董，我们不该澄清一下吗？这么冷处理，不大好吧……像是我们心虚了一样。"

郁兆想也不想地就代郁吟否决："现在不能随意回应，容易掀起二次骂战。"

郁吟点头同意。

实际上，在新闻曝光后，郁吟被迫参与了一场家庭会谈，作为主要被批判对象，她如实交代了不辞而别的真相，并且再三保证，自己一定知错就改，再也不犯。

自此，长姐的威严有了明显下滑。

郁兆会喋喋不休地叮嘱她少看社交软件，不要坏了心情。

郁致一会煞有介事地伸手按她的头顶，揉揉以示安慰，然后转过身偷笑。

就连郁咏歌都能在早餐桌上，板着小脸一本正经地告诫她，多吃饭，才有力气上班工作。

真是一种甜蜜的负担。

不过……

郁吟看向身侧，郁兆神色如常地跟股东们讨论着解决方法，她不禁欣慰，弟弟已经可以参与集团的日常决策了。

她伸手压了压底下的议论声，心中已经拿定了主意："各位不必担心，我会给你们一个交代的。"

散会后，孙家兴并没有离开："郁董，我有事想和你谈一下。"

他不常和自己说话，郁吟有些诧异："好，去我的办公室吧。"

门关起来，办公室内异常安静。

郁吟沏了茶推过去："您找我有什么事？请说吧。"

"你当年出国的事，我是知道的。"孙家兴叹了口气，"让你离开，不准你回国，甚至不跟你联系，你怨恨他们吗？"

怨恨吗？可能是有过的吧，郁吟记不清了。

孙家兴的目光柔和下来。他和郁从众一样的年纪，中年男人的双鬓已经有花白的趋势。

"你的父母家人，在你不知道的地方，为你付出了很多。"

他喝了口茶，悠悠道："半年前你刚回国，需要我支持的时候，我那么轻易就答应站在你这一边，不是因为你说服了我，而是因为你爷爷在你回国的时候就给我打过电话……他让我帮忙照顾他的孙女。"

郁吟的爷爷郁国超是个神出鬼没的人，早早就放开手中的权力，也不贪慕儿孙环绕的生活，放在古代，那就叫"隐士"，无乱不出的。

但同时，他也是个极有魄力的人。听说最早郁国超是不赞成郁从众夫妻收养女儿的，可是后来也是他认可了郁吟的身份，对孙子孙女一视同仁，给予她寓鸣的继承权。

郁从众和孙婉的葬礼后，郁国超就和赵重一同离开了，也不知道是对郁吟太过放心还是根本不在意，寓鸣集团的事务，他一点也没有插手。

孙家兴继续说："你走的那年，有很多人猜测，是不是你爷爷怕你抢夺他亲孙子的继承权才把你赶走的。"

他冷笑一声，十分不屑："不过是一些不知全貌就妄自揣测的燕雀罢了。"

孙家兴今天来找郁吟，似乎单纯只是为了讲故事。

"当年，那个摄影师贪得无厌，除了勒索了你母亲，把照片卖给媒体以外，还卖给了一些寓鸣集团的竞争对手，他们不在乎你到底有没有犯错，他们只是想要借此阻碍寓鸣集团上市罢了。

"你原本就因为朋友的死，精神状态不好，你父母不愿意给你更多的压力，所以没跟你说——如果上市失败，寓鸣很快就会陷入破产危机。

"后来，你爷爷回来了。你爷爷去找了严胜江谈判，令严胜江同意用严氏的影响力帮助寓鸣。除了要寓鸣让出巨额利益，严胜江还提出，要你出国，并且在你父母有生之年，都不能回来。"

真相是真，却远超想象。父母让她离开，原来是为了保护她。

现在回忆起来，父母那段时间的表现，的确很奇怪，郁从众回家的时间越来越晚，她总是能看见孙婉挺着肚子，深夜还坐在客厅叹气，一切都有端倪可寻，只是她从没有留心。

时过境迁，郁吟心中百味杂陈，最后尽数归于波澜不惊。她已经不是那个无忧无虑的少女了。

"有一个地方很奇怪，严老爷子没有理由一定要我出国不是吗？除非，这里面有什么原因，必须让我消失。"

孙家兴也若有所思："我也觉得奇怪，其实严家本身就是个古怪的家族……"

孙家兴正色道："不过，我今天跟你说这么多，就是希望你知道。不管是曾经还是现在，你的父母都爱着你，你爷爷也信任着你，我们都信任你的能力，也信任你的人品。郁吟，你是郁家的人，你想做什么，就放手去做。

"我从前怎么辅佐你父亲的，我也会怎样辅佐你……和你的弟弟。"

中年男人的双眼睿智，犹有锐意。

郁吟决定先向严胜江了解一下当年的事，她相信，白暮的死不会无缘无故再被提及。

黑暗中，似乎有一双眼凝视着她，再一次想要借由她的往事，掀起滔天风浪。

可是还没等郁吟找上严胜江，严胜江就主动找上了她。

依旧是上次来接郁吟的那个西装男，他熟门熟路地为她拉开车门。目的地却不是上回的茶室，而是近郊的一个高尔夫球场。

西装男将郁吟接过来就离开了。郁吟一个人在会客厅等了四十分钟还不见严胜江的人影时，她就明白了，严胜江这是要给她一个下马威。

茶水换了几杯，一个多小时后，郁吟才看见穿着一套运动服，擦着汗走过来的严胜江。

他倒是精神奕奕。

郁吟不动声色地问了好，继而单刀直入："您找我是为了我的新闻吧？"

严胜江点点头："我一直很欣赏你果敢的态度，这一次你的旧事重新被翻出来，想必对寓鸣集团打击很大吧，我想帮你。"

见郁吟沉默，严胜江举起水杯，悠悠道："郁吟，第一次见面的时候，我就跟你说过，我知道的，远比你想象的多。"

这一次，从严胜江脸上，郁吟看出了老谋深算的意味。

"现在和六年前已经不同了，您想怎么帮我？"

严胜江也不藏招，或者说，他认为此刻已经不需要再跟郁吟迂回。

"你嫁给严楼，我会让这件事像当年一样，重新归于沉寂。"

郁吟沉默半晌，心情有点复杂："您好像很执着于让我嫁给严楼。"

"年轻人，我很看好你。你虽然是个父母不详的孤女，但是郁家给了你良好的教养，让你成长为一个真正的淑女。而且你在国外打拼六年，回国后又能在半年之内稳定寓鸣的乱局，也有能力，配得上我的孙子。"

又来了又来了，严胜江带着他那套"配不配"的阶级观念又来了。

郁吟的冷笑随心而出："我们相不相配，是我和严楼之间的事情，不是您能决定的事。

"上次您为了严帅打他我就看出来了，您把严氏的颜面看得比什么都重要，而严楼不过是您巩固您那可笑的阶级观念的工具罢了。他是您想象的样子，您就把他当成最爱的晚辈，一旦他违背了您的意思，您就要对他进行惩罚。"

郁吟的反击出乎预料。

严胜江错开了目光。

"你三番五次地顶撞我，是料定我不会和小辈计较吗？"

只揪着她的态度发怒，却半点不反驳……郁吟仿佛隐隐触及到了什么了不得的大秘密。

严胜江最后只沉着脸说："那你就让我看一看，现在和六年前会有什么不同。"

她跟严胜江这老头儿真的不和，每次都不欢而散。

郁吟刚回到公司附近，卢婉的电话就打了进来，声音急促："郁吟，你先别回来。"

郁吟莫名道："我已经到楼下了，怎么……"

"啪！"

她话还没说完，忽然，一个鸡蛋飞过来，砸中了她的头，蛋液顺着她的头发流下来，粘在一起。

尖厉的声音随之响起："杀人凶手！滚！"

郁吟侧头看去，一个年轻女孩儿正一脸愤慨地瞪着她，旁边还站了几个同伴。

对上郁吟沉静的目光，她们先是沉默了一下，触碰到同伴的体温后，又找回了正义感。

"看什么看，杀人凶手，你还有脸活着？"

"就是。有钱了不起吗？有钱就能蔑视人命吗？"

"害死了一个人之后，你还能心安理得地出国留学吗？"

几个女孩儿越说越觉得自己有道理，情绪越发激动，面红耳赤的，似乎郁吟当场暴毙她们也能叫一声好。

周围行人见此都停下来，还有几个人掏出了手机录像。

正好赶到寓鸣楼下的严楼见此情形脸色一沉，他一边大步走，一边脱外套，由于急切，领口的扣子都拽掉了一颗。

似有所察，郁吟看了他一眼。这一眼，令严楼停住了脚步——没有愤怒，也不显狼藉，她不希望他走到她身边。

这几个女孩儿显然是有备而来，手里还提着鸡蛋，其中一个人还要再砸，郁吟上前，一把抓住了那女孩儿的手腕。

郁吟身形看着瘦弱，手腕纤细，却意外地有力量，女孩儿挣了几下都没有挣开，鸡蛋落地打碎。

"你快放开，放开我！"

郁吟攥着她的手腕往前一掷，女孩儿跟跟跄跄地被朋友扶住，再看她的目光，已经带上了瑟缩。

郁吟上前一步："你们既然自诩正义，就应该相信法律，而不是媒体小报。你们的这种行为，也不叫伸张正义，叫闹事，如果你们再不离开，我会报警。"

虽然满身狼狈，但是她依旧姿态恬静，眸光亮得惊人。

这时，保安也赶到了，驱散了闹事的女孩儿们。

郁吟掏出纸巾，擦了擦肩上的污渍，仿佛什么也没发生过一样，大步走进寓鸣集团。

小赵长舒一口气："幸好幸好，郁小姐还是顾念旧情的，要不然您一过去，看那群人的架势，恐怕您也得一起被骂了。"

严楼缓慢地扭头，面无表情地看着他。

小赵自知失言，结结巴巴地说："我只是担心您会被连累。"

严楼收回目光，只说："先处理一下吧。"

"处理啥？把郁吟处理掉吗？"

严楼用一种无可救药的目光看着他，似乎是在分辨他是真傻还是装傻，良久，低叹了一口气："舆论。"

"哦哦，我这就联系公关公司。"

"找万意传媒吧，自己人，我比较放心。"

小赵哦了一声，不知道想到什么，捂着脸跑了。

另一边，街边角落里，还有两个人默默地注视着这场闹剧。

直到郁吟的身影消失在旋转门后，孟谦一直紧握的手才缓缓松开。

他侧头看向身侧的男人，声音凉得像是一块化不开的寒冰："这就是你送我的礼物？"

孙俸恋恋不舍地收回目光，嘴角带笑："这个场景难道不精彩吗？"

"是你的设计？"

孙俸摇头："我哪有那么大的能力，这是民愤的力量啊，不过这次只是臭鸡蛋，下一次万一是刀子呢？想想我都替郁小姐担心。"

他看向孟谦，眼中有诡秘的光闪过："这个时候，我觉得您应该陪在她身边。"

见孟谦不语，孙俸走到他身边，几乎是贴着他的耳朵，状似漫不经心地说："听说前几天，严楼包下了一家餐厅，还精心准备了一场烟花秀，但是女主角没去，这一切都是他的一厢情愿罢了。这个消息……您喜欢吗？"

有时候，明明理智已经阻断前路，但只需丁点呓语，那些妄想便会留有余地，在隐秘的角落肆意疯长。

孟谦黑眸深沉，喉结滚动了一下。

"孙俸。"

"我在。"

"不要妄图掌控我的想法。"

孙俸低下头："我怎么敢。"

回到寓鸣集团，郁吟迅速组织了一次股东大会，实际上，在面对严胜江的时候，郁吟就已经想好了后招。

既然是她带来了麻烦，那她把麻烦带走就好了。

她在会上当众宣布："在由我带来的影响平息之前，我会卸任董事长一职，由郁兆暂代。"

这是个很好的解决办法，但也是个"认尿"的办法，看起来并不符合郁吟的个性。

寓鸣集团换帅大半年，业绩不会骗人，股东们都对这个年轻的掌权者颇有好感，也愿意在这个时候给她颜面。

挽留声不绝于耳，声音最大的也是刚有新闻时，对着郁吟闹得最凶的。

喧哗中，郁吟看向自己的弟弟。年轻的男人抿着唇，手攥着，但是没有说一句拒绝的话。

他清楚地知道，这是自己需要承担的责任。

郁吟心中的某一块突然轻松起来，她会有更多的时间来揪出到底是谁在搅弄风云。

四月，樱花大片大片地开着，从远处看，纷飞的落英将街角与天边都晕染成一片绵延的粉色，在霞光的映衬下，如梦似幻。

艾德资本投资了一家名不见经传的传媒公司，只是规模太小，引不起太多注意力。

可是郁吟和卢婉还是应邀出席了他们的合作酒会。郁吟是给孟谦面子，卢婉则是想近距离看看孙俸在搞什么鬼。

最了解你的永远是你的敌人。

卢婉只消在宾客中转一遭，就知道了孙俸的野心。

"孙俸不知道什么时候搭上了鼎兴百货，现在又背靠艾德资本，野心大得很。"

卢婉攥紧酒杯，停顿了一会儿才说："他的步子迈得这么大，一路走过来，手脚绝对不可能干净，可惜他对我们太过防备，我们回国之后找人查他的底细，也没有进展。"

"别急。"郁吟目光沉静，"耐心些，我们已经回来了。"

"郁吟？"蓦地，有人扬声叫她。

郁吟和卢婉一扭头，就看见一个年轻男人走了过来。

他二十七八岁的样子，穿着笔挺的西装，只是浑身都没有精气神，仿佛常年被酒气熏染，眼底有淡淡的青色。

郁吟偏头打量了他一眼："你有什么事？"

那人诧异地指了指自己，对着郁吟抻抻脖子："我是严帅啊。"

郁吟皱眉。她当然知道他是严帅，虽然没有见过面，但是在小报上她还是见过这人的照片的。严楼的表弟，贪得无厌、官司缠身，还害得严楼被严胜江打了一顿。

看见郁吟的表情，严帅就知道她是真的没印象，嘴边的笑容立刻就收敛了："知道你和严楼打得火热，但是也没必要故作不认识我吧？"

"我们认识？"

"你还真是一如既往的傲慢，我们是大学同学啊。"

郁吟依旧没有印象。她大学的时候，也曾有许多志同道合的朋友，直到白暮离世，她远走异国，才渐渐断了联系。但是郁吟可以确定，她绝对不会认识这种一无是处的二世祖。

看出她的不耐烦，卢婉清清嗓子，一副恍然记起什么的样子，拍了一下郁吟的肩："对了，那边有个朋友，让我介绍你们认识。"

郁吟啊了一声："那我们快过去吧。"

两个人一唱一和，将严帅晾在原地，施施然离开了。

严帅看着郁吟的背影，冷哼一声，随即想到什么，脸色一变，左右看了看，忌惮地离开了。

郁吟和卢婉在角落躲了半晌，觥筹交错的酒会实在无聊，郁吟跟孟谦遥遥地打了个招呼，就准备离开了。

只是两个人刚出酒会，在绿植掩映的回廊上，又看见了严帅。

见他鬼鬼祟祟的，郁吟下意识拉着卢婉遮掩了身形。

严帅正在跟一个年轻男人说话，严帅一脸烦躁，一边疾言厉色地呵斥，一边还四下张望很怕被发现。

严帅对面的年轻男人则唯唯诺诺的。两人交涉了一会儿，严帅从怀中掏出钱包，扔在年轻男人的脸上。

那人俯身捡起钱包，飞快地走了。

郁吟眯起眼，看着年轻男人跟跄离开的背影，犹豫地说："那个人有些面熟。"

"严帅？"卢婉有些糊涂，"你们刚才见过的。"

"不是严帅，是他对面那个人。"郁吟蹙起眉，"我好像在哪儿见过他……"

见她苦思冥想，卢婉轻笑了一声："这么在意，是不是担心严帅再惹事，连累严楼啊？"

"严楼不需要我担心。"

更何况是区区一个严帅而已。

郁吟提步往外走去。

"哎，你去哪儿？"

"约了调查公司的人。"

白暮的新闻越演越烈，明显幕后有推手，趁着公司不用她操太多心，郁吟正好可以腾出时间来查一查这件事。

卢婉点头："我知道了。你就忙你的吧，寓鸣有什么事我会帮你盯着的。"

郁吟约了见面的人叫全辉，是一家调查事务所的老板兼员工，郁吟刚回国，就在朋友的帮助下找到了这个人调查孙俸，这一次再拜托他也算是熟门熟路。

全辉是个不到三十岁的年轻人，嗅觉灵敏，很多时候都能凭借灵光一闪寻到事件的蛛丝马迹，他对这次的新闻有自己的理解："始作俑者有可能是寓鸣的对家，但也不排除像孙俸，甚至严帅这种小人，我先从报道这个事件的本地媒体入手查查……"

全辉还在绞尽脑汁地想办法，郁吟的心思却飞了。

就在刚刚那一瞬间，她突然想起来，之前和严帅在一起的年轻男人是谁了。

那是很多年前的事了，她遥远的印象中是有这么一个人，叫刘子言，他是白暮的追求者——狂热追求者。

刘子言白天守在寝室楼下送早餐，跟着白暮一起上课，到处围追堵截，一到休息日更是对白暮步步紧逼。

周围人不知道刘子言的底细，只是见他平日花钱大手大脚，经常买些不便宜的礼物送给白暮，只当他是个富二代，都纷纷起哄，要白暮答应他的追求。可白暮再落魄，昔日也是名门出身，眼界颇高，自然也不受一些外物干扰，刘子言的甜言蜜语和猛烈攻势都无法打动她。

白暮从没有收过刘子言的东西，也不曾对他留情，甚至在几次直言拒绝都没有用后，更是不正眼看他一下。可是这个刘子言就像是一块甩不掉的狗皮膏药，令白暮甚至郁吟都不堪其扰。

郁吟对这个人的感官很差，还好后来刘子言突然销声匿迹了，白暮才能继续正常生活。

不对，白暮也没有回归到正常生活中，刘子言消失后没过多久，就是她和白暮的冷战，紧接着，白暮就死了。

学生时代轻率自信的刘子言，如今却变成了卑躬屈膝的模样，在严帅跟前，毫无自尊可言，严帅又一副对她很熟悉的样子。

心中有一处突然被敲响，郁吟抬眼，冷不丁地问："全辉，你说严帅他……认识白暮吗？"

回想起最近几篇针对郁吟的报道，除了扭曲郁吟，笔者将当年白暮落水的前后细节写得非常详细，哪怕编造居多，可依旧有几处细节是真的。

虽然很不可思议，但是……万一当年白暮的死，除了那个摄影师以外，还有别的知情人呢？哪怕和严帅、刘子言无关，但这是不是一个新的切入点？

郁吟的心跳猛地加快了。

全辉面露难色："你想知道的事情太久了，我能力有限，无法帮你查到……不过有个人可以。"

"谁？"

"我一个朋友，不是干我这一行的，不过他交际很广，如果他肯帮你，说不定真能查出来点什么。"

提起那个人，全辉的神色中透出几分崇拜。

郁吟冲他俯身，郑重地说："那就拜托了。"

"这话应该是我说才对。"

全辉面带扭捏。郁吟是个出手大方的雇主，而且事情一旦交给他办，就从不怀疑。可是，无论是孙俸的犯罪证据，还是这一次郁吟被泼污水的事，他都完成得不好。

全辉隐约记得，那个人似乎也是湖市人……

周五，身无琐事的郁吟难得睡到自然醒，起身悠闲地吃了早午饭，无所事事地在房子里晃悠了两圈。

郁咏歌和李思然还在花圃，春天时种下的藤萝已经发芽了，一大一小，在灿烂春光下，笑脸喜人，郁吟看着心里也觉得温暖。

门铃被按响时，郁吟本以为是郁兆或者郁致一中的一个。她心里还纳闷着，郁兆忙于接手寓鸣集团，郁致一和朋友开了个跑马场也正忙着，这两个人怎么大白天回来了？

结果一开门，她就对上了严楼的俊脸。

郁吟怔了一下。

来过一次的严楼，轻车熟路地在客厅沙发上坐下，他将随身带着的文件袋递给她："我来给你送律师函。"

"啊？"

郁吟第一反应是寓鸣集团做了什么得罪了这位大神吗？

无怪她心里想歪，实在是严楼的脸色严肃，一身正经劲儿，换个场合那就是宽敞气派的会议室里给竞争对手甩律师函的霸道总裁。

可是拆开文件袋，郁吟低头看着白纸黑字，却不知道该说什么好。

严楼从胸前抽出钢笔，递给她，语气轻描淡写："网上有几个骂得很难听的人，我起诉了他们，需要你的授权。"

钢笔上，还残留着他的体温。

惊讶过后，郁吟笑着摇摇头："哪需要这么大张旗鼓，那些人，不理他们就好了。我现在已经从执行总裁的位置上退下来了，等过几天有更大的新闻，他们自然就忘记我了。"

只是鼻头的酸涩，挥之不去，仿佛多看他一眼，自以为心上竖起的坚硬屏障，就又要皲裂一分。

"可我不能忍受。"严楼淡淡地看着她，"就算是帮我一个忙，让我起诉他们，那些躲在屏幕后肆意漫骂你的人，我想让他们付出代价。"

窗子是开着的，玻璃窗两边，厚重的纱帘被风吹得隐隐晃动。

他本无意穿堂风，她的心弦却被撩动得厉害。

郁吟掩饰性地咳了咳，不想叫他看清她眼底的神色。

她现在是什么表情？没有镜子，她也不知道，但是直觉以现在的表情是没有办法面对严楼的。

否则，她有预感，她会溃不成军。

好在严楼很快就走了，他公司事务冗杂，原本就是硬挤时间出来见她的。

"对了。"走到门口，严楼敛着眸光，长睫盖住他眼底的神色，"明天下午我没事。"

"嗯？"

"我来接你，一起吃晚餐？"

郁吟不解，余光一扫，却见男人的手指无意识地摩擦着手中的钢笔，翻来覆去，内心显然与他面上的淡定不符。

郁吟又觉得好笑。

"好。"

第二天，郁吟刚吃过午饭，严楼就来了。

看着外头艳阳高照，郁吟艰难地忍下了一个饱嗝，心里发愁，严楼来得也太早了吧。

严楼替她拉开副驾驶的车门，许是他今天穿了一身运动装，在日光的映衬下，眉宇间微妙地显露出年轻人的朝气。

郁吟摸着自己的肚子："时间还早，我们……"

"时间还早，我们先去看电影吧。"

郁吟笑了起来，眉眼弯弯："你也看电影？"

严楼颔首，看着前路，车开得平稳极了："很少。"

"那你想看什么？"

他似是早有准备："《泰坦尼克号》重映，可以吗？"

"原来你喜欢这种灾难爱情片。"

车子汇入车流，严楼没有反驳。

比起片子本身，严楼更关注的是，它是最近上映的电影中，时间最长的一部。他想要多跟她待在一起，哪怕是再多一秒。

郁吟刚要点头，手机却响了起来。全辉亢奋的声音穿透了手机，直抵她的耳膜："郁小姐，你在哪儿？！你快来，我有话要跟你说！"

"现在？"郁吟一边问，一边为难地看向严楼。

"对，我在人民广场附近的咖啡馆，我们见面说！"

车内安静，严楼听到了全辉的话，他神色不变，手下却利落地打了方向盘，掉转车头。

撂下电话，郁吟有些歉疚："抱歉，临时有事。"

"没关系，你也用不了多长时间吧？"

"啊？"郁吟反应了一下，"嗯，应该一会儿就结束了。"

"我等你。"

轻描淡写的三个字，郁吟竟不知道说什么好，半晌，才轻轻地嗯了一声。

二十分钟后，严楼坐在车上，看着郁吟走进咖啡馆。

他呆坐了一会儿，倍觉无聊，掏出手机给工具人小赵打电话："带着我办公的文件过来找我。"

遥远的严氏集团，小赵苦哈哈地翻了个白眼。

这边，郁吟见到了全辉。

全辉小心翼翼地四下环顾后，压低了声音："我找到了一个白暮大学时期的同学，叫曲双雪。"

郁吟认真回忆，确定自己并不认识她，应当只是白暮的普通朋友。

全辉说："我去找过她了解白暮的事，她已经记不大清楚了，不过我们聊天的时候，她说了一句话，让我有点在意。"

"什么？"

"她说：'白暮的手机丢了，她不知道为什么急着找郁吟，连课都旷了。'我问她为什么对这件小事记得这么清楚，你猜她说什么——她说，因为那是白暮死的那天。"

"什么意思？"

郁吟并不是没听懂全辉的话，她听得很清楚，一字一句都刻在了脑海里，恰如六年前的那一天，她记得——冷战许久后，她收到了白暮的短信。

她记得——她欣喜若狂，下决心见面的时候，她一定要先道歉，让白暮原谅她。

她记得——冰冷入骨的水里，白暮朝她瞥来的最后一眼。

如果白暮的手机丢了，那一天，是谁给自己发的短信？

——有个人，用白暮的手机，骗自己过去，也骗了白暮过去。

时隔六年的谜团，正在她眼前抽丝剥茧，逐渐靠近那个她没有探寻过的真相。

郁吟起身，面上布满冰霜："我要见她。"

"曲双雪不是本地人，你明天需要跟我去一趟。"

"现在就走。"拎起包的瞬间，郁吟觉得自己忘记了什么。

走出咖啡馆，郁吟就看见马路对面的车里，立刻走出来一个男人。隔着一条人行横道，他与她遥遥地对望着。

现在她想起来，她忘记什么了。

红灯转绿，她走过去。

"严楼。"她眸光澄澈，"我有重要的事，立刻要走，没办法跟你一起看电影了……对不起。"

"好。"

严楼答应得很迅速，眼神中没有一丝不愿，一如他惯常面对她的样子。

他甚至还问："需要帮忙吗？"

郁吟摇头拒绝了，她上了全辉的车，两个人很快就离开了。

空旷的街道上，严楼又独自站了一会儿，春意盎然，微风如此温柔，却吹不进他心底。

他们之间仿佛隔着一道鸿沟天堑，天这边是他的辗转反侧，天那边，是她的世界。

她的世界太大了，有亲人，有挚友，有未来的路，有过去的深愁。

她的世界也太小了，小到多加上一个他都觉得拥挤。

严楼伸手，放在自己的心口上，他的心跳强劲，却泛着酸。严楼回头，看到小赵就站在他身后半米远的地方。他一侧头，小赵立刻小跑上来，侧耳恭听。

严楼说："帮我办件事。"

"明天是周末……我已经连续加班十四天了。"

"我给你加工资。"

小赵立刻谄笑："我是为了钱就屈服的人吗……什么事？"

"我想成功地约到她。"

"这太难了……得双倍。"

"可以。"

小赵满意地长叹一声，凑近严楼，鬼鬼祟祟地半捂着脸说："郁家的小公子不是挺喜欢您的？"

郁吟的弟弟，郁咏歌？

郁吟去了毗邻湖市的宣城，在那里见到了曲双雪。那是一个长得挺漂亮的女人，比郁吟大不了两岁，却已经早早跟大学同学结婚，生了两个孩子，做了全职太太。

见了郁吟，曲双雪有些拘束。她没有社会经验，说话吞吞吐吐的，生怕惹上什么事，不过事实与全辉口述的别无二致。

后来，见郁吟态度好，曲双雪放松了些许，抱着自己的儿子，叹息声不绝："白暮也是个可怜人，她爸爸连个像样的葬礼都没给她办。我当年虽然也是个穷学生，手头不宽裕，但是也给了她爸爸三百块钱丧葬费。"

她一边说，一边还抬眼觑着郁吟。

见郁吟轻轻颔首，全辉意会，从包里摸出来一个颇厚的信封，递给了曲双雪，笑着说："谢谢你跟我们说了这么多，一点心意，收下吧。"

曲双雪忸怩地推拒了两下，面带愉悦地收下了。

全辉也笑，可是笑意并不达眼底。这个女人怯懦又世俗，看准了郁小姐眷恋和白暮的情谊，想要捞点好处。

所以说，人啊，还是要走出来看看，眼界才不至于这么浅。

曲双雪又献宝似的，挤出了很多自己和白暮相处的小事。郁吟面带微笑地听着，思绪却渐渐飘忽了。

白暮的性格郁吟最了解，曲双雪口中那个跟她自己有几分相像的女孩儿的故事，究竟有几分真假，郁吟心中有数。

可即便如此，郁吟还是无法起身离开，因为曲双雪口中的白暮如此生动，让她明知是假，都忍不住一再沉溺。

一趟宣城走下来，除了更多的谜团之外，别无所获。

回程的车上，全辉安慰她："我之前提过的那个朋友……本来不愿意管这些杂事，但是后来听我说了你的情况，不知怎的，又同意帮忙了。下个月他就回来了，到时候我们见上一面。"

郁吟点点头，并没有太过在意。

回到湖市两天后就是周末，郁吟半倚在客厅的沙发上看着全辉拿过来的资料，有关自己和寓鸣集团被抹黑的、有关白暮的。全辉倒是尽职尽责，可是很多信息都是无用的。

郁吟看得眼花缭乱，不自觉叹了好几回气。郁咏歌在她面前走了两趟，忽然一屁股坐进了她怀里。

郁吟心里疑惑：哎？为什么一会儿不见，我的弟弟变得如此可爱？

见她迟迟不说话，郁咏歌扭头看她，两个人大眼瞪小眼。

郁咏歌拉了拉她的衣袖："出去玩。"

郁吟将资料甩到一旁，揉了揉他的小手："你想去哪里玩儿啊？"

童声铿锵有力道："海边，露营。"

郁吟迟疑了一下，露营最起码需要一两天，可是她还有很多事情需要做……

可是一低头，就见郁咏歌眼巴巴地看着自己。

郁兆昨天深夜才从寓鸣集团回来，此时刚起床吃早餐，路过客厅听见两个人的对话，也笑道："就答应咏歌吧，当散散心了，两天而已，哪怕你不在，寓鸣的天也塌不下来，何况还有我呢。"

郁吟看着自己的弟弟，倍感欣慰。应该说不愧是郁家的基因吗？这半年内，郁兆飞速地成长着，已经能独当一面。

郁咏歌又加了把火，毛茸茸的脑袋直往郁吟怀里拱，嘴里还不住地说着："姐姐，去嘛，去嘛。"

看着郁咏歌一改沉默寡言的做派，撒娇卖乖起来，郁吟还真有点受不了，只好向弟弟低头。

"不过咏歌……"郁吟纳闷地问，"你怎么突然想到要露营？"

郁咏歌稚嫩的小脸上闪过一丝茫然。

那个像爸爸的大哥哥没教他这个问题要怎么回答啊。

露营的地点选在海边，这里毗邻风景区，只是风景区的这一面还没有完全开发出来，还是托了朋友的福，小小地开了后门，几人才得以在这里搭起帐篷。

高山大海，的确能让人的心境开阔起来。

同行的除了卢婉、郁咏歌、李思然、郁致一，以及跟郁致一一起开马场的几个朋友以外，还有严楼——因为严楼就是这个"朋友"，这片风景区的投资人。

傍晚，虽然天气还有些冷，但是郁致一点燃了篝火，既温暖又有气氛。

搭好帐篷，卢婉就去找郁咏歌他们玩去了，郁吟独自走到海边，找了一块干净的沙地坐了下来。

夕阳欲坠，举目远眺，偶尔有浪花翻起，不到岸边就消失殆尽。

一阵风从海面吹来，带起一阵潮湿的凉意。

也不知道过了多久，忽然有个人影在她身旁坐了下来。

严楼跟她搭话："刚才有阵风是从你这边吹过来的。"

郁吟一扭头，严楼的俊脸近在咫尺。

他垂着头，轻轻嗅了一下，而后目光望向她："不知道为什么，你身边的风都比别的地方要清新得多。"

不知道是不是郁吟的几次爽约刺激了他，此刻的严楼好像突然开了窍，抛下高冷的行事作风，有偶像剧男主角的感觉了。

可郁吟已经很久不看偶像剧了。

彩霞堆积，海平线绵长而悠远，海浪的声音如同远古的轻唤，平和而又绵延不绝。

她没说话，享受着此刻壮丽的风景。严楼就陪着她，在海边坐了很久，直到最后一丝黯淡的余晖从天边消失。

第二天上午，众人悠闲地逛了逛，下午三四点才开始登山。山顶的住宿也已经安排妥当，只待傍晚去到山顶，直接休息，第二天再由专车接送下山。

明明已经是春夏交替了，可往山林里走，草木却还不是很葱茏，只影影绰绰有点绿的影子。

提前做好攻略的卢婉一直在嘱咐郁咏歌他们，一定要走开发好的路上山，不要掉队。之后，几个人轻装上阵，开始登山。

爬了一会儿，郁吟心口有点闷，她喘了口气跟身边的卢婉说："你先走吧，帮我照顾好咏歌，我有点累，慢慢上去。"

卢婉点了点头。

郁吟慢慢地停了下来。

她其实不是累，昨天晚上，原本以为因着大脑的放空，她能做个好梦——她倒也确实做了好梦，梦见了白暮。

梦里的白暮还是年华正盛的女孩儿，在梦里，所有的争执都不存在，原本悲伤的时刻，也都被替换成了虚幻的愉悦。她们谈天说地，郁吟看白暮笑靥如花。

可是梦里越快乐，清醒之后，郁吟就越觉得虚无。

她像是陪着梦里的白暮走完了一生，可是现实中，白暮却没有机会变老了。

郁吟想独自静一静。

为了避开众人，郁吟大致看了一下山顶的方向，干脆偏离了主道，准备从一条几乎看不清路径的小路上山。

独自走了几分钟，周围的喧闹声消失，她身上的不适感才逐渐褪去。

忽然，身后响起了窸窸窣窣的声音，有人从后面赶了上来。

"那边还没开发，可能会有危险，别过去了。"

是严楼。

郁吟没有停下脚步，只问："你怎么折回来了？"

"我担心你。"

看出她兴致不高，严楼也没再阻拦，大长腿一直不紧不慢地跟在她身后一步远的地方。

他的注意力一直都在郁吟身上，是以因着茂盛的灌木丛遮挡，郁吟一脚踏空的时候，他反应速度惊人，当下脸色骤变，上前一个反手抓住了她。

严楼的动作太猛，郁吟甚至听到了他骨骼错位的声音。

她堪堪被他拉住胳膊，身子悬空。

碎石顺着土坡滚落下去，听不见落地的声音。

严楼趴在泥土草木上，一手死死抓着她的手腕，另一手抓着一截胳膊粗的枯木，可是他身子没有着力点，没办法拉她上去，只能强撑着不让郁吟掉下去。

底下不是山崖，却是个近乎直角的陡坡。往下几米是洼地中的树冠，虽然不茂盛，但是布满了枯叶枝丫，看不清地面到底在哪里，也不知道一旦摔下去是死是伤。

时间一分一秒地过去，严楼面上的汗珠滴落在郁吟身上。

气氛冷凝。

陈年的朽木不堪重负，眼看就要裂开。

郁吟哑声说："这么僵持下去没有意义，严楼，要不然你放开我吧。"

她虽然还没做好准备，但是比起拖累严楼，她愿意提前看到结局。

严楼额上还带着方才被擦出的血迹，后槽牙紧紧地咬着，用沉默表示拒绝。

"你不是问过我，喜不喜欢看灾难爱情片吗？"

他喘息着，咬字都有些艰难。郁吟又急又气："你现在还有心思说这个！"

严楼却笑了笑："我不爱看。我这个人平时心里只有工作，本就不通风月。"

这个男人说他不通风月，可是此刻，他的双眼明亮，目光灼灼，照进她心底，仿佛有光，那光比风月动人。

他不看，但是他无师自通，知道生死之间可以检验爱的浓度。

说完这句话，他猛地放开拽住树枝的右手，双手护住郁吟，两个人一起往山沟里栽去。

身边有风的呼啸声刮过，随即又恢复沉寂。

感受到身下灼热跳动着的胸膛，郁吟睁开眼。

洼地的光线比上面要昏暗得多，感谢未开发的山林树木足够葱郁，在两人掉下来的时候起了缓冲作用，他们还在人间。

只是严楼除了一只手还能活动一下，全身上下好像多处扭伤，动弹不得。

严楼无疑承受着巨大的痛苦，可是看着手足无措的郁吟，他却艰难地笑着，脸上汗意津津："我这算不算殉情？从前我不信，直到遇见你我才认可，为爱情献身的确是最有价值的一种死法。"

生死之际，他好像突然掌握了什么了不得的情话技能。

郁吟毕竟只是个二十多岁的年轻女孩儿，此刻不免红了眼眶，又不敢触碰他，泪意上涌，无数话到嘴边只演变成一句："对不起，是我连累了你。"

严楼伸出唯一能活动的手，轻柔地擦过她的眼下的泪渍："我没事，你别哭。"

不知过了多久，天色已经暗下来，透过繁茂的树冠，夜空繁星点点。

严楼安慰她："别担心，很快就会有人来救我们的……郁吟，靠着我休息一会儿吧。"

直到明月高悬，远处映成剪影的灌木丛窸窸窣窣地晃动着，手电筒的强光透过树林纷乱地直射而来，郁致一等人焦急地呼喊着郁吟的名字——救援队的人终于找到了这里。

郁吟眸光一亮："他们来了！"

身边，严楼不知何时已经昏迷了过去。哪怕在昏迷中，他也无意识地紧抿唇线，不出一声，只有额上晶莹点点昭示着他的痛苦。

——郁吟想，让她动心其实也挺容易，豁出命去就行。

也不管男人能不能听见，郁吟轻声说："等我做完我该做的事……我答应你，会认真考虑的。"

在立春之约后，郁吟再次给出了承诺。

苍穹之下，星河与爱欲都滚烫。

第九章
未选择的人

本来是散心之旅，可是严楼却遭了无妄之灾，住进了医院。

仿佛是厄运都叫严楼拿走了，郁吟的运气倒是好起来了。

湖市当地的公安局在调查之后，因郁吟涉及命案的传闻闹得沸沸扬扬，还特意在网上进行了回应澄清。所有关注着这件事的网民都了解了真相——六年前白暮溺水，就是郁吟报的警，郁吟是无辜的。而且为了救朋友，她也进入了深水区。

郁吟看到这条公示时，正在寓鸣总裁办公室的沙发上……玩手机。

她给屏幕对面的人发着信息："你想喝鸡汤还是排骨汤？"

对方回复很快，但是很简洁，就两个字："你的。"

随便什么汤，只要是你做的——郁吟能充分理解他的意思。

严楼没受重伤，只是全身多处扭伤，右手还骨折了，被迫躺在床上动弹不得，打字不大方便。隔着屏幕，郁吟都能感受到他的小心翼翼和笨拙。

郁兆坐在宽大的办公椅上，脸色在周围高高摞起的文件中显出几分憔悴："姐，JKJ品牌要和我们商场续约，你觉得呢？"

郁吟随口回了一句"都行"，继续埋头在短信中。

"姐，新商场启动仪式，我打算在严氏的酒店办。"

"可以。"

"我们和鼎兴百货的新店启动时间差不多，要不要多投入宣传成本？"

"你自己看着办。"

郁兆叹了口气道："姐……别看手机了，你看看我吧，我现在可太忙了。"

"我不是已经把卢婉借给你了吗？"

"你看我能找到她人吗？"

郁吟这才正经地看了自家弟弟一眼："你和卢婉还没和好？"

郁兆惯常清冽的双眼蒙上一层抑郁："她总躲着我。"

"不应该啊，哪怕你得罪她了，可卢婉不是这么小气的人。再说了，你是我弟弟，我弟弟就是她弟弟……"

"姐！"郁兆突然大声打断郁吟的话，吓了她一跳。

年轻男人沉默了一会儿，闷闷地说："姐，我喜欢她。"

郁吟端起手边的杯子喝了一口水："嗯。"

郁兆被她的态度搞得摸不着头脑："姐，你不说点什么吗？"

"你们俩都是成年人了，成年人的感情生活，不需要别人插手。"

郁吟边说，边打量着自己的弟弟。

跟严楼那种满身贵气，又雷厉风行的气质不同，郁兆更像是不染世俗的贵公子，继承了郁从众和孙婉的好样貌，一路正直地长大，骨子里天生就带了三分温软。

可是这温软的气质，经过了一系列骤变和这大半年的历练，小骏马已经有了脱胎换骨之势，配卢婉……好像也还行？

卢婉活得太压抑了，如果她的弟弟真的能打动卢婉，她倒是乐见其成。

那么卢婉会有朋友，也会有爱人，而且她的家人，也是卢婉的家人，这是最美满的结局了。

卢婉正巧这时推门进来。郁兆的眼神立刻亮了起来，就像小狗看见了肉骨头，骏马看见了鲜草："卢婉。"

这时候也不叫"卢婉姐"了。

卢婉颔首，余光都没分给他："郁吟，下午有别的事吗？我要去见全辉，一起吗？"

郁吟眨眨眼，虽然没有直接拒绝，可是那副无辜的表情已经说明了一切——她下午佳人有约了，还要给病号送汤呢。

郁兆见状连忙说："我跟你一起去吧。"

卢婉摇摇头，并不看他，口吻说不上多生疏，但也绝不热络："不用，我怕你工作做不完，还要加班。"

郁兆甩开笔，大步走过来："那些不重要，我和你一起。"

郁吟猝不及防地被口水呛到，摸摸鼻尖，偷偷溜走了。

严楼出院那天，郁吟也去了。

一周多的入院治疗也无损严楼的俊朗，身为严氏集团的总裁，他哪怕是在医院里，也没有暂停工作。高强度的工作令他精神疲惫，可面上却没有半分病气。一众西装革履、保镖模样的人围绕着他，犹如众星捧月。

他原本不近人情的脸在看到郁吟的一瞬间，五官轮廓立刻柔和下来。他走过来问："今天风大，怎么不多穿一点儿？"

郁吟眼波盈盈："急着来看看你的情况，没想那么多。"

严楼心里猛地一颤，幸而与生俱来的自制力叫他没有当场露出异样，还维持着沉稳的语调："那怎么行。"

严楼作势要脱下自己的外套。

他伤口刚好，动作间略有些吃力，可还是坚持将自己身上的外套披到了郁吟身上。

两个人目光交接，有浓得化不开的情愫涌动，连周围的空气都开始冒上了粉色泡泡。

严胜江在后头咳嗽了两声。身为执掌了严氏集团几十年的人，他头一次被人无视得这么彻底。

郁吟看了严胜江一眼，心中有些纠结。她对这个独断专行的老人没什么好感，可他毕竟是严楼的爷爷，她又不能太过疏远无礼，一时间有些纠结。

严胜江饶有兴致地指着郁吟对身旁的人说："看看这两个孩子，我早就说过，郁吟和我们严家有缘。"

"爷爷。"严楼打断了他的话，"我已经好了，不需要这么多人围着，您先回家吧，我还要去趟公司。"

郁吟低声说："我送你。"

目送着两人离开，严胜江满意地喟叹一声："想必过不了多久，我就能抱上重孙子了。"

严胜江身边的陪同讪讪地笑了。

这八字还没一撇呢，走一步想一百步，这难道就是严氏集团一直以来能成功的秘诀吗？

他悟了。

另一边，上了车，郁吟发动车子，随口嘱咐副驾驶位上的男人："系上安全带。"

严楼坐着不动，唇边勾起一抹笑，卸下凌厉，满身温暾，一副任人鱼肉的模样。

他偏头看着她，眉头没什么诚意地皱起："手疼。"

刚才给她披衣服的动作不是很麻利？郁吟心中腹诽，却不耽误她倾身过去，伸手抽出他身旁的安全带。

他的呼吸萦绕在她的耳侧，微痒，郁吟动作一顿，就听见严楼声音清亮地说："你快点。"

"怎么了？"

他神色浓郁，却偏偏一副正人君子的模样，甚至身子还往后靠了靠，回道："没什么，就是你一下子离我这么近，我的心脏有点受不了。"

他明明没做什么，却比做了什么更令郁吟心慌意乱。

她胡乱地将安全带系好，坐正身子，才低低地抱怨一句："你正常一点。"

车速不快，这还是自山林遇险以来，两个人第一次单独相处。或许是因为郁吟的承诺，两个人之间的气氛不可避免地陷入暧昧。

严楼没说话，只是视线一直若有似无地萦绕在郁吟身上，令她倍感煎熬。

郁吟终于忍不住轻咳两声，正要说话，忽然手机响了起来。

她瞥了一眼，是卢婉。生怕卢婉有急事，郁吟挂上耳机接了起来。

一接通，卢婉就说："郁吟，我上午见了全辉，他托朋友查到了有关白暮的一桩事，让我觉得不可思议。"

"什么事？"

"白暮死后，她的家人每年都能收到一笔不菲的赞助金，白暮的妹妹也被送到国外留学，学费高昂。直到她的妹妹去年毕业回国，白暮的父亲又病逝，这笔赞助金才断了。你猜，这幕后给他们一家送钱的好心人是谁？"

郁吟沉声问："谁？"

"严胜江。"

郁吟一个恍惚，前方路口红灯亮起，她猛地一踩刹车，刚刚停在白线跟前。

撂下电话，察觉到她情绪的变化，严楼微微侧头："怎么了？"

心思百转千回，郁吟话到嘴边，又咽了回去："没事。"毕竟是他的爷爷，她总不能直说，我们怀疑你爷爷和白暮之死有关，我们打算查验一下。

万一……只是一个巧合呢？一个动机不明的巧合。

严楼却理解错了她的沉默，只当她在为什么问题烦忧，于是说："我知道你一直在替你朋友调查孙俸，我会帮你。"他做了一些安排，只是还没有成效，他便不想拿出来说，省得让她空欢喜。

郁吟勉强笑了一下："你像是比我还关心我的朋友啊。"

"那是自然，你早点从这些旧事里解脱出来，我才能拥有一个满心满眼都是我的……女朋友。"

如果郁吟此刻能转头看一眼身旁的男人，就能看到他的眼底泄露出的祈盼与期待。冷硬的外壳打开，他的一腔真心，毫无保留地暴露在她眼前。

可是她在专心开车，假装专心。

良久，她才轻轻地嗯了一声。

严胜江私下接济过白家这个消息，郁吟和卢婉谁都没有告诉，只拜托了全辉，让他的朋友继续挖下去。

因着这个不大不小的疙瘩，卢婉遇见小赵时，心里不由自主有了隔阂。

女人幽深的目光令小赵浑身发毛，他理了理自己的领带，企图逃避这种窒息感，干笑道："卢婉，你今天这是怎么了？"

卢婉摇头，转移了话题："下周我们寓鸣新商场的启动仪式，在严氏旗下的酒店举办，到时候你们去吗？"

"你们下周有启动仪式啊？这事我还真不知道。"小赵叹了口气，"严总住院的一周还是攒了不少工作没做完，不是大事的话，应该报不到他那儿去。

"不过我既然知道了，回头告诉严总，我们肯定要去捧场的。"

小赵一边说着，一边哥俩好地想要拍上卢婉的肩，却被后者躲开了。

今天的卢婉不太友好啊。

小赵挠挠头，也没当一回事。

这个插曲很快就过去了。

隔了一周多，在湖市气温陡然上升，突破三十摄氏度大关这一天，寓鸣集团新商场启动仪式正式举行。作为郁兆上任后推进的第一个项目，宣传铺天盖地，邀请了许多媒体到现场报道。

郁兆身穿一身纯黑色西装，板着脸，颇有几分气势，郁吟等人跟在他后面，主从位置显而易见。

寓鸣集团的宣传总监一边引着他们参观会场，一边介绍："这种高科技感的舞台设计，是我们集团旗下科技公司提供的技术支持。这还多亏了郁总，他在子公司时的努力功不可没……"

听别人夸自己的弟弟，郁吟也笑眯眯的，心情很好。

突然，一个员工满头大汗地跑过来："郁总，出事了！"

见郁吟没吭声，那人一拍脑门，又转了个方向冲着郁兆，极为自然地接上话："鼎兴百货的人说，这个场地今天是他们订了，要我们离开。"

两周的会场布置，广发媒体请帖，还有半个小时开场的时候，突然发难。郁吟不用想都知道这是鼎兴百货故意找碴。

郁兆面色微变："怎么回事？"

三分钟后，刚来到会场的严楼等人，带着酒店经理匆匆赶来。

小赵怒其不争地瞪圆了眼睛："严总和郁小姐的关系你们不清楚吗？关乎寓鸣，严氏哪次不是大开方便之门？这回怎么会出这么大的纰漏？"

酒店经理苦哈哈地说："这件事是底下主管的工作失误。之前寓鸣集团总裁办的人跟我订了这一周的会场使用，我安排好了之后就没在意了，结果不知情的员工又接受了鼎兴百货的会场预订。"

大热天，酒店经理额头上沁出了冷汗。这事是个新入职的主管经手的，目光短浅，看着鼎兴给的场地费高，就单方面毁约了，不知道这其中的内情。

"如果光是鼎兴百货来订场地，可能还不会这么顺利，我也是刚刚得知，插手的人是、是艾德资本的孟总。"酒店经理忐忑地说道。

闻言，郁吟皱起眉。

说曹操，曹操到。

孟谦迎面走过来，后面跟着孙俸。

多日不见，孟谦依旧清朗俊逸，自如的神态令人如沐春风。总公司远在天边，国内的艾德资本他一手掌控，上位者的气息愈浓，远远看着，倒是让人未语先敬了三分。

孟谦走过来，带来一阵温热的风："郁吟，卢婉，有段时间没见面了。"

郁吟没吭声。卢婉微微扯唇，笑意冷淡："孟谦，你看我们现在有心情叙旧吗？"

孟谦扯了扯嘴角，面露无奈。反倒是孙俸站了出来，直直地迎上了卢婉厌恶的目光。

"我知道你们的情况，寓鸣集团订的会场出了差错，我也很遗憾，只是我已经赔付了寓鸣的损失，剩下的问题就和我无关了。"孙俸悠悠又说，"正好，外面的媒体都在，如果有疑问，我们可以三方辩一辩。"

这件事辩无可辩，说破天去，也不过是寓鸣底下人的失误和严氏主管的不上心。

严楼抿唇，神色不佳："你今天把场地让出来，今后一年，你可以在任何你想的时间，使用这个礼堂。"

这家酒店的顶层礼堂，经常被租赁用来举办发布会、品鉴会之类的高级活动，租金都是以四位数的小时费计算。严楼随口而出的承诺，对于中小型企业来说，不亚于天上掉馅儿饼。

可是孙俸想也不想地拒绝了。

他的笑容中甚至带着微讽："严总说笑了，我受雇于鼎兴百货，自然应该以鼎兴的利益为重，我们今天也要在这里举行启动仪式，媒体我都找好了，这个人我可丢不起。"

严楼了然点头，音调清冷："看来你今天，是希望寓鸣集团丢这个人了。"

孙俸低着头避开他的视线："我可不敢跟严氏的总裁作对……这会场是孟总帮忙订下的，还是看孟总决断。"

严楼要替郁吟出头，孙俸寻求孟谦庇护，一时间，急促燥热的气氛都紧绷起来。

郁吟也不自觉地抬头，想知道孟谦会如何选择。

孟谦也抬头，目光落在郁吟身上，又似乎没看她。沉默片刻，他淡淡开口："错不在孙俸，他是走正常流程订的场地，你们的损失，与他无关。"

卢婉忍不住上前一步："孟谦！回国后我就一直在忍你，你别太过分了！"

被朋友背刺的感觉，让一向精明能干的卢婉不由得激动起来，可是无论她说什么，孟谦都没有改变主意的迹象。

他站在她们的对面，面色沉静，中间隔着孙俸。

最后还是郁兆伸手拦住卢婉，摇了摇头："卢婉，你冷静一点，这是公事。"

郁兆说对了，这是公事。

所以严楼不能再勉强，郁吟也没有再劝。

看着孙俸的人粗鲁地将原本布置妥当的会场打乱，郁吟压下心头浅淡的失望。擦肩而过的瞬间，她扭头看向身姿如玉的男人。

"孟谦，你回国后，变了许多。"

说完这句话，她不再留恋，扭头离开。

寓鸣集团的人接连离开，剩下的都忙着去安抚媒体，力图减少负面报道。

孙俸面带愧色："您为了我这么做，郁吟小姐会不会不高兴？"

孟谦周身的气息疏离，许久，他微微叹气："郁吟太天真了，这世界上的每个人，都会被世事推着变。"

孙俸深以为然，附和地点头："女人就是感情用事，不适合商场，不过等她受的挫折多了，就能理解您了，也就知道谁才是真的对她好了，您说是吧？"

"我再说一遍，不要揣测我的心意，我支持你，是看好你的能力。"

"您放心，我不会让您失望的。"孙俸满心满眼的野心几乎凝成实质。

"对了。"孟谦走了几步，想到什么似的，回头问他，"之前艾德资本给你注资的流程有纰漏，少了财务审核这一环节，现在总部来人要调查。"

"那……怎么办？"

"把你公司的财务报表都给我，我身边有专业团队，会帮你处理好一切。"

财务账本是命脉，孙俸一向藏得严实。

他略一犹豫，可见孟谦的眼中已经显露出浅浅的不耐烦，连忙点头道："好。"

启动仪式改期并没有引起多大的波澜，可是鼎兴百货的强势进驻，还是给寓鸣带来了很大困扰，郁吟不得不再次陪着郁兆义务加班。

郁兆心疼自家姐姐，不到晚上八点就把她赶回家了。

郁吟停好车，就看见郁致一站在家门外，指尖猩红一点若隐若现。她走过去，顺手就将他嘴里的烟抽出来按灭。

"家里不准抽烟。"

郁致一反射性站直，梗着脖子："你管我？"

"你是我弟弟，我当然可以管你。"

"那……我是你最爱的弟弟吗？"

他的神情古怪，让郁吟感觉莫名其妙。她干脆踮起脚，伸手揉乱了郁致一的头发，笑道："郁咏歌知道你这么问我吗？"

"除了咏歌。"

"郁兆这个哥哥对你也好吧，你怎么还跟他争宠？"

郁致一烦躁地挥开她的手："那郁兆也不算。"

"好啦好啦，那你是我第三喜欢的弟弟，前三名，行了吧。"

郁致一忽而冷笑了一声："记住你说的话。"说完，他替她拉开了家门。

家里的气氛有些古怪。

有几个人在客厅，李思然陪着郁咏歌坐在沙发上，他们对面，坐着两个男人。

每一个人郁吟都认识，可是每一个都不是这个时间应该出现在这里的人。

全辉和……赵重。

郁吟脚下一顿，一步一步走过去，声音不由自主地飘忽起来："你回来了？"

郁吟的语气太过熟稔，全辉挠挠头，脸色莫名微红："啊……是，来了好久了……对了郁小姐，这就是我跟你说过的，我的一个朋友。"

赵重起身，漆黑的双眸里，仿佛能映出她的模样。

"郁吟，好久不见。"

他的声音略微沙哑，明明是和郁致一一样的年纪，却显得成熟稳重许多。

当真是好久不见了。

赵重和郁家的孩子们都不大一样。

首先，他姓赵，据说是孙婉为了纪念自己的母亲，才托人给他改了这个姓氏；其次，他不住在湖市，而是常年居住在孙婉的老家——一个不大繁华的二线城市，在祖国极北。

他生得高大，眼窝深邃，鼻梁高挺，气质和家里的几个男孩儿也大相径庭。他的性格生来疏离冷漠，和他们不像一家人，他也从不想融入他们。

赵重是个怪胎。

明月高悬，窗外树影摇晃，偶尔夹杂着几声蝉鸣，除此以外，夜空寂静。

预想中姐弟谈心的场面没有出现，在赵重想要给郁吟一个久别重逢的礼貌拥抱时，郁致一冲了进来，正面给了赵重一拳。

赵重眼底微暗，外套一脱，一句废话都没有，照着郁致一的侧脸就回击一拳。

李思然吓了一跳，眼睛瞪得浑圆。郁致一瞥了赵重一眼，而后两个男人的动作不约而同地停了一瞬。

——战场迅速从沙发转移到客厅中间的空地。

郁吟："……"

回来了，记忆都回来了。

郁致一从小就跟赵重不对付，明明是双胞胎，也不生活在一起，两人却像是死敌一般，见了面没几句话就能打起来。

究其原因……好吧，郁吟也不知道为什么，只得归咎于双胞胎之间的心有灵犀——都看对方不顺眼，见面不打一架拳头就痒痒。

砰砰声中，郁咏歌打了个秀气的哈欠，立刻被李思然带上去睡觉了。只剩下一个早早就躲到一边，恨不得将自己站成壁画的全辉。

全辉算是看明白了，自己就是这一出大戏里的路人甲，还是躲远点好。

十分钟后。

郁致一一屁股坐到郁吟身边，忍着痛牵起嘴角，力图露出一个刻薄的微笑，看向对面："赵重，现在可以说了吧，你回来干什么？"

赵重没理他，揩掉唇畔的血迹，将茶几上的档案袋推到郁吟跟前："关于前两个月的不实报道，你想要的，就在这里面。"

显而易见，赵重就是全辉口中那个有能力的朋友。

赵重给过来的资料很翔实，什么人，通过什么渠道，支付了多少钱，买通了哪家媒体爆料，一应俱全。

买通记者爆料的，是孙俸。

尘埃落定，暗处的敌人被翻到了明面上，足以防范。

郁吟本该意外，但听到这个名字，她又觉得是情理之中。她和卢婉回国，孙俸感受到了危机，他想先出手，掐灭这个危机。

郁吟捏紧了手中的纸，这些抹黑的证据还不够，这只是商业竞争中不光彩的小手段，不足以翻出孙俸那些阴暗的往事。

似是知道她心中所想，赵重解释道："这个孙俸做事很小心，我调查过他的发家史，唯一的破绽就是六年前，他的账户上突然多了一笔巨额资金，来路不明，这笔钱就是他现在公司的原始资本。"

"那笔资金应该就是他搞垮卢婉父亲的报酬。"

赵重点头，又摇头："但没有他公司的内部账本，我也查不到更多的事。"

账本……郁吟尝试过一些手段，可是孙俸太小心谨慎了。

一股躁意上涌，她揉了揉太阳穴，目光落在其他资料上，留意到了一条——孙俸和严帅是朋友？

孙俸、严帅、刘子言、严胜江、白暮……

有一条若有似无的线，只差一点，就能串联起所有的事。

送走了全辉，郁致一和赵重相互冷漠地对视一眼，各自上楼了。

深夜，本以为众人都睡下了，可是郁吟起身喝水时，就看见阳台上那个几乎和黑夜融为一体的背影。

她脚下一顿，拢了拢披上的外套走过去。

"怎么还没去睡啊？"

赵重简洁地回答："不困。"

夜风清凉，她扬起下颌又问："烟哪儿来的？"

赵重双臂搭在栏杆上，指尖点了点烟灰："在郁致一房间里摸出来的。"

又是一阵沉默。

最后还是赵重先开口。

"我听说过你的消息，你在艾德资本做得很好，所以……"赵重狠狠地吸了一口烟，将烟头按灭，扭头看向郁吟，眸光深邃得令人窒息，"郁吟，你还回来干什么？"

郁吟跟他一起，半趴在栏杆上，仰头眺望，声音很轻："这里是我的家，也有我的亲人。"

"亲人？"

赵重想到什么，面露嘲讽。

他仿佛失去了对话的兴趣，想要转身离开。

"赵重。"郁吟叫住了他，"谢谢你。"

谢谢你，为了帮我，肯回来。

赵重扭过头，突然说："那个男人叫严楼是吗？让你全身心回报郁家的规划，出现了偏差的男人。"

"赵重，你胡说什么？"

赵重看着女人蹙起的眉头，忽然扯出了一个笑，令他刻板的面容骤然生动起来："我明天要去见严楼，一起吗？"

直到第二天，郁吟看到严楼和赵重相谈甚欢的时候，脑子还是晕的，根本搞不明白严楼和赵重是什么时候认识的。

两个男人身高腿长，英俊得各有千秋，面对面坐着煞是养眼。

"赵重在外省开了一家事务所，我拜托他查孙俸，但是我不知道他是你的弟弟。"说着，严楼瞥了一眼赵重，意有所指，"但是显然，你弟弟早就知道我们的关系了。"

郁吟喝了口水润润嗓子，目光飘忽："别胡说，我们现在还没有什么关系。"

严楼伸手，不紧不慢地为她将杯子又添满，还顺便将她身上有滑落迹象的外套向上拉了拉，遮住她肩上光洁的肌肤。

自然又亲昵的气氛，反倒显得郁吟的否认欲盖弥彰。

两人的一系列操作看得赵重直皱眉，视线从郁吟微红的脸颊上划过，他的神色愈加冷凝。

他敲了敲桌子，将两人的注意力吸引回自己身上，又将手边的文件袋推了过去："您看看吧，今天我来，只是为了给严总一个交代，毕竟过去几个月，严总用在我事务所的钱可不少。"

眼熟的文件袋，和昨天给郁吟的一模一样。

里面的内容也分毫不差。

严楼并没有伸手拿，他看着赵重，语气温和："不必了，当时拜托你查孙俸也是为了郁吟，现在郁吟知道也是一样的。"

赵重一口气噎在胸前散不去。严楼看似什么也没说，却又好像什么都说了。

严楼懒懒地交叠双腿，一手搭在沙发背上，虚虚地环着郁吟，他眉宇间依旧沉稳疏离，却莫名令人觉得身心愉悦。

小赵进来添茶，顺便也送上两个薄薄的账本，笑呵呵地说道："这是我们通过和严氏集团有合作的一些公司，收集到的有关孙俸名下几家参股公司的近况，严总说会对你们有所帮助。"

郁吟翻开看了几眼，忍不住失落："要是有孙俸公司直接的账目就好了……跟这些收支明细一核对，不管他作的什么妖，都得现形。"

"你怎么知道没有？"严楼笑道。

"那是孙俸的命，他肯定藏得严严实实的，我们……"郁吟的话音止于严楼含蓄的笑意中。

严楼当着赵重的面，凑到郁吟的耳边，声音越轻，温热的气息就越明显，令郁吟忍不住瑟缩了一下。她的手指不由自主地反抓住沙发，想要避开，却还想要听清严楼的话。随着他慢条斯理的耳语，郁吟逐渐睁大了眼睛……

"孙俸这么多年什么事都敢做，早已经超过了法律的界限，数罪并究，这次一定让你了一桩心事。"严氏总裁的承诺弥足珍贵，虽也有少部分人听见过，可是却从来没有像现在这般低沉而又富有磁性，还带着一点纵容、一点宠溺。

郁吟点头，眸光发亮："但是在把证据提交给警方，并且起诉孙俸之前，我还要做一件事情。"

三天后，艾德资本。

郁吟带着卢婉走进来的时候，那个口里嚷嚷着"常回来看看"的安德鲁一见到她，一双蓝眼睛就警惕起来。

"哦，郁，大驾光临，蓬荜生辉，有何贵干？"

"安德鲁，你的成语造诣一日千里啊。"郁吟笑眯眯地同他打了招呼，又问，"孟谦呢？"

"在他的办公室里。"

郁吟一点头，径直朝孟谦办公室走去。安德鲁来不及阻拦，在后面喊她："你预约了吗？他正在和他的朋友见面。"

郁吟连门都没敲，砰地推开了办公室的门，眼中的笑意散得一干二净。

她当着孟谦的面，将手里的几张纸摔在孙俸脸上。

半点不疼，却十分羞辱。

孙俸顷刻间就变了脸，阴恻恻地说："郁小姐有点过分了吧。"

"好好看看这些。"郁吟半点不寒暄，自幼接受的良好教育，令她发火的时候极具压迫感，目光灼灼地逼视着孙俸，"你是怎么知道白暮的事的？"

孙俸抓起纸随意地看了两眼，是自己买通记者爆料的证据。他不以为然，仅有的一丝防备也卸下了。

"即便我告诉你，你能怎么样呢？抓我进公安局？用什么名目？"

"污蔑，不算名目吗？"郁吟冷笑一声，"为了打击我和卢婉，你不知道从哪里得知了白暮的死，旧事重提，特意杜撰她的新闻，这难道不是名目吗？"

"杜撰？"孙俸眼中有种举世皆醉我独醒的怡然自得，笑笑之后便不说话了。

卢婉上前，正色道："孙俸，你难道不承认吗？我暂时没办法揪出你在商场上犯罪的证据，但是我可以先送你一个官司缠身的体验，以免日后不适应。"

孙俸："是不是污蔑，郁吟她心里清楚，卢婉，你可不要被卖了还替别人数钱。"

"这不就是我最擅长的事吗？"

卢婉话一落下，像是无法忍受似的，别开了脸。

孙俸一怔。

卢婉从不会示弱，她家境富裕，人也肆意张扬，后来因为他而家破人亡，她也只是满身仇恨，誓要报复回来。

房间内有短暂的静默。

卢婉转回头，又问："你怎么知道这不是污蔑的，难道这个故事不是你编的？"

随着卢婉的发问，郁吟忽然变了脸色，她警告似的看了一眼孙俸，像是想让他闭嘴。

孙俸不由得冷笑，这闺密两人之间想来也不是表面上的这么亲密无间。

卢婉又催促："你说啊。"

孙俸犹豫间，一直没开口的孟谦叹了口气，手指尖点了点沙发扶手，面上一片疲惫。

孟谦闭着眼，揉了揉太阳穴，意有所指："孙俸，你有我，不需要别的靠山了，说吧，让郁吟别闹了。"

在孟谦漫不经心的语气中，孙俸逐渐定了心，他长叹一声，说道："你和白暮的事确实不是我编造的，是严帅说的。我和严帅是朋友，从前，我们经常会一起喝酒，他喝多了，什么都说。"

孙俸看着郁吟，继续说："我只知道，严帅捡到了白暮的手机，利用你们之间恶化的关系，炮制了一场恶作剧，直接导致了白暮的死亡。"他的笑容带上点恶意，"严帅可是严楼的家人，你想要问具体情形，怎么不去找他？怕不是严楼为了维护自己的表弟，也不肯跟你说实话吧。"

孙俸越说越觉得有趣，轻轻笑了起来。

可是笑过之后，他才察觉室内的气氛不对。

郁吟并没有想象中的恼羞成怒，卢婉也并不惊讶，他心里突然咯噔一声，缓慢地扭过头去看孟谦。

孟谦依旧是单手轻轻按着太阳穴，可是眼睛默然地睁着，视线的焦点悠远，面上浮现出冷淡的距离感，令孙俸想起了刚认识他的时候——霁月清风，高不可攀，看自己的目光都带着漠视。

自己当时怎么会觉得，自己能掌控住孟谦，成为他的朋友？

孙俸猛地后退一步："这就是你们想知道的？你们骗我？"

他的视线划过两个女人，最后落在孟谦身上："你并不是真心想同我合作的，对吗？你骗了我。"

孟谦顿了一下，轻叹一声，摇摇头："你自以为善弄人心，可你不该低估人和人之间的情感，卢婉是我的挚友，你怎么会认为我会同一个害了她全家的人合作呢？"

"你有病吧，就因为这个？"孙俸不可置信地摇头，"为了一个女人，你舍弃我？"

"郁吟是我生命中很重要的人，我不会放任你伤害她。"孟谦站起身，目光沉静地看向他，"还有，我从来都不是个坏人。"

孙俸猛地朝孟谦走了两步，卢婉见他神色不对，拦在了孟谦身前。

卢婉认认真真地看着孙俸，他此刻面色潮红，仿佛被背叛和戏耍对他来说是一种巨大的侮辱。

卢婉看着他，缓缓地摇头："经常有人说，从教养上就可以看出一个人的出身，这句话我从来不信，但是显然你信了。"

孟谦也走上前来："我经手了你的账本，你做假账的证据和不明的资金来源我已经提交给了警方，孙俸，你的结局要来了。"

孙俸接连后退，对面的三个人站在一处，身形异常和谐。

只有他，从头到尾，贵人相助、事业发展的美梦都只是一场阴谋。

透过两个女人的身影，孙俸直直地看着孟谦："从头到尾，你就没有想要真心帮我是吗？"

后者的视线不闪不避地回视，不露声色，气度优雅，是他这一生最想成为的样子。

孙俸眯了眯眼，忽然转身跑走。

严楼一直等在楼下，看着三人走出来，看着孟谦和郁吟以及卢婉虚虚地拥抱，看着卢婉乘车离开，看着郁吟走向他。

他示意郁吟等他一下。

孟谦孤身一人站在门口，严楼走过去，冲他伸出手，郑重地道谢："这一次多亏你，谢谢你愿意配合我的计划。"

孟谦温声回答："就当作是你曾帮过我的回报吧。"

说完，他短促地笑了一声："不过不必再敷衍孙俸，的确是让我松了一口气。"

"和小人日日相处，的确为难你了。"

晃神片刻，孟谦声音低沉，表情有些微黯然："他是个真小人，有时好过伪君子。"

隐约听见两人的对话，等严楼走过来，郁吟疑惑地问："你帮了他什么？"

严楼替她拉开车门，又俯身替她系上安全带，简洁地回答："一个消息。"

车汇入车流。

"你和孟谦到郊外考察新公司仓储状况那天，我赶过去，说有事要告诉孟谦，还记得吗？"

"嗯。"

"就在那天，我无意中得知了一个消息……你知道孟谦这次回国是为了什么吗？"

郁吟略带尴尬地摇摇头："这我怎么知道？"

她之前怎么不知道严楼有这么多的问题。

大抵是她的神态有点奇怪，严楼偏头看了她一眼，忽然福至心灵，笑着说："你该不会以为孟谦是追逐着你回国的吧？"

郁吟扭头不答。

严楼替她回答："是，也不完全是。你们是朋友，你了解孟谦吗？"

郁吟扭头看他，男人开着车，侧颜优越。

"你今天好像……对孟谦格外感兴趣。"

丝毫没意识到郁吟的脑子里充斥着危险的思想，严楼竟然还点头，理所当然地说："我是关心他，我有心爱之人了，总得给他一条出路，他人不差。"

提到别的男人，郁吟略感尴尬，心虚地摸了摸鼻尖："我确实……很了解孟谦。"

"那你知道，他在国内还有什么亲人吗？"

"我记得他提过，好像有个姑姑，但是自从她母亲出国之后，就再也没有联系过了。"

严楼点头："那就是了。他回国一直在查探他姑姑的下落，我告诉了他。"

"真的？"郁吟微眯双眼，语气扬了起来。孟谦的母亲死后，除了他那个信奉弱肉强食的父亲，他的世界就再没有了亲人，如今听闻孟谦可能有亲人在世，郁吟为他开心。

"可他姑姑去年就去世了。"严楼的下一句话就泼了郁吟一盆冷水，"婚姻不幸，贫困交加，早早就去了，没机会看见自己的侄儿有今天的成就。"

郁吟听见，不免怅然。

"但是……"严楼就像在逗她，顿了一下才又说，"但是他姑姑留下了一个儿子，现在大概也就四五岁，比郁咏歌还小。"

"那——"

"那孩子被送到乡下亲戚家了，孟谦想自己养育他，但是走完手续估计还需要一段时间。"

"也好，以后……有人会陪着他。"

沉默半晌，严楼突然问："对了，你今天的进展顺利吗？"

郁吟张口欲言，又突然想起刚刚孙俸的话……严楼对于严帅的所作所为，毫不知情吗？

这个念头转瞬即逝。

她是相信严楼的，可是在一切都还不明朗之前，她不能只凭孙俸的一面之词，就给严楼带来困扰。

她清了清嗓子："严楼，我有事要请你帮忙。"

"你说。"

"我要去你家！"

车一个猛刹，后面立刻传来了别的车抗议的鸣笛。

严楼的脸上难得露出了两分迟疑之色："这是不是有点太快了？"

"快？"

"也好，都听你的。"说着，他拉起她的手。

他的指尖细腻干燥，接触的瞬间，她眼皮一跳，痒意从掌心一路蔓延。

怎么气氛一下就变得黏黏糊糊起来了？

"虽然我没有经验，但是你可以相信我的天分。"

直白的话语，隐忍的神态，郁吟耳根发红，忍不住回手扯了一下他的手："你脑子里在想什么？"

他轻笑："我能想什么？男人对心爱的女人，想做些什么，不是天经地义的吗？"

"我指的不是这个！我不是要去你的公寓，我要去严家，我有事要问严帅。"

"去过严家之后呢？你们已经将孙俸起诉了，警方会取证调查，卢婉的心头大石已经落下，你也可以松口气。我有没有这个荣幸，邀请你去我的家？"

在他的露骨注视下，郁吟的声音也轻了："你想做什么？"

"一起吃饭，看电影，春赏樱，夏戏水，秋登高，冬共眠，这些情侣做的事，我都很好奇，都想跟你一一尝试。"

计划很美好，但总有些意外发生——在警方上门之前，孙俸失踪了。

他预料到了等着自己的路是什么，所以潜逃了。

"没有任何记录显示孙俸离开湖市，孙俸报复心很强，你要小心。"严楼在电话里嘱咐郁吟。

"嗯，我会的，致一已经找了几个保镖，今天晚上就能住进我家，保护我和我的家人们。"郁吟一边应着，一边走进停车场。

紧接着，她就见到了孙俸。他穿着一套运动服，戴着帽子、口罩，大夏天的，将自己捂得严严实实。

孙俸的神色阴翳，口罩下的声音也模糊不清："郁吟，没想到还能再见到我吧？"

听见了动静，严楼沉声说："快从停车场出来。"

郁吟的视线扫过去，来不及了，停车场唯一的出口就在孙俸身后。

孙俸动作很快，上前一手打掉了郁吟的手机，手机摔在地上，屏幕骤黑。

郁吟心头涌上不妙的预感："你不忙着逃跑，来这里干什么？"

"我怎么能这么跑了？当然是想找您取点路费。"

"对了，你账上的钱都被冻结了吧，你就没有点现金贮备？"

"郁吟，别拖延时间了，跟我走一趟吧。"孙俸阴沉着脸，一手抓过郁吟，将她塞到了自己的车里。

"你原本只是经济诈骗，现在要是绑架我，罪上加罪，你这辈子恐怕就完了。"

孙俸冷笑："如果没钱，坐牢和死亡对我来说没什么区别。"

他不像是潜逃的经济罪犯，更像是一个背负了人命的亡命之徒。郁吟思忖着，现在的情况无异于鱼死网破，不能再刺激他。

她顺从地跟孙俸离开了，甚至在银行取钱的时候，还配合着应付了狐疑的银行职员，将自己账上的资金全部转出。

离开时，角落里熟悉的身影一闪。

郁吟轻舒了一口气。

孙俸最终被堵在了出湖市的高速公路口。

前面设了路障，看似很寻常的检查，孙俸却敏感地嗅到了不对劲的气息，身后的车也堵了上来，进退两难。

"下车！"

孙俸从裤兜里掏出一把折叠刀，抓着郁吟就要从侧边离开。

有人从门岗里急忙奔出来，瞬间，警察从四下包围过来。

卢婉焦急地靠近，大声说："孙俸，你抓着郁吟，跑不掉的。"

孙俸被包围了。卢婉赶到他眼前，第一次眼神中褪去了厌恶，认真地看着他："有很多人爱她，你抓着郁吟，不光郁家的几个男人，严楼也不会放过你。你放开郁吟，我跟你走。"

孙俸冷笑一声："有什么区别吗？你们是朋友，你们这些阳光下长大的人我太了解了，为了朋友什么事都能做得出来！"

他手中的刀锁紧，脖颈骤疼，郁吟忍不住蹙眉。

孙俸说："我就没打算灰溜溜地走，放我离开，不然我不介意背上人命，我再还她一命！反正身败名裂和死也差不多了。"

"你认识我的时候，说你是孤儿，你妈给你留了一只镯子，你送给我了，我把它还给你。"卢婉说着，从包里掏出一只玉镯，戴在了手上。

这还是情浓时孙俸送给她的，她想到有一天或许能用到，却没想到这一天来临时，是这种情况。

卢婉一步一步地走过去。

孙俸妥协了。

他推开郁吟，拉着卢婉，劫了一辆车，歪歪扭扭地冲过了门岗。

车辆飞驰，窗外景物几乎模糊成线，卢婉却丝毫不慌，看着红着眼、咬牙将油门踩到底的男人，忽然笑了。

"想不到你也会有今天。"

"闭嘴。"孙俸红着眼，"这一切都是因为你！"

"是啊，如果当年我没有喜欢你，就不会将我爸公司的资本送到你手上，我就不会家破人亡。没有发家资金，你一个穷学生，也不会走到今天这个地步。"

"我本来也想跟你过一辈子的，你爸爸，那个老不死的，察觉出来我的意图了，警告我，说股份都会给你，结婚可以，但我得不到一分钱。"

说到这些，孙俸反而平静了："我现在想起他高高在上的样子就觉得恶心，一段婚姻的开始，就要我对你们家摇尾乞怜，他的下场也是活该。"

车的路线不对劲，卢婉坐直身子："你不是要走？"

孙俸的双眼闪过光，有股疯狂的神色在涌动："卢婉，反正我完蛋了，一起死吧。"

卢婉摇了摇头："你不会想死。"

"果然，你最了解我。"孙俸攥着方向盘，笑容不断扩大，"我早就给自己留了退路，我们走水路，然后出国。"

熟悉的景物不断被抛在脑后，卢婉不免有些心慌，可是想到郁吟已经平安，也算是了了一桩心事。

孙俸拐上一条小道，逐渐远离市区，再走，近郊山路无数，都没有监控，只怕警察顾忌自己的安全，也追不上了……

卢婉咬了咬唇，竭力让自己镇定。

突然，后视镜里出现一辆黑色的车，在时速超过一百六十公里的情况下，黑车疯了似的接近。

"想死吗？"孙俸低喃，却也无计可施。

他转弯，后面的车也转弯；他加速，后面的车也加速。几次三番后，孙俸面色一沉，卢婉来不及反应，只见他一打方向盘，车头猛地倾斜。

砰的一声巨响！

顷刻间，两车相撞，火花猛地蹿起一人多高。

卢婉只觉得天旋地转，车被撞击掀翻！

她扭头，看到孙俸的状态比她还差，男人没有系安全带，此刻直接被撞到了车顶上，腰卡在方向盘上，整个人的姿势有些诡异。

透过窗玻璃，她看见后车里面爬出来一个男人，额头血迹斑斑，跌跌撞撞地走过来……是郁兆。

孙俸的眼神迷蒙了一瞬间："卢婉，我偶尔会想起从前……"

他伸手，解开了卢婉的安全带。

卢婉掉了下来，车门被扒开，郁兆拉住她的手，将她拽了出来。

郁兆刚把卢婉扶得离车远些，才回头，巨大的爆炸声伴随着滔天热浪响起，黑色汽车在刹那间被火海吞噬。

孙俸……没来得及出来。

一时间，卢婉耳边的声音逐渐远了……这个逼得她远走异国他乡的人，就这么死了。

警笛声嗡鸣，红光蓝光夹杂着赶赴而来。

中心医院，李思然熟门熟路地接过了照顾郁兆和卢婉的工作，郁吟探望完两个人，出来的时候，夜幕已经降临。

严楼站在医院的走廊上等着她，夏风送进清甜，眼前的景象熟悉又陌生，这一幕曾经发生过，只是他们之间的关系却早已不同。

她走过去，尽量想些别的事情，让自己的心平静下来："明天方便去严家吗？我想见严帅，有事问他。"

"好，那明天我来接你。"

他伸手拉过她的手腕，看着她也不说话，就这么扯着她的手腕不放开。医院人来人往，唯独这一隅静谧。

她嗓子有点发干："严楼，郁兆受伤了，寓鸣还有事，我得去帮他处理。"

他忽然扯过她，动作失了几分平常心。

男人的声音醇厚，垂眸间，情愫翻涌："我今天，其实很害怕，害怕失去你。"

"我也是。"说完这三个字，郁吟才像是终于卸了一口气，音色都细微颤抖起来。

他低头，逐渐靠近，唇在郁吟的唇前停留片刻，见后者没有抗拒，才辗转落下。

仲夏夜，大片大片的木槿花不眠不休地趁夜开放。

无人的角落里，他与她拥吻，十指交缠。

"给我个名分？"

郁吟大脑缺氧，靠在他怀里，男人的心跳声并不比她平稳，她满意地呢喃："唔……给。"

翌日，严楼一早就将郁吟接了过来，因为有事处理，两个人来不及说上几句话，他就钻进了书房。

如今严家的人看郁吟，就像看半个自家人似的，用人殷勤地为她添上了茶点，就连严芳华得知她来了，都下来亲切地同她打了招呼后，才去用早餐。

严帅打着哈欠走下楼，声音充斥着浓重的困意："郁吟？严楼说你找我，什么事？"

他屁股还没坐到沙发上，就听见郁吟声音平淡地说："白暮的事。"

他顿了一下："她啊，怎么了？"

他平淡的反应并不在郁吟的预料内，郁吟蹙眉看他："孙俸说，白暮和我之间的关系，以及她的死，都是你告诉他的。他还说……白暮的死是因为你。我想知道，这件事和你之间，到底是什么关系。"

严帅几乎没有抗拒地就开口回答了，或者说，他根本就不在意："我以为你知道呢。当年白暮死了之后，我还担心你和你爸妈会来找我麻烦，结果你们没动静，白暮那个爸又不想深究，我还觉得挺没意思的。"

郁吟的眼神闪烁了一下："我没听懂。"

"当年……哎，开个玩笑罢了。当时你不是跟她翻脸了吗，挺多人明里暗里都欺负她。那天我和朋友捡到了白暮掉的手机，我想着做个好人，让你们俩和好，就用她的手机给你发了短信，约定了一个见面地点。"

所以事情为什么会发展到不可收拾的地步呢？

看到郁吟眼中的不解，严帅却止不住兴奋起来，困顿的眼都睁大了。

"帮人不能白帮不是，我就让人告诉白暮……"严帅脸上露出隐秘的笑，"说你有危险。那群看热闹不嫌事大的人啊，还去教室拿了你的一件外套丢进水里，原本只是想看她落水的糗样。"

"可是你没想到，白暮以为我落水，奋不顾身去救，结果出了人命。"

"对。"

"你们既然就在附近看着，为什么不过去救人？"

"我又不会游泳，怎么救？"

严帅随口反问，面色到底还是变了少许。那一年，他们不过是想要恶作剧而已，并不是真的不将人命放在心上。

谁能想到呢，白暮竟有这么傻，明明自己也不会游泳，却还是拼命扑腾到了水中央。等到她发现那只是一件郁吟的衣服，还来不及松口气，却再没有往岸上游的力气了。

他们躲在暗处，看着白暮下水，看着白暮在水中挣扎，看着郁吟跳入水中。几个年轻男人彼此对视一眼，视线皆是慌张，于是他们跑了。

后来，听说警察介入了，严帅惊慌失措地回到严家，跪在严胜江面前痛哭流涕，将事情的原委一一细说。严胜江狠狠地打了严帅一巴掌，严帅反而放下心来了。再然后，就是郁吟的父母上门，严胜江顺水推舟，承诺帮寓鸣集团平息这场风波，但是要郁吟就此离开。

"我以为，有我保护她，你们这些人是不敢欺负她的。"

"是啊，你多牛啊，明明是郁家的养女，却养得娇贵，谁不得给你面子？"严帅挑眉，坐在沙发上没个正形，"可是你知道别人怎么看白暮的吗？说她是你郁大小姐的跟班、丫鬟，你腻了，明面上不再庇护她了，谁还给她面子？"

冷战如何开始的，郁吟已经记不清楚了，她太过沉浸在自己的委屈里，并不知道，那期间白暮也过得很辛苦。

那些墙头草，见郁家的大小姐对白暮失去了兴趣，也纷纷来踩上一脚，在所有的社交圈子里，白暮都被迫充当了丑角。

严帅最后又说："一个玩笑而已，我当年也没想到会造成这种后果，不过现在不重要了，你以后嫁给严楼，我们就是一家人了，你就原谅我吧。"

严帅又打了一个哈欠。

郁吟垂在身侧的手攥紧了，她心心念念的真相，竟然就在自己身边。

"原谅？"她轻笑，眼眶红得突然，"白暮的一条人命，我怎么原谅？"

她甚至更加不能原谅自己，白暮就连死都是因为她，为了救她！如果，她没有跟白暮争吵，没有冷战，白暮是不是就不会死了？

严帅跷着腿，满不在乎："那你还想怎么样？"

一股怒气上涌，郁吟快步走到他身边，伸手揪住他的领子，力气之大，令他呼吸都觉得困难，不得不随着她的动作站起身。

"咳咳，你、你放开我。"

严芳华冲过来将严帅护在身后："郁吟，你疯了？！"

郁吟猛地甩开他，看着他跌坐在沙发上狼狈地咳嗽着："真相不管迟来了多久都不会被掩埋，白暮的在天之灵会保佑我，让你受到应有的惩罚。"

她就像是一头被激怒的野兽，极致的悲伤以及愤怒，令她的周身仿佛燃起炙热的火焰，却令人感到置身三九寒冬的刺骨冷意。

见郁吟扭头就走，严芳华追了出来，声音尖锐："郁吟，你给我站住！你到底想干什么？"

"我想让白暮瞑目，想让你儿子受到惩罚，我不相信你会不知道他和他那群狐朋狗友做了什么。"

"那严楼呢？你不在乎他的感受了？"

郁吟攥紧了手，指甲陷入掌心，痛，但又不是最痛之处："我相信严楼不是助纣为虐的人。"

像是听到了什么天大的笑话，严芳华讥讽地扯起嘴角："我们家的情况远远不是你能想象的，不管严楼他有多喜欢你，他都会守护我们。想伤害他家人的人，最终都会成为他的敌人。

"而你——郁吟，你但凡对严楼有感情，你就必须自己咽下这个苦果，否则，你们就不能在一起了，严老爷子不会同意的。

"你不会想和我们做敌人的。"

郁吟打了一辆车走，耳边严芳华的话像是魔音，明明已经努力忘记了，却还是一圈一圈荡进她心底。

手机不断地响起，后视镜里，她看见严楼打着电话追了出来，可是距离已经很远了，她看不清他脸上的表情。

空气燥热，她却满身凉意，显得与周遭的景致格格不入，偌大的湖市，她却找不到一个想去的地方。

郁吟最后去了医院。

她步履沉重地推开门，看到郁兆的病床前坐着一个老人，赵重陪在旁边，三个人正说着话。

听见动静，老人转过身来。

"爷爷？"

第十章
拥有你的每一个清晨

郁国超已经白发苍苍，蓄着长胡须，精神却依旧抖擞。他向郁吟招了招手，等她走近，上下打量一番，满意地点点头。

"你看起来过得很好。"

郁吟迟疑地问："爷爷，您怎么回来了？是听说了郁兆的伤？"

赵重对郁国超的态度极为尊敬，郁国超一起身，赵重就上前扶着他。

郁国超转头，神色淡淡地对赵重说道："我这里不用你陪着了，你回去吧……郁吟，你跟我来。"

郁国超自小就不大喜欢赵重，赵重也不在意，跟郁吟点了点头就离开了。

出了医院，郁吟在附近找了一处茶室。

茶香缭绕，两个人神态自然，完全不像是多年未见。

"你上午去严家了？"话有玄机，显然，郁国超想问的并不单是这个。

郁吟脑海里的一根弦蓦地触动："您是不是一直都知道……白暮的死，和严帅有关？"

想通了最久远的一环，继而环环相扣，一切都变得顺理成章。

为什么是严胜江出手相帮？为什么她一定要出国？因为只要她还在国内，还在公众的视野中，白暮之死就会不断被提及，早晚会追究到严帅的身上。

严胜江想要掩盖的，不是她的错误，而是自己家小辈的错误。而郁国超呢？外界都传，郁国超为了继承权逼走了她，可是，她心中明白，这是一种保护——尽管这种保护并不是她需要的。

郁国超不答，态度已是默认，他的眼神透过茶香袅袅，仿佛穿透了旧日时光。

郁国超说："你不是我的亲孙女。"

他顿了顿，再开口，声音坚定了几分："但你是我认定的孙女。

"我这次回来，不是为了郁兆，男子汉为了救女人受点伤不算什么，我这一次回来是因为你。

"你知道了白暮死亡的真相，想要追究，我支持你。但是我告诉你一句实话，之前的小打小闹不算，涉及这种人命官司，严楼不可能不管严帅。你和严楼之间面对的险阻，远比你以为的要艰难。

"郁吟，严家的古怪之处我相信你也察觉到了，如果你坚持动严帅，严胜江那个老顽固也会出手阻止你，他为了他所谓的家族，可以不择手段。

"欲渡关山，也先要看看这座上有没有顶峰。你们生命中最重要的东西不同，注定会有激烈的冲撞。"

郁国超毕竟年纪大了，铿锵有力地一口气说了那么多话，不得不停下来理顺呼吸。

郁吟抬眼，神情平静："哪怕关山险阻，我也想试试看。"

说罢，她起身离开。

"郁吟！"郁国超喊住她，"你出国才半年，我就后悔了。公司上市可以晚几年，但家人之间的时光不可能回溯，我曾经想接你回来，你拒绝了。

"你说，你不想再遇见这种被逼离开的情形，你要独自闯闯，有能力掌控自己的人生。你当年放弃了家人、放弃了你的生活，如今你要再舍弃他们一次吗？"

郁吟脚步一顿，走了出去，后背绷得笔直。

从茶室一出来，郁吟就看见了严楼。

他站在门口，仅仅是几个小时不见，他身上就仿佛被包裹上了一层看不见的遮罩，将他和周遭的人群及景物分隔开来。

郁吟走过去，仰头看他："你知道严帅的事了吧？"

她肩上落了一片柳叶，严楼伸手将它拂开。

"你走后，我爷爷告诉我了。"

"你有什么想法？"

男人收回手，垂下的手不由自主地攥紧，眼神片刻不离郁吟："我会把严帅和严芳华都送走，从此以后，再不允许他们踏足湖市一步。"

郁吟摇了摇头："这不够。"

"怎样才够？"

"调查、起诉、追责，我要严帅和他的狐朋狗友付出代价。"

"这不行。"

郁吟很难维持心平气和，声音都带上细微的颤抖："我想知道原因。"

严楼不答，只问："你为什么一定要逼我？"

"我也想知道，你为什么一定要维护那个人渣，就因为他是你的亲戚？"

郁吟终于忍不住激动地质问，却对上他平静无波的双眼。

严楼面色沉稳，神态依旧自如，可身体里仿佛有几根看不见的丝线，强制性地牵引着他。这令郁吟觉得，他在向她发出无声的请求。

请求的是什么，她不能确定，也不想确定。

因为她知道，这个无数可能性延伸的盛夏，有一座高峰耸立，望不见前方路，她无法满足他。

她只得期待他的妥协，来帮助她翻过这座山，去对面听一听他的故事。可许久都得不到严楼的回应，她失望地摇摇头，转身欲走。

男人忽然拉住她。

"我从来没对你亲口说过。"他喉结微动，"郁吟……我爱你。"

男人眼中尽是痛苦之色，整个人的状态是她从没见过的狼狈："我也相信，你爱我，不……只需要喜欢我就可以，否则，你不会一再动摇，一再令我看到那个可能——我会幸福的可能。"

"我请求你。"严楼一字一句，说得艰难、生涩。

"放过严帅，只要你不再追究，一切属于我的，你都可以拿走，没有可能吗？"

郁吟想看清严楼眼中究竟藏着什么，可是一片黑，她什么也看不见。

郁吟摇摇头，喃喃自语："我欲渡关山，却看不见顶峰。"

严楼看着她，逼近一步："郁吟，你不能就这么判我的死刑。"

回应他的，是她随之后退一步，不留余地地在两人之间画上了一条鸿沟天堑。

天边隐隐一声闷雷，大雨倾盆而下。

严楼离开后，一把伞举到她的头顶，赵重的语气掩藏愠怒。

"你进是为了死去的朋友，退是为了你的家人，可是进退之间，你的真心就不重要吗？郁吟，你没有心吗？"

见她不语，赵重失望不已："爷爷的话就那么重要吗？你已经为了郁家献出了自己的前半生，现在还要继续吗？从你姓了郁，你就没有一天，真正无所顾虑地做自己。"

这场瓢泼大雨过后，夏天很快安静地过去了。

空气中隐隐流动的不安，被掩藏在厚重的积云下，窥不见分毫。

大清早，郁家一片压抑的寂静。可客厅里，人却齐全，连卢婉都来了。

上次车祸受的伤未愈，她手上还缠着绷带，脸上还有两个创可贴，不复御姐气场。郁兆坐在她身边，两个人之间隔了半人的距离，气氛有一种说不出的古怪。

二楼传来一阵响动，所有人一起抬头——郁吟半个月前跟赵重出了一趟门之后，昨天深夜才回来，所以这还是郁吟这段时间以来第一次出现在家里。

郁兆立刻起身，贴心地递上一杯水，又问："姐，你们调查得怎么样了？"

"找到了当年和严帅一起的几个朋友，一通威逼利诱，他们最终同意配合做证。只不过隔的时间太久了，他们的话几乎没有办法考据，这两个人的承认，也只是第一步。"

不过郁吟觉得这样的结果已经很好了："我相信，只要严帅做过这件事，就一定会有痕迹留下的。"

她冷静地分析着，一抬眼，就看见几双眼睛都直勾勾地盯着她。

"你们都看着我干什么？"

郁吟坐进沙发里，冲郁咏歌招招手，郁咏歌乖乖地坐进她怀里，她揉着郁咏歌柔软的头发，只觉得这一年的秋光格外美好。

下一秒，郁兆犹豫着开口："姐，有件事，我得告诉你——"

严胜江出手了，在郁吟和赵重离开的第二天，他就察觉到了两人的动向，报复来得猛烈。他亲自出马，截下了寓鸣百货的两个国际订单，随手送给了鼎兴百货。

这是第一次警告。

第二次警告随之而来——之前同意做证的两个男人都反悔了，赵重调查之下才发现，是严楼给他们允诺了好处，将其中一个人送出国去，又给了另一个人在严氏工作的机会。

是严楼亲手切断了她的进展。

郁吟连叹息声都发不出来了。

关山难越，果然是关山难越。

黑色的商务车平稳地行驶着。

"一会儿您参加完季度招聘，中午约了事业部的同事开午餐会，下午公司还有两个项目会等着您检查，稍晚刘董事……"小赵又摇头，"哦不对，您的爷爷让您晚上回家吃饭，说有事要交代。"

严楼一边翻动文件，一边说："行，知道了。"

"要不然……一会儿的招聘您就别参加了吧，基层员工招聘，我去也是一样的，您昨晚就加班没睡觉，休息一下。"

"没事。"

看着严楼紧锁的眉头，小赵将他手中的文件抽走。后者抬起头，冷峻的面容令人感到十足的压迫性。

小赵弱弱地将文件又双手奉上，严楼又低下头，沉默地工作。

参加完招聘会，场地负责人将严楼和其他公司的领导送出来。

严楼穿着一身西装，发丝规整地梳着，细碎的刘海散在前面，浑身散发着生人勿近的气质，又多了几分属于上位者的沉稳。

郁吟一进大堂，就看见几个人簇拥着严楼迎面而来。

郁吟微怔，他变了，他仿佛又格式化回了初见的样子，生人勿近，满身寂寥。

卢婉小心地觑着郁吟的脸色，不知不觉带着一丝心疼。

其中一个男人紧紧地跟在严楼身边："真可惜，过两天您就要出差了，不过我给你们公司的人事部投了简历，要是侥幸通过，我就跳槽到严氏了，这样说不定我们以后还能见面呢。"

严楼点头，示意小赵记下："那等我回去跟人事部的人打个招呼。"

"那……那太不好意思了。"

"没关系，你是有能力的。"

那人兴奋得脸都涨红了："我一定好好干！"

"我很期待。"说着，严楼一抬眼。

他分明看到郁吟了，可目光仅仅是停驻了片刻，便像无事人一样，扭开了头。

他身边的几个人看郁吟的眼神都有些微妙，这些目光绝对称不上友好，大家都知道——严楼和郁吟闹翻了。

郁吟垂着头，正要侧身而过，忽然，有人扬声喊她——

"小吟。"

众人循声看过去，门口停着一辆黑色的商务车，车型透着一股低调的奢华。车前站着一个穿着休闲西装的男人，身量修长，面姣如玉。

是孟谦。

"你怎么来得这么早，上车吧。"

"好。"

擦肩而过，她的裙摆被风吹着，掠过严楼的小腿。

严楼的视线不受控制地落在她的背影上。

身旁一个老总意有所指地说道："这个郁吟也是不知好歹，我们已经暂停了和寓鸣集团的合作了。"

另一个人咝了一声："不过，刚才那是艾德资本的孟总吧。"

"也是一棵大树，怪不得……"

门外的车辆开走，严楼骤然握紧了手。

一阵眩晕感毫不留情地袭击了他。

孟谦带郁吟去了一家格外有情调的西餐厅。

侍者将菜品逐一端上桌，还贴心地为这一对俊男美女点上了一对渲染氛围的白烛。

孟谦慢条斯理地切开面前的牛排，又将盘子推到郁吟面前和她交换。

"招聘会怎么样？最近寓鸣集团情况不大好，又要辛苦你了。"

"还好，毕竟这个季度新招聘的员工，未来都有可能是寓鸣集团的中流砥柱，我自己也是愿意做的。"

而且，前不久，有个意想不到的人进了寓鸣集团帮忙——郁小槐。家境迅速落败反而像是打通了这个姑娘的任督二脉，竟然也干得有模有样，帮了他们不少忙。

孟谦放下手中的刀叉。

"我仔细思考了一下你的处境，其实要整理好很简单，只要远离严楼就可以，你和严氏集团有交集的项目，或者被严胜江替换掉的项目，我都会补上。"

郁吟拧眉，攥住手中的汤勺："但我没有避开他的理由。"

她又问："你说今天有事要找我，什么事啊？"

孟谦的动作停滞片刻："郁吟，我……"

在这一瞬间，她知道他想要说什么了。

"孟谦。"郁吟打断了他的话，"我们是朋友，这一点永远都不会改变。"

"可是我想改——"

忽然，手机响了起来，郁吟飞快地接了起来，避开了孟谦的视线。

小赵的声音从未像此刻一般惶急："郁小姐，老板进医院了。"

砰的一声，郁吟猛地起身带倒了椅子，她着急地冲了出去，甚至没想起来跟孟谦告别。

侍者走过来，恭敬地问："蛋糕和小提琴手已经就位，请问现在需要叫过来吗？"

侍者垂着头，看似一板一眼，其实心里已经有数了，那女人跑了，告白怎么可能还能继续，白费了这一番布置了。

孟谦温声说："按照原计划，叫来吧。"

小提琴声悠扬，精致洁白的蛋糕上，装点着纯白的女神像。

他一个人，面对空的座椅，优雅地用餐。

启明星在希腊神话里，代表着维纳斯。他的人生里可能没有什么启明星，但是她是他的维纳斯，是他的女神。

可是她从来都不知道，或者不愿知道。

哪怕是这种情况，她也选择了严楼？

孟谦眼里有什么光，渐渐熄灭了。

手机响了十几声，孟谦才从自己的情绪中脱离出来，他看着手机屏幕半晌没动。电话铃声不依不饶，屏幕灭了几秒钟后又迅速亮起。

他叹了口气，接起来："父亲。"

"你还知道叫我父亲！我怎么收到了艾德子公司脱离母公司的申请？孟谦，你跟我说实话，你是不是不打算回来了？！"

"父亲，您把子公司分离给我，我就把艾德资本的股份……还给您。"

孟德像是被什么堵住了喉咙，良久才又开口，声音冷漠了许多："从你小时候不肯改国籍，我就应该看出来了，你心思深沉，不受控制。孟谦，你不愧是我的儿子。"

是啊，自从被孟德承认是他的儿子后，无休止的明争暗斗、权力倾轧，从来都没有停止过。

孟谦深深地叹了一口气。

"父亲，不管您相不相信，自始至终，我从未肖想过艾德资本……我当初不离开，只是想有个家人罢了。"

家人。

想到那个只有四五岁的小男孩儿，孟谦的眼中保留了一丝神采。

此时，医院里。

严胜江匆匆赶来，看着病床上面色苍白的严楼，气得将手中的拐杖直往地上杵。

"不过就是一个女人，你就把自己搞成这个样子，你这是要气死我啊！"

严楼眉宇间有不再掩饰的厌烦，别过头："我已经按照您说的，保护严帅，给寓鸣施压，为了严氏全身心投入工作，您还有什么不满意？"

"我满意什么？我一个好好的孙子，天天不分昼夜地加班，把自己搞到医院里来了。你要真的让我满意，你就忘了那个女人，我宁愿你还是原来那个冷心冷面的严楼，也好过现在这样！"

"但是我更喜欢现在的自己。"

严楼摸了摸自己的心口。这一刻的痛楚，让他感受到，自己的心脏原来是为自己跳动的。

她给予他情动，给予他欢愉，如今也给予他无望的痛楚。

他见过那束光，怎么能容忍再失去？

严楼闭上了眼，心头暗流涌动。

郁吟凭借下意识的反应冲了出来，马路宽广，她却不知道该往哪里去。

赵重赶来的时候，就看见郁吟呆呆傻傻地站在路边，人流车流纷纷攘攘，她伫立不动，神思不属，路人纷纷朝她投去奇怪的目光。

赵重叹了口气："跟我走吧，我查到了一些事。"

这一走，就是小半个月。

在出国的飞机上，昏暗的机舱内，赵重在她耳旁低语良久。

"我一直都认为严家是有问题的，我曾经查到过，严老爷子并不喜欢严帅，甚至厌恶他……没道理会这么逼迫严楼，要知道严楼不光是他孙子，还是严氏集团的继承人。

"爷爷离开了，他走前跟我说，严家有一个秘密，于是，我决定从严家的秘密入手，结果真的让我查到了一件不可思议的事。我一开始是不相信的，差点以为回到了建国之前。

"但是这么不可思议的事极有可能是真的，所以我要带你去见一个国外信托基金的律师。"

顿了顿，赵重沉声说道："但是郁吟，你准备好听了吗？有些时候，'原因'并不重要，因为有些事，不论有什么原因，'结果'都无从更改，这才是最令人绝望的。"

郁吟半晌不语。

赵重看着她没入黑暗中的轮廓，心里发堵。

一周转瞬即过。

上飞机的时候是白天，飞了十几个小时，下飞机的时候还是白天。

郁吟没有和赵重一起回家，而是径直驱车离开，她仿佛不知疲倦，迫不及待想要奔赴一个地方。

郁吟一路驱车到了严家，正碰上严帅出门，他身旁跟了几个年轻的男男女女。严帅一见郁吟，哟了一声，懒散地走过来。

"听说你们寓鸣最近这段时间日子不好过啊。"

郁吟睨着他，面上冷淡："你一个二世祖，也知道商场上的事？"

"我不知道啊，但是耐不住爷爷天天在家里跟严楼说，有些人就是不识抬举，听多了，我这耳朵都快起茧子了。"

他的挑衅令郁吟觉得荒唐。

"够了吧，严帅，你在我面前不是应该夹着尾巴做人吗？时刻担惊受怕。我不知道什么时候就能找到证据，送你去坐牢。"

女人太过笃定的姿态令人惴惴不安，严帅自己都不想承认，在她灼灼的逼视下，他害怕了。

撂下几句没什么实质意义的狠话，严帅落荒而逃。

郁吟抬眼，看见严楼冲她走来。许久不见，男人的身形明显消瘦了一圈。

她说："我想和你谈谈。"

严楼指了指不远处自己的车："上车。"

见郁吟沉默，严楼坚持，加重了口气："不跟我走，就没得谈。"

再次坐上严楼车的副驾，已经物是人非。

郁吟看着窗外掠过的树影，绿荫婆娑，光影在她脸上明灭。

"我知道了些，很震惊的秘密，只是太过匪夷所思，所以想找你来求证。"

"嗯。"

"严氏集团庞大的财富，实际上都不由主人随意动用，而是由一个国外的信托集团监管，这是真的吗？"

"嗯。"

严家是湖市的百年世家，在动荡时期，掌权人将庞大的资产转移海外，由一个专业的信托机构打理。

当时的严家掌权人为了避免家财旁落，制定了一个规矩——这笔财产和它的衍生财富，每一代只能由严氏的嫡系继承，若是严氏覆灭，这笔钱就尽数捐给祖国建设。

到了严楼父亲这一代，不光嫡系只他一人，就连旁支都只能找出来一个隔了不知道几层的远亲严芳华，甚至，严胜江都不是他的亲生父亲，只是他的二叔。压抑的家族氛围直到严楼的出生才有所缓解，这对于整个严家来说，等于又延续了命脉。

严楼的父亲自认完成了使命，将孩子留了下来，从此和夫人一起彻底消失在湖市，只留下幼小的严楼，一出生就肩负起了严氏集团的未来。

严家像是一棵参天巨木，独木成林，可是只有严楼是根，他一辈子无止歇地扎根，只为了让这棵树的外表看起来锦簇茂盛。

郁吟："是这个原因吗？严家无法舍弃严帅的原因。"

"如果我这辈子都没有孩子，或者我出了什么意外，严帅就是唯一一个体内流着严氏家族血液的后辈。时代在变，规则也在变，到时候，他可能会成为延续严氏财富的唯一希望。"

严楼声音淡淡的，似乎生死、后代、财富的延绵，都丝毫激不起他心中的波澜。

他受着以家族为重的教育长大，他承担起了这份责任，可是从来没有人问一问，他究竟想要什么。

明知不应该，郁吟还是止不住地心弦颤动，有股酸涩从眉眼间压下，又从心头涌出。

车一路北行，到了上次两人曾一起郊游的那个海边。

郁吟不解："我们来这里干什么？"

严楼熄了火，目光远眺，以往的光景依稀浮现。

他叹了口气："你以为，没有我的授意，你怎么会知道这些？事关严氏的秘密，赵重怎么会这么轻易地就从一个外人口中得知？"

"是你授意的……为什么？"

男人的面上浮现出一丝微不可察的笑意："我只是想确定，你无法对我的人生视而不见。"

"我知道这个原因了，又能怎么样呢？我们之间的立场依旧对立，那座高山依旧横在你我之间，不可逾越。"

两个人相继沉默，车窗落下，微凉的海风轻拂而过。

他侧头看着她，那种专注的目光，像是要将她哪怕一根发丝都要记在心间一般。

"但我可以借你心软，拥有你一晚。就这一晚，我们忘记这些事，你眼里只有我，行吗？"

郁吟攥起了手，拒绝的话明明就在嘴边，但她无论如何都说不出口，只能归咎于——今天晚霞很美。

严楼早有准备一般，支起了帐篷，无数细小的火光从篝火中心涌出，随着海风四散。

今天有百年难得一遇的双子座流星雨，第一颗流星将在午夜时分划过天际。

郁吟安静地坐在他身旁，两个人很少交流。

流星密集的时刻，严楼闭上了眼。

后半夜，郁吟打了几个哈欠，抱着自己的双腿睡着了。严楼慢慢挪到了郁吟身旁，伸手环住了她的肩膀，让她的头靠在自己肩上。

天边泛起了鱼肚白，清清冷冷的，篝火的最后一缕烟雾袅袅上升，化作虚无。

天亮了。

郁吟揉了揉眼睛，从困顿到清醒不过几秒钟。

严楼一夜未睡，声音沙哑："我送你回去。"

郁吟摇摇头："走出这里，就不行了。"

严楼理解了她的意思，表情克制，点头说："好，那你开我的车走。"

她理了理身上的衣服，走了一步、两步，他的车就在眼前了。

郁吟忍不住回头，一步都没有挪动，就撞上了他的胸膛，一双炙热的手臂将她牢牢地抱在怀中。

他语气隐忍，下颌摩擦着她的头顶："再两分钟。"

郁吟闭起眼，眼泪突然决堤。

他紧紧地拥住她，低下头，吻在了她的唇上，辗转缠绵，心有不甘。

昨晚，他向着流星许愿，愿望是由她来完成他的心愿。

她早知他的心愿，只要她愿意给，他就能梦想成真。

你看，多简单。

又多难。

从国外回来后，赵重觉得他已经没有了留在湖市的理由。

"我想离开，我们一直被严氏盯着，关于严帅的事情，即便我继续留在湖市也查不到什么，还不如离开，说不定能有什么收获。"

郁吟考虑了一下，还是摇摇头："不必了，我相信你，但是也相信严楼。如果他下决心阻拦，不管你在哪里，都是一样的。"

她神色温和了许多："你还是留在湖市吧，和郁兆、致一，还有咏歌一起，让我照顾你们。"

赵重伸手摸了摸郁吟的发顶："这些日子我旁观着，你才是最需要照顾的那一个，你也不比我们大几岁，别这么老气横秋的。"

温情时刻，忽然闯进来一个不着调的。

"你们在干什么呢？"郁致一不满地将两人之间的距离拉远，又扯着赵重往门外走，"走，赵重，我带你去我新开的马场，比赛跑两圈。"

很奇怪，郁致一总是看不惯赵重，但是赵重回来之后，招惹他最多的也是郁致一，这两个人的关系就连郁吟也琢磨不透。

郁吟看向窗外，今秋的桂花又开了。

虽然好像少了什么，有一种淡淡的孤寂伺机潜伏，在每个无人的时刻都跃跃欲试地向她扑来。但，如果日子真的可以这样过下去，也不失为一件好事。

郁吟依旧没有放弃对严帅的调查。

他们下了大功夫，让严帅在国外的那位旧友又心生动摇。其实说来也很简单，那人已经成家了，还有了一个可爱的女儿，威逼利诱被严氏化解之后，郁吟打起了感情牌。

年少时犯下的过错，会成为一生的阴影，但是现在有从阴影中走出来的机会，有人会选择沉入更深的黑暗，有人挣扎之后，选择付出代价，从泥潭中挣脱出来，勇于承担，让自己的家人不以自己为耻。

郁吟缜密布局，不断搜集着多年前有关白暮的点点滴滴，她做好了长久抗争的准备，可是意外永远先一步到来——

严家出大事了。

事情发生当日，为了避免严氏集团内部动荡，严胜江封锁了消息，郁吟是在一周后才听到风声。

事情起因于严帅的风流成性，他对一个女孩儿始乱终弃，女孩儿的家人找上门来，他非但不道歉，还企图用钱砸人。

两方爆发了激烈的争执，女孩儿的父亲激动之下，抄起水果刀就向严帅刺去。

这一刀被严楼拦下了——

严楼用自己的身体为严帅挡下了那把刀，被送进了抢救室。

郁吟乍一得知，眼前一黑，头脑嗡鸣，险些分不清东南西北，还是赵重开车带她去了医院。

可是医院里没人，在医院里住了一个星期的严楼失踪了，就连严胜江都不知道他去了哪里，医院里热热闹闹，都在寻找"离家出走"的严总裁。

赵重安慰她："严楼是自己离开的，他的身体肯定已经没有大碍了，你就不要太担心了。"

郁吟眉头紧锁："他会去哪儿呢？"

只要一想到几天前，在她无知无觉的时候，严楼正处在生死边缘，光是想象着他面无血色躺在手术台上的样子，她呼吸就难以为继。

她思绪混乱，一时想起机场初见，两个人隔着人潮遥遥相望；一时想起山里深夜，他们彼此依偎在荒野的星空下；一时又想到在那个流星划过的海边，他环住她的双手，他大概以为她睡着了，却不知道，自己每一次呼吸，都将他的气息记在心底……

严楼到底在哪儿？

严楼在卢婉的家里。

——这句话稍稍有些奇怪。

卢婉的电话催命似的，铃声都透着无语。郁吟一接通，就听到卢婉抓狂的声音："你，现在立刻来我家一趟！"

于是半个小时后，郁吟在卢婉家的客厅里看见了虚弱的严楼。

瘦了，脸上是失血后的惨白，神情带着丝……温软。

严楼坐在沙发上，仰着头，就用这种无辜又期待的眼神看着郁吟，就像他们之前的争执、对立都不存在一样。

到底发生了什么事？

不过眼下不是弄明白的时候。

卢婉气急败坏，烦躁的情绪从她身上三百六十度地蔓延开："我服了，你们是拿我家当酒店吗？自从上次来了一趟，这怎么还认门了？郁吟，你赶紧把人给我带走！"

看着被嫌弃也只是抿抿嘴不反驳的男人，郁吟忍不住捂上卢婉的嘴，让她别说了，而后迟疑地问："严楼，你为什么……会在这里？"

"我不知道该去哪儿，我怕直接找上你家，你的弟弟们会把我拒之门外。"

他的声音有气无力的，嗓音沙哑。

郁吟皱眉，熟门熟路地在餐厅倒了一杯热水递到他手上。

"谢谢。"

"你怎么从医院出来了？你身上的伤——"

"严芳华和严帅成天在我病床前哭闹，我就干脆躲出来了。"

严楼抿了一口水，攥紧了手中的杯子，轻声问："郁吟，你能带我走吗？"

有那么一瞬间，看着剥离了高冷感的严楼，郁吟心底小人的保护欲疯长，在拼命地叫嚣着——带他走！

不可否认，在见到严楼的一瞬间，那种失而复得的巨大欣喜几乎吞没了她。令她要付出更大的意志力，才能面色如常。

她在客厅走了两圈，心中犹豫不决，最后一攥拳，回到严楼跟前，下定了决心。

"如果你能答应我一件事，我就带你走，在你伤好之前照顾你。"

"我答应你，不再介入严帅的事。"

郁吟摇头："不是这个。"

"那是什么？"虽然是疑问句，但是他的语气泛泛，眉眼稀松寻常，并不在意她接下来要说什么，或者说，无论她说什么，他都会再次同意。

"我……"郁吟稳了稳心神，刚要开口。

"朋友们？"卢婉强势插入两个人中间，挥了挥手，"朋友们，离开我家，你们再互诉衷肠好吗？"她嘀嘀咕咕地将两个人拒之门外。

随后，卢婉脸上的不耐烦褪得一干二净，她站了良久，忽然轻笑一声，喃喃自语道："小吟，希望你能开心……"

郁吟没敢带严楼回家，而是将人"金屋藏娇"，带回了自己买的公寓。

进门打开了灯，她从旁边的鞋柜里拆出一双新拖鞋，蹲下来放到严楼脚边。

"外套挂旁边，换上鞋。"

严楼乖乖地一令一动。

看着男人发白的脸，郁吟还是请了医生上门，确定他的身体无碍这才放心。

她又下楼买了点简单的生活用品，叫了一家粥店外卖，折腾一趟下来，时间已经到了黄昏。

她领着严楼进了客房，又从衣柜里取出一套床品，一边低头收拾，一边说："这是新的床单，公寓我才收拾好，还没搬进来住过，你安心住着吧，等明天，我再给你添置一些生活用品。"

"好。"

虚弱的严总裁此刻就像一只被捡回家的流浪狗，却是名贵品种的，虽然身在屋檐下，但示弱的时候也带着气定神闲。

外卖送过来，严楼看着郁吟飞快地准备好了餐桌。

"一起吃吧。"

郁吟没有拒绝。

灯光亮了起来，两个人相对而坐，雕花灯罩透着光，影影绰绰地投射在墙壁上，平淡而温馨。

粥是温热的，严楼慢条斯理地喝完，看向对面一直垂头不语的女人，问道："在卢婉家，你想说的话是什么？"

郁吟手里的勺子搅了搅。

"虽然我没有说这个话的资格……"

严楼说："你知道的，你有。"

郁吟顿了片刻："严楼，你该有自己想过的人生，而不是无条件地听严胜江的话，充当严家的挡箭牌、避风港。"

男人嘴角弯出浅笑，过了一会儿，他说："如果你能陪我一起的话，我会有这个勇气。流星雨那天的事情，我不想重演一遍了。"

郁吟恍惚中觉得，不是她能给他勇气，而是他一直在朝她走来，从未放弃。

收拾餐具的时候，严楼从身后抓住了郁吟的手臂。

"郁吟，你想不想知道，我为什么会来找你？"

他的气息轻拂在她耳后，郁吟心如擂鼓。

"为什么？"

男人身高体长，却将头低下。黄昏中，两个人的身影交叠在一起，在橘红色的光影中，洋溢着暖意。

"春鸟啼，夏夜风，秋雨绵，冬雪轻，这些景色我都想和你——看过。"

他声音呢喃："郁吟，我们在一起吧。"

严楼中的那一刀看似凶险，其实并没有刺中要害，只是血流了满地，方才还满脸不耐烦的严帅，当即就痛哭流涕地倒地——他承担不了严楼因他丧命的后果。

严楼从抢救室出来，麻药劲儿还没过，严胜江就一脸怒容地冲了进来，怒喝道："严帅他算个什么东西！也值得你为他挡刀？"

冲上去的那一刻，严楼其实看好了角度，预料到了自己不会重伤，可是此时，他只是垂下双眼，眼睫上下颤抖。

他轻声说："我以为，那是爷爷您需要的。"

严胜江颤颤巍巍地跌坐在椅子上，捶胸顿足："严楼，你这是要诛我的心啊！

"你不知道我让你保护严帅的真实目的吗？我生于严家，在你父母离开之后养育你，我有义务将辉煌延续下去。虽然我不是你的亲爷爷，但我所做的这一切，都是为了你啊！"

"可是我这么对待郁吟、对待寓鸣集团，是为了您，爷爷。"

严楼轻叹一声，窗外秋景炫目，可他的侧脸如同石像雕刻，没有温度。

"您把我拉扯大，您在我心中，就是我的爷爷。"

这一句话，令严胜江潸然泪下。

手术后，严楼身体虚弱，可是他依旧提着一口气，将话说完："墨守成规，继承严氏的庞大财产，听起来很诱人，但我从来都不需要这些，哪怕我到死都没有自己的子女，哪怕严家的财富到我这里就终结，那又怎么样呢？

"我还可以好好地为您养老送终。"

周遭空气寂静，只能听见严楼淡淡的声音。

"爷爷，我爱她。"

严胜江无力地挥了挥手："你都以命相逼了……罢了，你走吧。

"去她身边吧。"

去她身边。

来她身边。

严楼睁开了眼。昨晚入睡前没有拉窗帘，此刻日光倾斜，空气中悬浮着细小的微尘，安静地飞舞。

陌生的环境，可他昨天睡得很好。

严楼舒适地再次闭上了眼睛，正打算睡个传说中的"回笼觉"，外面突然起了一阵喧哗声。

郁吟一夜未归，再加上卢婉的添油加醋，郁家不出意外地炸了。

除了一大早必须去寓鸣集团上班的郁兆，郁致一和赵重来势汹汹。

严楼出来的时候，就看见郁致一像吃了两吨炸药，声音很大："人呢？严楼他人呢？昨天晚上他睡在哪儿？你睡在哪儿？"

赵重也一脸凝重，视线在郁吟完好的衣服上打量片刻，看不出端倪。

郁吟听见动静回头，逆光中，高高大大的男人穿着简约宽大的家居服，脑袋上两撮头发桀骜不驯地竖着，往日西装革履的高岭之花，此刻显得有点呆。

昨天他说："我们在一起吧。"

她回答："好。"

所以，他们现在……还没等郁吟捋出来一个头绪，严楼已经走到她身边，拉起她的手，十指交握。

"早。"

他声音微哑，听得她耳朵发红。

"你放开我姐！"

郁致一冲上来就抡起拳头冲严楼打去，被郁吟眼疾手快地截了下来，她拧着郁致一的耳朵，转身就将人带走教育去了。

等关门声传来，赵重沉着脸问："你是真的爱她吗？"

"怎么，你也想像郁致一那小子一样，打我一拳？"

"有些事，郁致一可以做，但是我不可以。"

这话说得有些怪，但赵重没有解释的意思，而是继续说道："严楼。"赵重伸手比量了一下自己的双眼，又指了指严楼，"我会盯着你的。"

严楼嗤笑："我一个病人，有什么威胁性吗？"

"示敌以弱，这一招郁家的儿子们，很早都学会了。"

严楼轻笑着摇了摇头："但是好用不是吗？所以她才会被你们一个个牵扯住全部心神。说起来，越旁观你们的相处，我就越能确定，她眼中的光，我想据为己有。"

"郁家的确牵绊住了郁吟的脚步，但是同时，它也给予了郁吟它能给出的一切——财富、教养、亲情，这里面有你没有办法夺走的感情。"

"所以我才希望能被你们所接受。"

"你的伤应该没有大碍吧。"赵重冷笑，"不是想被接受吗？明天，来我家吃饭。"

这是战书，也是邀请函。

严楼本以为是一对一的友好谈判，但是第二天，在郁家看到郁家四位男丁齐聚，他也不意外。

从大到小依次排开，场面竟还略带诙谐。

郁吟还不大适应已经结束了的单身生活，坐在客厅的沙发上，目光总不自觉寻找另一个人，这种感觉十分奇妙。

她略带担忧地询问："你的伤真的不要紧吗？想来我家吃饭什么时候都可以，真不懂你着什么急。"

严楼笑了笑，视线和对面的赵重撞上，两个男人的目光里，尽是意味深长。

"这是什么？"郁致一指着一地礼物其中的一件问。

总不能空手上门，但时间紧凑，严楼只能笼统说了个大概，让万能助理小赵买了礼物。

严楼分辨了一下："这是樱花味的巧克力，据说是春季限定。"

郁兆端起茶杯喝了一口："樱花本没有味道，盐渍之后，会产生一种香豆素，这就是所谓的樱花风味。"

郁致一冷笑一声："樱花本来无味，说的人多了，也就有了味道，啧，盲从的人怎么这么多。"

郁咏歌倒是给面子，尝了一口，在严楼的注视下，板着小脸说："咸了……但也还行。"

赵重没跟他们胡闹，问出了关键问题："严帅，你不会再管了吧？"

严楼偏头看了一眼郁吟，眼中浮现出一丝真切的内疚。

赵重一看就知道，这个男人是装的——人人只道严氏集团总裁高冷，却不知道他演技了得。

严楼说："嗯，他本来就应该为自己犯的错误付出代价，法律会给他一个结果。"

一切问题似乎都迎刃而解了。

郁吟不知道严楼和严胜江为什么这么快就改变心意，但是她知道，一定是严楼做了什么。

中午，郁吟准备亲自下厨，她厨艺一般，但做顿饭还是绰绰有余。

严楼跟着她进来，顺手拉上了厨房的门。

她一边摆弄着烤箱，一边问他："你进来做什么？出去聊天吧。"

严楼也不说除了郁咏歌以外，郁家那几位男性往他脸上飞的眼刀，只反身靠在桌台上："我想陪你。"

他看着郁吟在他眼前来回走，身影忙碌，一会儿洗个菜叶，一会儿打个鸡蛋。

郁吟再次经过严楼面前时，他伸手一捞，将人截住，反身按在了桌台上。

郁吟吓了一跳："啊。"

外面，正在看电视的郁致一仿佛听到了什么动静，探头朝厨房望过去，可是视线被冰箱遮挡住，他什么也看不见。

厨房里，男人一手揽着她的腰，一手撑在桌台上，俯下身子，闭着双眼，轻吻浅啄，辗转流连。

郁吟攥着他前胸衬衫的手，缓缓放松，冷不防——

"姐，家里还有可乐吗？"郁致一的声音伴着拖沓的脚步声逐渐接近。

郁吟瞬间推开严楼，躲到了他身后："我弟弟在外面，我们不能被发现！"

"我就这么见不得人吗？"严楼拉住她的手，"我和郁致一同时落水，你选弟弟还是我？"

"弟弟。"

他笑了，干脆将人扳过来，伸手攥住她的腰，威胁地低头："再给你一次机会，弟弟还是我？"

郁吟轻敲了一下严楼的胸口，白眼翻得漫不经心："以后也是你弟弟。"

也对，再占据她的心神又怎么样，还不是个弟弟？

严楼想着，俯下身子又亲了一口。

"我真想时时刻刻和你待在一起。"

郁吟压低了声音，目光晶亮："那就时时刻刻。"

正好这时，门被拉开，郁致一看着厨房里隔着半米远站着的两个人，目光如炬。半晌，看不出什么端倪，他冲严楼冷哼了一声，大摇大摆地从两个人中间穿过去了。

自从严家不再成为严帅的保护伞后，严帅过往做的那些蠢事儿，接二连三被翻出来，数罪并罚，极有可能会面临牢狱之灾。

既然苦肉计行得通，严楼思忖着，在这个关头，还是得稳住严胜江，以免严胜江又心软站到严帅那边去，于是成天一副伤感的样子，简直就像是身躯里住进了另一个灵魂。

可没想到适得其反。

某天，严胜江掏出一张照片，笑眯眯地说："严楼，这是白染。

"我资助她长大，培养她，我觉得你们很相配。往上数一百年，严氏和白氏就是湖州城两大姓氏。你看看这姑娘，哪怕是个花瓶，她也是个名贵花瓶，不比郁吟差。听爷爷一句劝，如果那女人太难追，咱们就换一个。"

严胜江隔三岔五就开始老生常谈。

　　严楼有生以来第一次感受到"头大"是什么滋味，前有郁氏男人拦路，后又有自家爷爷扯后腿。

　　他太难了。

　　他只能一颔首飞快地逃离："爷爷，公司还有事，我先走了。"

　　严胜江看着严楼头也不回离开的背影，气得直敲拐杖："你这么勤奋工作有什么用！严氏就算发展得再大有什么用！你没有老婆，没有孩子，百年之后呢，都捐出去给国家做贡献是吗？"

　　严胜江看着手里的照片，手抚胸口，狠狠地跺了跺脚。

　　严楼不上心，只能靠他这个做爷爷的替他上心了！

　　过了几日，郁吟一到严氏集团，小赵就迎了上来，带着她畅通无阻地上了楼。

　　小赵指着休息区一个安静坐着的女孩儿，撇撇嘴，压低了声音："您看见那个女孩儿了吗？是严老介绍给我们老板的，说是叫白染。她最近成天变着法地接近我们老板，但是我们老板从来都没有搭理过她哦。"

　　"白染……"

　　嘴里念叨着这个名字，郁吟一伸手就将小赵扒拉到一边去了。

　　她走向那个女孩儿，在后者警惕的注视中，放柔了声音："你叫白染？"

　　女孩儿紧张地站起身，后退了一小步："对，你、你要干什么？"

　　"这真是个好听的名字。"

　　郁吟忽然伸手一拉，将女孩儿带入怀中，紧紧地拥抱她："白染，很高兴见到你。"

　　白染手足无措，可是这个女人的怀抱太温暖，半晌后，她缓缓伸手，回抱住郁吟。

——"小吟，我还有个妹妹。"

——"她叫白染，这个名字很好听吧。"

——"我妹妹特别可爱，比你们家那些臭小子强多了，有妹妹之后你才能知道，妹妹都是绝世小甜心！"

郁吟忍着眼眶里的泪水，心中微荡——白暮，我终于见到你妹妹了，她很可爱。

严楼下来的时候就看见了这幅画面。

他立刻黑了脸："放开她！"

说着，男人焦躁地上前，分开了两个女人。他幽暗的视线看向白染，蕴藏着薄怒。白染忍不住低了低头，不敢与他对视。

郁吟怕他误会，急忙解释道："我没对她做什么，你不用担心。"

可是严楼完全没听到她的话，他直接拉了郁吟就走开两步，一手握住她的肩膀，上下打量着她："你没事吧？"

你是不是问错人了？

郁吟觉得怪尴尬的，瞪了一眼严楼，瞪得后者摸不着头脑。

郁吟本来是接严楼下班的——因为这个男人曾说过，想要时时刻刻同她在一起。蜜恋期，郁吟也舍不得分开，早晨刚见面，晚上又来了。

弄清了原委，严楼也十分惊奇："我竟然不知道，爷爷资助的是白暮的妹妹。"

两个人说话的时候，白染就在后面乖乖地站着，见郁吟回头看她，她还眨眨眼睛，眨得郁吟心都化了。

严楼拉着郁吟的手缩紧："怎么，弟弟不够，还想要个妹妹？"

郁吟嘴角弯起，眼角带着一抹似笑非笑，瞥了一眼严楼："要不然呢，不要妹妹，要个情敌？"

这一眼横得严楼心一颤。

趁着男人愣神，郁吟扭头道："白染，一起去我们家吃饭吧。"

直到进了郁家，白染还处于蒙圈的状态。她对郁吟和严楼的关系有所耳闻，她也不愿意掺和进来，可是严爷爷缠了她许久，一把年纪的老人就差在她面前一哭二闹三上吊了，她想，那她就当上班好了，做做样子。

可为什么郁小姐对她这么热情？

难道严爷爷让她来，就是为了认识郁小姐吗？

白染单纯的脑袋瓜不支持她思考这么深奥的问题。

赵重在家里，路过时扫了她一眼，又退回来再次扫了她一眼。想到束之高阁的资料，他眼睛睁大，难得地露出了诧异的表情："你是白暮的妹妹？"

"你认识我姐姐？"

赵重摇头，他不认识，只是在资料里读完了这个女孩儿可敬又可悲的一生。

见白染有些失落的模样，赵重紧紧皱眉。

"你……喝茶吗？"

"喝吧？"

"我去给你倒。"

白染想了想，跟在了赵重身后："我来帮忙吧。"

男人高大沉稳，女孩儿乖巧甜美，背影竟然意外的和谐。

晚饭后，郁吟拉着白染不放，非要陪她谈心。赵重陪着严楼去小花园放风，进行男人之间的休闲活动。

深秋，夜风沁着凉，但并不冻人。

赵重抽出烟盒递给严楼，后者摆摆手拒绝了。

"你上次说，有些事，郁致一可以做，但是你不可以，这句话让我很在意。"

就好像有关郁吟的一件大事，他不知情，这令他有些许的不安。严楼本质上，其实是一个很有掌控欲的人。

打火机的声音响起，火苗攒动，在赵重的脸上映出一片昏黄光影。

赵重吐了一口气。

"我也不是郁家的孩子，但我和郁吟不同，我是因为她才被收养，甚至对外宣称和郁致一是双胞胎的。"

赵重并没有隐瞒，他觉得既然早晚是一家人，这种事情也无需隐瞒。

他简明扼要地讲完了有关他的故事。

郁吟的亲生父母当年因为郁吟是个女孩儿，就将她遗弃在福利院门口。可是很快就后悔了，母亲太过想念孩子，于是又回去找，可是回去找的时候，郁吟已经被郁从众、孙婉领养走了。这对夫妇不敢声张，出于私心，他们又从福利院收养了赵重。

可赵重并没有由此过上幸福的生活，没过半年，他的养母怀孕了。他们是走正规途径领养的赵重，不敢再随意丢弃，他们后悔、厌恶，于是那段日子，赵重过得很不好。

直到郁从众和孙婉想帮助郁吟找到她的亲生父母，顺藤摸瓜知道了赵重的情况。

他们不想把女儿还给这样一个家庭，又见赵重一个小孩儿过得实在可怜，干脆就给了那对夫妇一大笔钱，带走了赵重。

孙婉说，这是缘分。

"我姓赵，不是因为母亲的母亲姓赵，而是因为当年我被送到福利院的时候，有一封信，信上说，我本该姓赵。母亲希望我以后能找到自己的家人，想办法为我保留了姓氏。"

轻描淡写间，赵重手中的烟烧到了底。

屋内的门开了，郁吟蹙眉张望一圈，看见两人，神情立刻缓和，指了指手里的果盘，示意他们早点进来吃水果。

赵重将烟头按灭："我本该是个艰难求生的弃儿，因为郁吟，我的人生发生了两次天翻地覆的改变。"

他看着严楼，神色认真："如果以后，你不爱她了，一定要完完整整地将她还给我……我是说，我们。"

严楼心里想，绝不会有这么一天的。

但是看着赵重坚定的眉眼，他心头一动，知道再重的允诺，也无法令他们放心。

严楼最终只是认真地点点头："我会的，我会好好照顾她，不让你们担心。"

君子一诺，五岳为轻。

时间很快划过了秋冬，除夕夜在一个飘着小雪的夜晚，伴漫天繁星降临。

今年的除夕，郁家意外的"人满为患"。

除了自己家人和卢婉，郁吟把白染也接来了，满室热闹。有那么一刹那，令郁吟仿若置身梦中，否则，眼前怎么会有这么美好的景象。

严楼如期而至。

郁吟一边接过他带来的礼物，一边探头问："小赵呢？"

"辞职了。"严楼的表情算不上太好。

"啊？"

"他夫人怀孕了，孕期反应很大，需要他暂时回去接替他夫人的工作。"

"哦，那他夫人是做什么的？"

"你知道万意传媒吧。"

郁吟点头："我记得在孙俸爆假黑料的时候，就是这个公司帮了我们大忙。"

"嗯，万意的老总就是小赵的夫人。"

小赵身边竟有如此能人，郁吟倒吸一口凉气以表震惊。

接过严楼的大衣，郁吟转身挂了起来，身后一凉，男人身上的冷冽令她险些惊叫出声。严楼将她整个人拥在怀里，晃了晃，她差点失去平衡。

"放开，你身上好凉。"

郁吟被反转过来，严楼在她额头落下一吻，心满意足地说："但我现在暖和极了。"

偷看完毕的郁兆一半欣慰一半惆怅，转回头沉默地包着饺子。

卢婉见了忍不住安慰他："严楼是个很可靠的人，郁吟交给他，我也放心。"

"那我呢？"郁兆忽然打了个直球，"把你自己交给我，你不放心吗？"

卢婉语塞，沉吟片刻才说："你很好。"

"不要随便给我发好人卡！"郁兆直起身子，高了卢婉一头。

卢婉忍不住用目光描摹着年轻男人的眉眼。

多奇妙啊，郁兆和郁吟明明不是亲姐弟，可是眉宇间却有如出一辙的傲气，也有如出一辙的善良。

这个姓氏，仿佛注定就是她人生中的救赎一样。

"我喜欢你……我怎么可能不喜欢你呢？"

还没等郁兆眼神一点一点亮起来，卢婉又说："可是对不起，我太累了，以后，我只想平平淡淡的，做自己喜欢的工作，过好一个人的生活。"

"可是你总不能一直都是一个人。"

"为什么不能呢？一个人有权利选择自己喜欢的生活方式，这就是我的选择。"

卢婉低下头，小心翼翼地将手中的饺子认真地捏合。她身上有无数棱角，所有苦难都不曾磨灭她，反而将她打磨得更加璀璨。

郁兆不说话了。

赵重给白染递了一盒子的糖，郁致一孩子气地追着郁咏歌跑过来，郁咏歌吓得大叫一声，又笑着跑开。

无人在意这一角的沉默。

郁兆重新平静下来："我会等你，这也是我的选择。"

他和她的前方分割出两条路，他选择了不被她认可的那一条，并坚信着，早晚会走到她眼前。

等待着零点烟花的时候，孟谦给郁吟发来了拜年短信，还有一张照片。

照片里，孟谦和一个小男孩儿坐在一起，面前有几道菜，不算太精致，显然是自己做的，那个小男孩儿的眉宇间，和孟谦有两三分相像。

郁吟问："那个小孩子是谁？"

孟谦的电话很快打了过来，一张口就说："是我表弟。"

然后，他沉默了一会儿，在郁吟疑心对方已经挂了电话时，他突然又说："郁吟，我喜欢你。

"但是现在，我祝你幸福。"

隔着电话，郁吟也能想象得出他温和的眉眼，此刻一定是满含着愿景与期盼，谦谦君子，温润如玉。他们一路相伴着走来，如今终于找到了各自航行的轨迹，在未来，在远方。

她眼眶微红，感受到男人话里的平和，心里有一块大石头落下。

仿佛听见了她轻微的啜泣，孟谦轻声哄着："我表弟像我，以后长大了肯定不赖，万一你以后生个女儿，说不定我们还有未尽的缘分……"

她破涕为笑。

等郁吟撂下电话，严楼递过来一杯饮料，又随手将她眼底的泪拭去："又哭了？"

"我哪有'又'，别说得好像我多爱哭似的。"

"我在机场第一次见你的时候，你就哭得很难过。"

"机场？"

郁吟想起，去岁初夏，暴雨如注，她为了摆脱纠缠，随手指向了他。

平时她不会那般冒失的，只是远远看着他，就像有一种奇妙的牵引力，心里所想，手就顺其自然指出去了。

郁吟摇头："我记得很清楚，那天我没有哭。"

"不是去年夏天，是六七年前，你出国那天。"

郁吟怔住。

那是很久很久之前的事了。

因着错综复杂的家族情况，严楼立世极早，同龄人才初出茅庐的时候，他已经可以独自裁决百万计的合同了。

出差大半个月，他回到湖市，小赵忽然咦了一声。

"那不是严氏集团的总裁和总裁夫人吗？这是要送女儿出国？"

国际起飞的通道前，孙婉啜泣着说了什么，郁从众紧抿着唇，脸色也难看。女孩儿笑着和他们告别，神态有着超乎年纪的沉稳，她走进通道，没有回头。

可是那对父母离开之后，她却又奔出来，独自抱着膝盖，蹲在地上失声痛哭。

可能是她笑起来的时候眸光太明亮，也可能是她痛苦的时候神态太有感染力，那一幕，严楼很久都没有忘记——所以六年后的机场，他才能一眼就认出了她。

而这一天，和六年后一样，同样是天落大雨，雨帘细细密密地交织着。

小赵去开车了，严楼站在机场门口，雨点斜打进来，将他的皮鞋打湿。

一把伞倾斜过来，他一扭头，是刚才见过的孙婉。

孙婉并没有认出严楼，她为这个陌生的年轻人举着伞，高过他的头顶："我的车马上就来了，你打着吧。"

严楼犹豫了一下，还是抵不过孙婉浑身散发的善意，遂颔首："谢谢，以后如果有机会，我会回报您的。"

孙婉苦笑着摇头："只要我的儿子女儿这辈子都能幸福安康，我别无所求。"

他还记得那天孙婉眼底的悲伤，只是他不明白，这种浓烈的情感为什么会真实存在？他的父母一生追求自我，才会不堪忍受家族的重压，匿迹人海，再也没有出现过。

直到郁吟回来。

他在她身上看到了另一种力量，超越了她的容貌、个性带来的强烈吸引，令他甘愿冲破一切桎梏，翻过那座山峰，让她听到他的故事。

再闻往事，郁吟怅然若失。良久后，她问："所以你当初帮郁兆坐上代理董事，就是因为我的母亲送了你一把伞？"

严楼没有否认，只是将怀中的女人抱得更紧："郁吟，我是个知恩图报的人。"

十二点的钟声敲响，像是开启了另一个世界的门，烟花漫天，璀璨夺目，将黑夜渲染成白昼。

这一次，她面前有她喜欢的炫目礼花，身旁有她爱的人，心中再无杂念。

严楼俯下身子，在她耳旁烙下轻吻："我想来想去，还是得尽快把你娶回家，才能避免你弟弟们总来打扰。你来选择吧，喜欢哪一种婚礼。"

"说来听听。"

她的额头上有温热的触感。男人轻声说："第一种，宾客满堂，十里红妆，让所有人都来见证我们的结合。"

吻移到她的眼睛上，她不由得闭上双眼，睫毛微微颤抖。

"第二种，家人环绕，你在乎的人，都会围绕在你身边，我也是。"

唇畔轻触即离，严楼压低了声音。

"第三种，不管你选了什么，我们都快点进行完婚礼，然后……"他在她耳边呢喃了两句话。郁吟的脸颊刻间就红了。

男人意有所指地说："作为参考意见，我喜欢第三种。"

郁吟忽然拉下他的手，踮起脚，攀住他的脖颈："小孩子才做选择，我全都要！"

下一个瞬间，严楼俯下身子，有些话，以吻封缄，藏在心中——你来了，带来了光，带来了我对于温暖的一切向往。

往远看，又是一年春好处。

番 外
恋爱日程

故事逐渐走向了圆满，郁吟给自己放了半个月的年假。这正中严楼下怀，他疯狂地压缩着办公的时间，以求多腾出时间来跟女朋友约会。

愿望是美好的，但——

周五，两个人商量好了要去郊外散心，严楼一大早就驱车去了郁吟家，郁吟开门的瞬间，男人就止不住微笑起来。

"你怎么来得这么早，我还没收拾好呢。"

虽然是埋怨，可是郁吟眉头仅仅是轻微地蹙了一下，又立刻抹平，弯起了唇，侧身道："你先进来吧，等我一会儿。"

严楼坐在客厅的沙发上，看她挑挑选选，点着唇犹豫该穿哪双鞋。窗外日光倾泻，她在光晕中发着光。

他仿佛窥见了日后的生活。

过了几分钟，又一个人下了楼——郁兆穿戴整齐，看起来要去上班。

郁兆随口跟郁吟打了招呼，走到门口才见到自己家里出现的男人。他顿了一下，扭回头，眉眼弯弯，笑了一下："严楼哥，你来了。"

听见这个亲近的称呼，严楼很给面子地点头致意。

郁兆一边穿鞋，一边不经意地问："你和我姐这是要出去约会？"

严楼毫无防备地点头："嗯。"

郁兆直起身子，忽然悠悠叹了一口气，在门口盘旋了半天都不见他出门。

郁吟终于意识到自家弟弟的不对劲，问他："你怎么大早上就叹息，昨天没休息好吗？"

"我没事，姐，你别问了。"

郁吟蹙眉，干脆拉住郁兆的手臂："到底怎么了？"

郁兆一脸落寞："我的新提案，公司的人根本就不同意，他们提出的异议，每次都是散会之后我才想到应该怎么说。这几天我都焦头烂额的，姐，要是你在就好了。"

郁兆瞥了一眼她的脸色，又垂下眼："一想到我上午还要跟那群老顽固开会，我就觉得喘不上来气。"

"要不然，有时间我跟你去看看吧。"

郁吟的本意是这几天先了解一下情况，可郁兆似乎是理解错了，一听这话，眼睛都亮了起来："那我们现在就走？"

还不待郁吟反应，郁兆就看向沙发上的严楼："严楼哥，我借用一下我姐姐没问题吧，工作太难了。"

严楼想说什么，顿了顿，终究只是神色不变地点头："没关系。"

"那你——"

郁兆这句暗示够明显了，严楼不得不顶着郁兆的目光站起来："那我也回公司看看，改天我再过来找你。"

男朋友来找她约会了，男朋友又去上班了。

她休假了，她又去上班了。

就很迷惑。

车上，郁吟半天都没讲话，郁兆觑着她的表情："姐，打扰了你们的约会，严楼哥不会生气吧？"

郁吟反应过来，弯了弯唇："没事。"

成年人的恋爱，哪会那么容易生气。

郁兆于是也笑了，只是这个笑容怎么看怎么显得心虚。

这样那样的杂事，这个"改天"一推就是好几天，成年男女恋爱时该做的事情是一样没干，网络恋爱，极度纯洁，荷尔蒙失衡导致了严楼持续的低气压，原本就不近人情的总裁，现在更显得不像个人。

公司上下，遇见他的时候，大气都不敢多出一下。

严楼目不斜视地经过公共办公区，突然间手机振动了一下。

是郁吟的短信："下午过来吗？我们一起看电影？"

严楼回："好。"

他的嘴角只是短暂地勾了一下，但整个人的状态堪称大地回春，当场就有两个女员工看直了眼。

另一边，郁吟虽然约定了下午见面，但已经决定要早点去，给严楼一个惊喜。可是郁吟刚走出家门口就被拦住了。

一辆机车轰地开过来，来了个漂移，恰好停在她面前。

开车的男孩儿摘下头盔，甩了甩头发，有几分肆意的潇洒。

郁致一单脚撑着机车，伸手将头盔抛给郁吟，下巴一扬："戴上。"

郁吟有点嫌弃，向后退了一步问："戴它干什么？"

见她没接，郁致一一皱眉，一把将头盔扔进了她怀里，拍拍自己的机车后座，弯了弯唇。

"上来，让你感受一下 C 家新出的型号。"

"不感兴趣，谢谢，我还有事，先走了。"

"喂。"郁致一车头一转，拦住她的去路，"有了男朋友，弟弟都不理了？

"你们不是约的下午嘛，现在还有时间，走，我带你遛一圈。"

这小子整天不在家，是怎么知道她的动向的？

被郁致一缠得没办法，郁吟勉强答应坐着兜一圈。可没想到，这一兜就是大半天，郁致一似乎打定了主意要破坏她的约会。

脱了缰的野马再牵回来，实在是一件令人崩溃的事。

大晴天的傍晚，天边是油画色盘一样绚丽的橙红，层次渐变，将云彩也烧得染上了金边。

严楼的车就停在郁吟家外面的路边，不知道停了多久。

郁吟走过去，用双手挡住阳光，趴窗户往里面看，见严楼抱胸靠在车座椅上，闭着眼睛不知道是睡着了还是在养神。

郁吟心里一软，敲敲窗户。

车窗落下，露出了严楼一张睡眼惺忪的俊脸，一看就是等了很久，在车里睡着了。

郁吟弯着腰，声音柔和："抱歉，我回来晚了。"

她的长发散着，有几缕被风吹进车窗里，发尖若有似无地挠在他的脸上。严楼眼底深邃，直起身子，下巴扬起，在郁吟的鼻尖啄了一下，声音还带着点喑哑。

"不晚，你现在回来，来得及一起吃晚饭。"

"那我们两个——"

郁吟刚要答应，一个脑袋就挤了过来。郁致一擦着汗，额上的碎发桀骜地竖着，半点不会看眼色，嚷嚷着："正好，你们也不用出去了，严总，就在我家吃吧。"

单独相处的机会再次泡汤。

中规中矩的晚餐，隔着几个人，餐桌上，郁吟想跟严楼说句话都费事。

吃过饭严楼就要回去了，郁吟起身说："我送你。"

出了大门，没走几步，严楼一把拉过她，将她抵在一棵粗壮的梧桐树干上，揽着她的腰，头深深地埋下去，语气闷闷的："你的弟弟们好像有点奇怪。"

故意痕迹太明显，郁吟都看出来了，又心疼又好笑："你生气了？"

严楼晃了晃她："你的弟弟，我还能跟他们生气吗？"

"那你知道弟弟的行为，不能让姐姐买单吧？"

"我知道，但是我很想你，你们天天都能见面，而我只能在干扰下求存，跟你谈恋爱，简直比登天还难。"

知道严楼也并不是真的抱怨，腻歪了一会儿，郁吟推了推他："起风了，快走吧，别着凉了。"

严楼深以为然："晚上一个人睡，确实很冷。"

郁吟也心疼男朋友，但是面对多年没有生活在一起的弟弟们，她还真的不忍心多苛责他们什么。

好不容易避开了郁兆，避开了郁致一，两个人鬼鬼祟祟地接头见面，约会的内容却很健康——遛狗。

孙子跟着女朋友跑了，倍感孤寂的严胜江养了一只哈士奇丰富自己的退休生活，严楼偶尔也会带出去遛两圈。

两个人沿着河滨公园走了半圈，郁吟就累了。

严楼提议："我们看电影去？"

郁吟弯着眼笑："行啊，都行。"

只要两个人在一起，做什么都很有意思。

严楼的睫毛迅速眨了两下，语调依旧平稳："要不然……去我家？"

"青天白日的，不好吧。"

男人笑了起来："只是因为我家也有投影设备，你以为要做什么？不过就算要做什么，也合理。"

眼前这个身姿笔挺、风姿卓然的男人，是她的男朋友，郁吟可耻地心动了。

心怦怦直跳，她轻咳了一声："那走吧，去你家。"

两个人牵着依旧精力充沛的哈士奇往回走。想到最近几日的遭遇，郁吟不可避免地提起了自己的家人，也有替他们抱歉的成分在。

"郁兆工作忙，他虽然不说，但是我知道，他压力很大。

"郁致一……略。

"赵重说他想离开这里，可我希望他留在湖市。"

严楼若有所思，迟疑地开口："其实赵重跟我提过他的事……"

郁吟摇摇头："你不用说，我知道他这个人，赵重的心思沉，总觉得欠了我的，也不愿意沾郁家一点光。"

她情绪低落："可其实，不单是我，赵重小时候，郁致一贪玩，从妈妈的包里翻出来过他的收养证明，除了赵重，我们都看到了，可是就连郁致一这个闹腾孩子都当无事发生。根本没有人在意他的身世，可是我又不知道该怎么劝赵重。"

"别想这么多。"严楼正要开解她，忽然，他视线延伸，望着前方的人，不说话了。

郁吟一抬头，就看见公园长椅上坐着的男人。

赵重穿着休闲装，交叠着腿，左手夹着一支烟，目光沉沉地望着这边。显然，他听到了他们全部的对话。

一阵短暂的、令人窒息的沉默。

郁吟抿抿唇，语调干涩地开口："抱歉。"

虽然自觉没说什么坏话，但是被当事人听见，郁吟还是有几分尴尬，并期望对方看在自己认错态度良好的分儿上，别追究了。

见赵重没反应，她又问："赵重，你怎么在这里？"

赵重起身，在垃圾桶上按灭了烟头，走到她面前。

云雾飘来，遮住了日光，明亮的光线褪去，另有一种灰暗冷淡的色调布满了天边。

赵重的脸上有一种深深的自我厌弃："我早该想到的，无论是不是同郁家人生活在一起，还是这么多年避开湖市，你们对我这些举动都毫无反应，我自以为的遮掩，原来在你们眼中都只是无用功。"

郁吟连忙解释："不是这样的。"

赵重忽然问："郁吟，一起回家吗？这么多年一直没好好说过话，我其实有好多事想跟你说。"

一张感情牌打了出来，画风转得太快，郁吟一时不能适应。

严楼……严楼还能说什么呢？他只是个无辜的男朋友罢了。

他甚至怀疑，赵重是知道他们来这里约会，提前过来蹲点的。

这是严总裁从未有过的残酷体验，郁家的几个男人，嘴上一个个说着只要他能给姐姐幸福就行，可是真的代入"姐夫"这个角色，一个赛一个难缠。

唯一对他没有阻碍的，大概只有郁咏歌一个人了。小孩子天然对他有一份孺慕之情，对他倒是很友好。只是除此之外，还有白染，郁吟对白染几乎到了溺爱的程度，就连郁致一也要避其锋芒，就连卢婉都会时不时地找郁吟控诉她谈恋爱之后，忽略了友谊。

严楼的感情世界里，每一天都鸡飞狗跳，初恋进行得极为不顺利。

终于，郁吟虚无的假期结束了。
